遠い旅・川のある下町の話

YASunaRi KawAbata

川端康成

P+D BOOKS
小学館

目次

遠い旅

見つめる少女

「ここでいいわ。ありがとう。」

田園調布《でんえんちょうふ》の駅を出ると、さつきは雅夫《まさお》に言った。

「一人で帰れるわ。」

「君、一人で帰れるって、これで三度言ったよ」と、雅夫は笑った。

麻布六本木の俳優座《はいゆうざ》劇場を出た時に一度、二度目は渋谷の駅で、そして、今が三度目だ。

「一人で帰れるのはわかってるさ。子供じゃないもの……。」

さつきもほほ笑んだ。

二人は銀杏並木《いちょうなみき》の坂をのぼって行った。高い銀杏のしげりに、夜の暗さがこもって、二人をつつむようだった。まだ青を残した葉が、足もとに散り落ちている。昼の光りで見れば、黄ばんでいるのだろう。

「いい匂《にお》いだな。なんの花だろう。」と、雅夫は聞いた。

「銀もくせいよ。今朝……。」と、さつきは言いかけてだまった。

今朝、さつきが坂をおりながら、もくせいの匂いに振り向くと、花の木の下に、少女が立っていた。そのひとは大きい目で、さつきを見つめているのだった。さつきははっとした。通り過ぎてからも、後姿を見つめられている感じだ。その少女の目が、どこまでもさつきについて来るようだった。

そのことを雅夫に話そうとしたのだが、少女のふしぎな印象をなんと言えばいいのだろう。まがきの奥の高い闇に、もくせいの大木が浮んでいる。白く小さい花の群れは、ほのかに見えるか見えないかだ。夜の方が匂いは強いようである。

「こんなところに、大きいもくせい、前からあった?」

雅夫は小学校の時、この近所に住んでいたのだった。

「あったわ。」

「そうかなあ……。気がつかなかったな、あんなに匂う花なのに、変だなあ。」

「あたしも、あのひとのいることは、気がつかなかったわ。」

「あのひとって?」

「今朝会ったひと……。」

「……?」

「あたしぐらいの年の、きれいなひとがあのうちにいるの。」

通り過ぎてからもしばらく、銀もくせいの匂いはただよっていた。

坂をのぼりきると、さつきの家も見える。

ピアノの音が聞えて来た。

「いい夜だなあ。僕にはなつかしい土地で、もくせいが匂って、ピアノが聞えて……。送って来てよかった。」

さつきはうつ向いていて、答えなかった。

「あれ？　ねえ、なんの曲？　同じとこをくりかえして、練習してるの？」

雅夫より先きに、さつきはそのことを気づいていた。母の美也子《みやこ》が弾いているのだ。

さつきは日曜ごとに、ピアノの稽古《けいこ》に通っている。昨日のレッスンの終りの方で、さつきがくりかえしつかえたところに、教師の柏木《かしわぎ》が印をつけた。家に帰って、夕食後、さつきがさらっているところへ、美也子がはいって来た。

「その青鉛筆のしるし、柏木先生がおつけになったの？」

楽譜をのぞかれて、さつきは赤くなった。

「そこ、よく弾けなかったのね？」

「ええ。」

さつきの指はなおぎこちなくなった。

昨日、さつきがつかえたところを、あの青鉛筆のしるしのところを、今、母がくりかえし弾いているのだ。

「……？」

さつきはつい急ぎ足になっていた。

「どうかしたの？」と、雅夫がいぶかったほどだった。

さつきの横顔は青白かった。

「なんだ、ピアノは君のうちか。誰が弾いているの？」

「……？」

雅夫はさつきの家に近づいては悪いと思ったのか、

「じゃあ、僕はここで……。」

「さようなら、どうもありがと。」

雅夫はさつきの右手をとった。さつきが引っこめようとすると、雅夫はさつきの指のあいだに自分の指を入れて、一息、強く握った。さつきはその軽い痛みを、声に出しそうだった。

「さようなら。」と、雅夫は手を大きく振るようにはなした。

さつきは門をはいりながら、雅夫に握りしめられた指を一本一本、左手でこすっていた。なにかがはりついたような、気味悪いぬくもりは、取れそうになかった。

呼鈴《よびりん》を押すと、ピアノの音はやんだようだったが、すぐにまたつづいた。

玄関の扉がなかから開いて、さつきを迎えたのは、父の俊助《しゅんすけ》だった。

「あら、お父さま？」

「お帰り。」

父を一目見ると、書斎で勉強をしていた顔だと、さつきにはわかった。その二階の書斎から、おりて来てくれたのだ。

母は玄関脇の応接間で、ピアノを鳴らしている。

俊助はさつきがしめた扉に目をやりながら、

「ひとりで帰って来たの？」

「ええ。」

とっさにさつきは答えてから、言い直した。

「いいえ。橋本《はしもと》さん、雅夫さんが、家の前まで送って来て下さったの。」

「橋本さんて……？」

「お父さまはおぼえていらっしゃらないわ、きっと。小さいころ、二三度遊びに見えただけですもの。小学校のお友だちです。」

「家が近いのかい。」

「いいえ。小学校のころはそうでしたけど、お父さまが名古屋へ転勤なさったんです。今は雅夫さんが大学にはいって、練馬の方に下宿してらっしゃるの。」

「そうか。あがってもらえばよかったのに。」

俊助の少し猫背の後姿が、階段をのぼるのを、さつきは目で追いながら、

「お父さま、お仕事なさってたんでしょう?」

「いや、講義の下調べさ。」

俊助は私立大学の文科の、歴史の助教授をしているのだった。

さつきは洗面所へ行った。父は夕食の後に、歯をみがく習《なら》わしで、不器用に白い瀬戸の手洗いをよごしているばかりでなく、足もとの床にも、水をずいぶん飛ばして濡れさせていた。

さつきは雅夫に握られた右手を、なんども石鹸で洗った。

そのまま、自分の部屋へ行こうとして、応接間の母が、やはり気になって、引きかえした。

「ただ今。」

「おや、お帰りなさい。」

美也子は振り向いたが、ピアノの手は休めなかった。

さつきは息をつめて、母の若やいだ首筋に目を注いだ。首筋を大胆に見せた、ワンピイスである。このごろの母は、目立って若返ってゆくようだ。

もともと若い母だった。一人子《ひとりっこ》のさつきと十九しかちがわない。

「お芝居、おもしろかった?」

「ええ。」

「かおるさん、上手だった?」

「とても、よかったわ。」

「かおるさんはこのごろ、ちっともうちへ見えないわね。」

「おいそがしいのよ。」

「わたしも見たいわ、かおるさんの舞台。」

「見てあげて、お母さま。あの新劇団、若い人たちばかりの、研究会でしょ。一枚でも切符が売れれば、助かるのよ。」

「かおるさんのお兄さん……、なんて言いましたっけ？　そう、研一《けんいち》さんだったわね。研一さんもいらしてた？」

「いいえ。」と、さつきははっきり首を振った。

「いらしてなかったわ。」

さつきは劇場で、研一をさがしていた自分を思い出した。来ないとわかっている研一が、来ていそうな気がして、芝居が終るまで、さつきは落ちつけなかったものだ。

母に研一のことを聞かれて、さつきは自分の言いたいことを、ふとためらった。楽譜に青鉛筆の印をつけたところを、母がなぜくりかえして弾くのか、さつきはやめてもらいたくて、応接間へはいって来たのだった。

銀座での疑い

かおるがさつきと会う時は、たいてい、東京駅の八重洲口《やえすぐち》で待ち合わせようと言って来る。名店街のいろんな店などがあって、二人のどちらかが、少しおくれても、早く来ても、店をながめて歩いていればいいからかもしれない。

さつきが改札口を出ると、修学旅行らしい、高校生の一団が休んでいた。そして、駅の出入りの人波は、いつもほどいそがしげでなく、目立って子供づれが多かった。

「日曜日だからだわ。」

さつきはかぜをひいて、一週間も学校を休んでいたので、日曜日なのをうっかりしていた。

かおるは約束の時間ぴったりに来た。

「からだ、どう?」

「もう、いいの。でも、出かけるの一週間ぶりよ。」と、さつきは額《ひたい》に手をやってみて、

「熱が高かったのよ。」

「少しやつれてるわね。秋の少女らしくなったわ。」と、かおるはさつきの顔をのぞきこみながら、

「俳優座でうつったんだと、悪いわね。かぜひきのお客も多かったでしょうから。」

「そうじゃないわ。」

俳優座に行った、翌々日の午後から、寝ついたのだった。かぜの悪寒《おかん》のなかで、さつきは銀もくせいの家の少女や、雅夫に握られた指の感じや、母の弾くピアノの音などを、くりかえし思い浮べていた。どれもが気にかかってならないのだった。かぜの熱で指先きまでだるいのは、なま温かい雅夫の指がからみついているかのようだった。銀もくせいの家の少女には、あの明くる朝も、また会った。坂をおりて来るさつきを、やはりじいっと見つめていただけだったけれども、さつきは胸騒ぎがして、顔がかたくなるほどだった。ただ通りがかりの人を見ているだけの目とは思えない。なにか訴えて、なにか話したそうだった。

さつきが気になった三つのことのうち、かおるに話せるのは、その少女のことだけだった。しかし、少女の印象は、言葉では人に伝えにくかった。

「その人ににらまれたんで、かぜをひいたのかな?」と、かおるに笑われてしまった。かおるはよく男のような口をきく。そういう時は、歩き方も男のようだった。

「あたしは知らないひとなのよ。それなのに、あたしに忘れられるのがかなしい、というような目つきなの。」と、さつきが言ってみても、

「こんど会ったら、こっちから声をかけるのね。」と、かおるに片づけられた。

日本橋通《にほんばしどおり》に出ると、かおるは病み上りのさつきを案じるように、

「あなた、少し歩いても大丈夫？」

「大丈夫よ。一週間ぶりで、そとへ出たんだから、歩いてみたいわ」

「あなたに会う前に、すませるつもりだったんだけど、出かけるのがおくれたの。」

かおるは昭和通を越して、千代田橋を渡ると、茅場町《かやばちょう》の停留所を左に折れた。

「こんなところへは、さつきさん、来たことないでしょ？」

そこには証券会社が立ちならんでいる。日曜日で、ひっそりしている。

「これが、証券取引所よ。」と、かおるは大きい建物を指して、

「日曜でないと、そこらの証券会社とこの取引所のあいだを、人が飛ぶように走って、まごまごしていると、突き飛ばされそうよ。」

そして、橋の手前に立ちどまった。

「ちょっとそこへ寄るんだけど、いっしょに来る？」

「そとで待ってるわ」と、さつきはためらった。

表をとざした、休日の証券会社の裏口へ、かおるは勝手知ったように、消えて行った。なんの用事なのか、誰に会うのか、さつきはふしぎだった。

さつきは橋のたもとに立って、川向うに建ちかけのビルディングの鉄骨を、ぼんやりながめ

ていた。

間もなく、もどって来たかおるは、なお生き生きと、

「今日はあたしが御馳走《ごちそう》するわ。お金持ちになったの。」

「それより、うちへいらっしゃらない？　お母さまが久しぶりで、あなたに会いたがっているの。」

「あたしもお会いしたいけど、今日は兄とお食事する約束なの。さつきさんと三人で……。」

「まあ……。」

「ねえ、つき合ってよ。あなたがいっしょだと言ったんで、兄は出て来るのよ。あたしの公演が終ったお祝いに、どこかへ行きましょうって誘っても、うんうんて、なま返事だけなのよ。きょうだい二人じゃ、張り合いがないんでしょ。」

さつきは研一に会う、胸のときめきを、

「あなたって、いつも不意打ちね。」という言葉にまぎらわした。

「兄との約束には、まだ一時間ぐらいあるけど、とにかく銀座へ行きましょう。」

かおるは空車をさがす身がまえをした。日曜日のこのあたりは、なかなかタクシーが通らない。

銀座の五丁目あたりでおりると、裏通りの「秘密」という、めずらしい名の喫茶店にはいった。入口は緑色のガラスの一枚扉だった。薄暗いなかから表は見えるが、外から店のなかは見

えない。

さつきはココアを飲みながら、人通りをあきずにながめていた。五時でもう夕暮れの季節である。

サンタクロオスの姿のサンドイッチマンが、ゆっくり歩いている。その向うを、母の美也子とピアノ教師の柏木とが通り過ぎた。

「あっ。」

「どうしたの？　つかれたのかな、歩かせて。」と、かおるはさつきの顔色を見た。

「サンタクロオスが歩いている。」

そう言って、さつきは目をつぶった。目まいがした。

母と柏木が歩いても、ふしぎはないと思おうとつとめた。今日はレッスンを休んだのだから、柏木が心配して、さつきを訪ねてくれたのかも知れない。

「ここ暗いから、出ましょうか。」と、かおるは言った。

さつきはまだ外へ出るのが、こわいようだった。

そこから近いレストランで、二人が二階の窓際に席を取ると、すぐに、背の高い研一があがってきた。

「やあ。待たせた？　今そこで、さつきさんのお母さんにお会いしたよ。」

さつきは頬から血がひいてゆくようだった。

「あら、馬鹿ね、お兄さん。なぜ、お母さまもお誘いしなかったの？」

「うん、ところが……。」と、研一は言いよどんだ。

「きれいな人だなあと思って、つい顔を見て、どこかで知ってる人だがと考えてるうちに、すれちがっちゃったんだよ。そうだ、さつきさんのお母さんだと気がついたのは、その後さ。」

「追っかければいいじゃないの。」

研一はさつきを見ながら、だまって腰をおろした。

廻転いす

さつきの母が若くて美しいということから、かおるは話をひろげて、日本でも近年は、子持ちの母たち、中年の女たちが、年を取らなくなった、身なりも派手になったというようなことを、兄にしゃべりつづけた。

研一は「そうかね。」とか「そうだね。」とか言うだけだった。

「中年の女性も、お婆さんも、みんなきれいになって、恋愛するといいわ。それが世のなかの進歩だわ。」と、かおるはきげんがよかった。

「お母さんが恋愛ばかりしてちゃ、子供が困るね。」

「子供はいつまでも子供じゃないわ。すぐ一人前になるわ。」

父がなく、母や兄とも離れているかおるが、もう一人前になったつもりで、自分のことを言っているとも聞えて、兄の研一はおかしかった。

しかし、だまりがちのさつきが、研一の気にかかっていた。さつきは自分のナイフやフォウクが皿に触れる音も避けたいかのようだった。

そんなさつきに向ける研一の目があたたかいとは、さつきも感じていた。さつきは無性に父に会いたくなった。

食後のくだものに、さつきが葡萄《ぶどう》を、たった二粒取ったので、かおるはおどろいて、

「まだ、かぜが治ってないのね。早くお帰りなさいね。」

さつきが家にもどると、ばあやのみねが出迎えて、

「奥さまも、今さっきお帰りで……。」と言いながら、玄関に脱ぎすてたままの、美也子の草《ぞう》履《り》をかたづけた。

風呂場で湯を使う音がした。母だろうと思ったが、さつきは真直ぐ自分の部屋へはいった。

明りをつけると、机の上にアケミの包紙の箱がおいてあった。

(あのハンド・バッグだわ。)と、とっさに思った。いつかの晩、母が買ってくれると約束した、美しいビイズのバッグにちがいない。正月のきものに似合うと、母は言っていた。

さつきは手に取ったが、ふとためらって、包みがあけられなかった。母がこれを買う時、いっしょにいたにちがいない、柏木の視線も、包みのなかにあるようで、気味が悪かった。

「これ、さつきにどうかしら……。可愛いでしょう。」

そんなことを、母は言ったのでないか。

「お嬢さま、お客さまでございます。」と、みねが呼んだ。

「あたしに？」

「はい。」

「今時分、誰かしら？」

「いらしたことのない、お嬢さまでございますよ。」

いぶかりながら玄関へ出て行って、

「あっ。」と、さつきは息を呑《の》んだ。

銀もくせいの家の少女だった。

あの時のもくせいの木の下でと同じように、さつきを強く見上げていた。目《ま》ばたきもしない。

「あのう、なにか……？」

少女の顔に無心の花のようなはにかみが浮んだ。

「あたしに、なにか。」

もう一度、さつきが言いかけた時、少女は目を伏せて一足退《しりぞ》くと、開いたままの扉《ドア》の向うへ、すっと身をひるがえした。

「あら。」

さつきも靴をつっかけると、後を追って出た。

少女は逃げたのではないらしく、門の手前に立ちどまって、こちらを見ていた。

「どうなさったんですの？」

さつきは少女に近づいた。少女はさつきの手に目を注いで、少し迷う風だ。

「ああ、これ?」と、さつきは自分がハンド・バッグの包みを持ったままなのに気づいた。その左手を腰の前に上げているので、

(これ、あげましょう。)というしぐさにも見える。

少女は受け取るように、手を差し出した。

「いただくんですの?」

「えっ?」と、さつきの方がはっとしたが、

「あなたにあげてもいいわ。」と言っていた。

少女の目がまたたいた。なにか言うのかと、さつきは待ったが、少女はくるりと背を向けると、今度は逃げるように小走りで消えた。

「あら、あたし……。」

通り魔にさらわれたように、さつきのハンド・バッグはなくなっていた。

しかし、ふしぎな少女の出現は、気味が悪いというより、むしろ爽《さわや》かだった。

「いいわ。」と、空になった左手を振って、

「こんな妙なことってあるかしら。」

ハンド・バッグを渡したことで、さつきは思いがけなく、心が軽くなったようだ。バッグにまつわる不潔を、少女が持ち去ってくれたようだ。なんでさつきを訪ねて来たのか、なんでハ

ンド・バッグをもらって行ったのかは、まるでわからない。ただ銀もくせいの家の少女だということだけはわかっている。さつきの心曇《こころぐも》りを感づいて、救いの天使か、もくせいの花の精があらわれたのだろうか。

でも、母は風呂から上ったら、さつきの部屋へ来て、ハンド・バッグの話をするにちがいなかった。

（家がわかってるから、返してもらうこともないわ。）

さつきは母を避ける気もあって、二階の父の書斎にあがった。

「お父さま。」

机に向っていた俊助は、仕事の時にいつもかける、ロイド眼鏡をはずして、

「出歩いて、かぜの工合はどうだね。」

「いいの、もう大丈夫です。明日から学校へ行きます。」

さつきは俊助の机に近づいた。

「お父さまお仕事ですの？」

「うん、いそがしいんだ。今月いっぱいに書きあげてくれと言うのでね。原稿が出来てから、挿絵《さしえ》や写真もはいるし、それを出版社は来年の新学期前に売り出すんだから……。」と、俊助は廻転椅子《かいてんいす》ごと、ぐるりと向き直って、

「子供向きの本なんで、僕には厄介《やっかい》なんだよ。どうもむずかしくなっちゃう。出来た分から渡

して、子供の本をつくる編集者に見てもらうし、それから子供たちにも読ませてみてるらしいんだがね。」

さつきは父のこの仕事を知っている。前にも同じ話を聞いたことがある。

「それに日本歴史は、戦後、急に自由解放で、ひっくりかえる騒ぎだろう。新説や珍説が多過ぎて、子供向きの本にはまとめにくいんだよ、僕らのような老いぼれには……。」

「いやだわ、老いぼれだなんて、五十前なのに……。」

「お母さんに会ったかい?」

「……。」

さつきはどきっとした。銀座でさつきが母を見かけたことを、どうしてか知っているのだとしか思えない、父の言葉だ。

「お母さんも少し前にもどっているよ。」

さつきはいくらかほっとした。

「お風呂ですわ。」

「そうか。クラス会だってさ。お母さんは気が若いね。」

「クラス会?」と、さつきは聞きかえした。

「さつきが出かけて間もなく、クラス会へ行ったんだよ。」

「そう?」

さつきは胸を安めたが、

(お母さまは嘘をついている。お父さまはだまされている。)

今は明らかに、母の秘密を知った思いだった。

「お母さんはクラス会で、若いのをおどろかれたらしいね。僕は少し仕事をしても、すぐ目がしょぼしょぼする。ほら、こんなだ。」

俊助はむしろ娘にあまえるように、目をしばたたいて見せた。

その目を見て、さつきははげしい悲しみがこみあげた。

「お父さま。」

呼びかけたさつきの声は、今にも泣き出しそうだった。

もくせいの家から

「もう二度と来るものか。」と、吐き捨てるようにつぶやいて、柏木洋二は玄関の戸を、腹立たしげにしめた。たまに姉を訪ねて来ると、伯母《おば》はいつも自分を不良扱いにする。

庭から門へ通じる垣根のそばに、大きい銀もくせいの木がある。

洋二は伯母に口答えも満足に出来なかった腹いせに、もくせいの太い枝をつかんでゆすぶった。

「洋ちゃん、だめよ。」と、姉の鋭い声がした。雪子《ゆきこ》は庭下駄《にわげた》をはいておりて来た。

「花が散ってしまったじゃないの。」と、雪子はいかにも悲しそうに言う。散り落ちた、その小さく白い花の多いのを見ると、洋二もしんとして、雪子に聞いた。

「姉さんは、伯母さんに可愛がってもらってるのかい。」

「………。」

「それならまあ、姉さんさえよければいいさ。僕はもう二度と来ないよ。」

「ちょっと待って。駅まで送るわ。行きたいところもあるの。」

雪子は奥へはいると、白い紙包みを持って出て来た。

しばらく歩いてから、洋二は伯父《おじ》の家を振りかえって、

「姉さんさえいなかったら……。」

伯母をなぐるところだった、とまでは言わなかった。

一年ほど前に、洋二は不良と喧嘩《けんか》をして、相手のナイフを奪い、相手の腕を傷つけたために、高等学校を退学になった。それがもとで、伯父の家を飛び出した。今は新宿の酒場に、住みこみのバアテンダアの見習をしているのだった。

「お母さんや姉さんが世話になるんで、僕は我慢してるんだ。伯父さんだって、闇ブロオカアあがりで、どうせ不正の金じゃないか。妹や姪《めい》の面倒をみるぐらい、なにもそう……。」

「洋ちゃん、およしなさい。」

雪子の目が鋭く洋二をたしなめた。洋二は姉のこんな目つきをおそれている。もの狂わしい。

洋二は雪子が手に持っている、白い紙包みに目をやって、

「それ、なに？　伯母さんのところからなにか持ち出して、僕にくれるのだったら、いやだよ。」

「これ……？」

雪子はふと花のようなはにかみを浮べたが、瞳はあやしくかがやいた。

洋二はまた話を変えた。

「兄さんには会うかい。」

「洋ちゃん、お兄さまのこと言うのは、よして。」と、雪子ははげしい声だった。

「どうしてさ。」

「お兄さまは、悪魔よ。」

「……。」

「悪魔よ。」

洋二は腹ちがいの兄の敏高《としたか》に、長いあいだ会っていない。

洋二と雪子の母の幸枝《ゆきえ》は、男の子が一人ある柏木洋造《ようぞう》の後妻となったのだが、洋二が小学校のころ、夫に死別れた。

夫の死後、一年とたたぬうちに、幸枝は頭が狂って、精神病院に入れられてしまった。今も伊豆で療養している。

先妻の子の敏高は、父がなくなった時、もう芸術大学の音楽の方を出て、若いピアニストだったから、雪子と洋二の二人が、幸枝の兄夫婦に引き取られたのだった。

その伯父伯母と、敏高は血のつながりもないし、ほとんど寄り付かなかった。腹もちがい、年もへだたった、妹や弟にかかわりあいたくない気も多分にあるのだろう。

「悪魔って、僕たちを捨てちゃった、自己主義のこと？」

「ちがうわ。」と、雪子は首を振った。

田園調布の駅に近い坂の途中で、洋二は雪子と別れた。

駅前の噴水のところまで来て、腕時計をのぞいていた。店へ出るには、まだ早い時間だった。姉のことが気にかかって、今来た道を引き返した。雪子を尾行してみるつもりだった。

並木の黄ばんだ銀杏に斜めな午後の日ざしは、もう冬近い色だが、洋二はオウバアを着ていなかった。ほとんど白に近い、薄いグリーンの背広だった。洋二の幼さの残っている美貌《びぼう》を愛して、ときどき、洋二の酒場に来る、ある金持ちの夫人がつくってくれたものだった。

坂をのぼりきったところで、洋二は一瞬ためらってから、にわかに急いで行った。

なにか思案げな肩で、足もとの固い、姉のうしろ姿が見えた。

雪子は伯母の家の前を通り過ぎた。

(そうだ。行きたいところがあると言っていた。)と、洋二は思い出したが、

(どこへ行くのだろう。)

さっき伯母が、雪子はお母さんの遺伝か、少し頭がおかしいから、このごろは外出させないと言ったのも、洋二が腹を立てたことの一つだった。

しかし、姉のうしろ姿には、たしかに不安なものがあると、洋二も感じないではいられなかった。洋二は姉との距離を縮めて行った。雪子は振りかえらないし、脇目もしない。

そして、立ちどまったと思うと、あたりをはばかるように、そこの家の門の上へ、持ってい

た白いものをのせる形に、背伸びをした。門が高いので、洋二は見ていて、手伝いたいようだが、

「変だぞ。」と、気がつくと、そこに立ちどまってしまった。手前の塀《へい》ぎわに身を寄せた。

雪子は逃げるように急いで来る。

「姉さん。」

「あら、洋ちゃん。」と、雪子はほっと肩をゆるめた。

「あなた、どうしたの。帰らなかったの？」

「姉さんこそどうしたの。あれ、なんなの？」

「いそいで。」と、雪子は洋二の手をひっぱった。

「なにをあんなところへおいたの？」

洋二は雪子につられて、いそぎ足に立ち去りながら、門の上の白いものを振り返った。

「いただいたものをお返ししたのよ。どうしてもらったかわからないから、お返しに来たのよ。」

「誰にもらったの？」

「あのうちのお嬢さん。あたし、その方が大好きだから、ぼんやり受け取ったのかもしれないわ。」

「なかはなんだい？」

「知らないわ。あけてみないから。」

「門の上へおいたりして、変じゃないか。」

「もらった時は、たしかにあたし、変だったんだわ。」

雪子は自分のなかを見るように、目をかげらせた。

「敏高兄さんが……。」と、雪子は言いかけて口ごもった。敏高がさつきの母と歩いているところを雪子も見かけたことがあるのだった。

電話の誘い

学校から帰ったさつきは、応接間の扉《ドア》があいているのを、不審に思ってのぞいてみた。母の美也子が一人でいた。

「お母さま、ただいま。」

振り向いた母のうつろな目に、

「お母さま、どうなさったの？　ストオブもつけないで……。」

「え？　ああ、お帰りなさい。」

「寒いのに……。熱でもあるんじゃなくて？　そんなお顔よ。」

「いいえ。」

美也子は首を振った。母の額《ひたい》においた、さつきの手に、そのしぐさがひびいた。

「冷たいわ。」と、さつきは言った。

食堂で電話のベルが鳴った。母があわてて立ちかかるのを、

「いいの、あたしが出ます。」と、さつきは立った。

「もしもし。はあ？　もしもし。」

電話は遠くて聞きづらい。母がうしろに忍び寄って来て、聞耳《ききみみ》を立てているようなので、さつきはなおせきこんだ。

「もしもし、どなたですか。」

「男の方なの？」と、母が言った。

「ああ、橋本さん？　はい、あたし、さつきです。」

さつきは送話口をおさえて、

「橋本さんからなの。雅夫さん。」

受話器を見つめていた母は、ほっとしたように離れて行った。さつきは受話器をおさえたまま、母の後姿を見た。

いかにも電話を待っていたらしい、その電話をさつきに聞かれたくないらしい、母が気にかかって、さつきはN交響楽団の定期演奏会へ誘ってくれる雅夫に、間の抜けた返事ばかりしていた。

電話を切ってからも、さつきは行くと答えたのか、行かないと答えたのかも、よくおぼえていなかった。その演奏会が何日の何時なのかも思い出せなかった。

このごろ、美也子のところへ同じ名前の電話がたびたびかかって来る。女の声で、三村《みむら》と名乗る電話に、さつきも出たことがある。

「三村ですが、奥さまですか、奥さまですか。」と、下品な調子で、なんども念を押すのだった。

三村からという電話のあと、母はいつも落ちつかないのを、さつきは知っている。

ひと月前まで、さつきはピアノ教師の柏木を尊敬していたばかりでなく、柏木の魅力にとらえられている女たちを見ると、淡い羨望《せんぼう》さえ感じたものだが、銀座を母と歩いていたと思うと、今は考えるのもいやだった。レッスンも休んでいる。休んでいるのに、柏木からはさつきに電話もかかって来ない。それも変だった。

「どうしてピアノを休んでいるの？」と、母も父も聞いてくれない。なぜだろう。

一家三人の夕食最中にも、さつきはなにか叫びたくなって、ぎくりとすることがあった。父とも、母とも、目を合わせるのがつらいようだった。

そんなさつきは、雅夫と会うのもわずらわしくなっていた。雅夫の学校がさつきの女子大学に近いので、雅夫は目白《めじろ》駅でさつきを待っていたりする。さつきが友だちといっしょの時でも、雅夫は話しかけて来て、さつき一人を喫茶店へ誘ったりもするのだった。

（今の電話だって、押しつけがましいわ。）

しかし、せっかく演奏会の切符を、二枚買ってくれたのにという気もした。心にこだわりの出来たのは、

（雅夫さんのせいじゃなくて、母のせいなのに……。）

また、食堂で電話のベルが鳴った。

さつきが廊下へ出ると、美也子が小走りに食堂へはいった。さつきの足は止まった。

「はい、もしもし、はあ、あっ、ちょっとお待ちになってね。」と、受話器をおく音がして、

「さつきちゃん、また、あなたにだったわ。」

消えるような声を残して、さつきと入れちがいに、美也子は出て行った。

「ああ、かおるさん。」

明るいかおるの声を受話器に聞くなり、さつきは救われた思いだった。

「呼び出して悪いけどね、ちょっと相談したいことがあるの。例によって八重洲口。寒いから、待たせないし、こっちも待たないようにね。四時半、どう？」

「いいわ、四時半。」

さつきも生き生きと答えた。自分の部屋にもどると、今脱いだばかりのオウバアをかかえて、母の部屋へ声をかけた。

「お母さま。」

母はそこにいなかった。応接間の扉を細めにあけると、母はさっきと似た姿勢で、ぼんやり椅子にかけていた。さっきとちがうのは、ガス・ストオブのついていることだった。

「お母さま、ちょっと出かけて来ます。」

母はうなずいただけで、行くさきもたずねなかった。

さつきはかおるの誘いを、これ幸いと出たので、少し早く着いたが、かおるが八重洲口に現われたのは、正確に四時半だった。

かおるがさつきに電話をかけたのは、さつきがおそらく思いもおよばない場所からだった。兜町《かぶとちょう》の証券会社の婦人相談部からだった。

かおるはそこで、なじみの島田《しまだ》と向い合うなり、

「今日はね、島田さんに相談があるの。」と、切り出したものだった。

「あたしね、小さい店をはじめることにしたのよ。」

「お店？　お嬢さんが、つまり、御商売ですか。なんの……？」

「花屋さんをすることにきめたのよ。」

「へええ、お花屋さん？　で、お兄さんとは御相談なさったんですか。」

「兄はあたしのすることは、なんでもだまって見ている人よ。」

「お兄さんを、お嬢さんが養ってらっしゃいますからね。」

「あたし、昨日、商工会議所へも行って来たの。親切にいろいろと相談に乗ってくれたわ。」

「はあ……。」と、島田はおどろき顔だが、もう五六年の取引きで、かおるの身辺も性格も、よく知っている。

かおるの父は貿易商だったが、脳出血で急死した時、遺《のこ》されたものは、保険金の百万円だけ

だった。派手な商売と見えていたのに、店ばかりか家屋敷まで人手に渡ってしまった。大学生だった兄の研一は、これからどうしてゆくか、ほとんど途方にくれた。そこを、十五歳と何ヵ月のかおるは、兄が意見言う間もない、素早い決断で、保険金の全額を株に替えてしまった。少女の向う見ずとも思えた賭けは、みごとにあたったのだ。ちょうど、朝鮮事変の景気が来て、ずぶの素人も三倍にしたというような話は、研一の耳にも伝わった。

はじめからかおるの相談に乗ったのが、この島田だった。大きい証券会社の島田は、めずらしい少女客にまかせられて、なお責任を重く考えた。

「兄さん、もうこれで大丈夫よ。年一割くらい廻してゆくようにすれば、二人で暮らしてゆけそうだわ。」

かおるは証券会社にときどき通って、確実な利殖を頼んだり、自分でも株式の予想などを見て、おくれ走《ば》せの知慧《ちえ》をつけると、売り買いを考えた。

今では研一は、

「二十六の兄が、十九の妹に養ってもらっているのだね。」と言う。

かおるが急に花屋を思い立ったのにも、そういうわけで、研究室の外の世間にうとい兄は、強《し》いて反対はしないのだった。

証券会社の島田も、

「花屋という商売は、私もよく知りませんが、やはり商売だから、お嬢さんが考えていられるよりも、むずかしいところがあるでしょうな。ですが、おやりになるからには、お嬢さんの気性で、御自分で全部しきってなさることですな。」

「島田さん、お店を至急さがしてくれない？　クリスマスとお正月のお花に間に合わせたいの？」

「これはまた急ですな。やはり、荻窪《おぎくぼ》ですか。」

「そうなの、兄の勉強には、今のとこの方が静かでいいでしょ。あたしはお店に住もうと思うの。」

「お一人で？　そして、家を二軒持つんですか。」

「兄の方は貸間よ。あたしが通うとなると、店を留守の人は、花屋のことが一応わからなければならないでしょ。そんな人だと、あたしがかえって不安だし、あたしは仕入れからなにまで自分がやりたいし……。お店番だけだったら、可愛い女の子をおけばいいでしょ。」

「はあ。ようございます。年の暮れが近づいて、売り店もあるでしょう。さっそく、山本《やまもと》というのに話してみます。山本はうちが荻窪で、店といっしょに、女の子もいい子をさがしてくれると思います。」

かおるは島田に会うと、ことがてきぱきと運ぶので、気持がよかった。島田のはじいてみせるそろばんに、かおるも顔を寄せながら、もっともらしい数字を言ったりした。

証券会社を出ると、あわただしい人の行きかいのなかに立って、冬の夕焼けを胸いっぱい吸いこんだ。

来ている客

八重洲口でかおるはさつきの顔を見ると、

「あたし、花屋さんをはじめるのよ。」と、いきなり言った。

さつきはかおるが「花屋」という新劇に出るとでも思ったのか、

「どんな役なの。」

「芝居じゃないのよ。お花を売る店を開くのよ。」

「あなたが……？」

「そんなにおどろいた？」

「お芝居をやりながら出来るの？」

「芝居はよすのよ。」

「あら、もったいない。どうして……？」

「もったいなくなんかないわよ、別に……。」

「もったいないわ。この前だって、よかったじゃないの。」

「あのくらいは誰にだってやれるのよ。」と、かおるはすがすがしい微笑を見せて、

「今まではね、あたしもこれで、自分が選ばれた娘のように思っていたの。幻影を描いてたのね。錯覚にとらえられてたのだわ。若い女にはありがちのことよ。仮りに、あなたが芝居をやったとしても、少し稽古すれば、あれぐらいは出来るわ。もっとうまく出来るかもしれないわ。」

「あたしなんか……。」

「そうなのよ。とにかく芝居はやめたの。自信のあるなしの問題じゃないとしましょう。あたしはなんでもまあ自信のある方だから……。だけど、芸術というものの蒸気に浮かされたり、煙幕《えんまく》にさえぎられたりして、たとえばこの八重洲口のラッシュ・アワアのなかにいてもね。自分は別な人間と思いかねない、生意気な女になって来るのがいやなのよ。天才でもないのに……。」

「……。」

「平凡な娘だから、お花のなかで暮らせればいいと思うの。楽しいわ。そとで会っても、花の匂いがするようになるかもしれないわ。あたし、いろんなことを考えてるの。あなたもぜひ力になってよ。」

「あたしが……？　かおるさんの力になるの？」と、さつきは明るい笑いを誘い出された。

「お兄さまがいらっしゃるじゃないの。」

「兄はだめ。精神的には頼りになるけど、実際問題になると、うん、そうだねえって、考えこむだけよ。考えこんだ恰好《かっこう》を見せてるうちに、あたしがきめてしまうから……。」

「そう?」

「あなたのお母さまにも、相談に乗ってもらいたいの。」

「母に……?」

さつきの顔は曇った。

「どこかで御飯を食べながら話しましょうよ。さつきさん、ふぐはいや? 毎日、明石《あかし》の鯛《たい》なんかを飛行機で運んで来る店にする?」

「よく知ってるのね。」

「株屋さん、じゃない、証券会社の人と食事をすることがあるから……。証券会社の婦人部へ行ってるとね、株でもうかった小母《おば》さんが、お嬢ちゃん行きましょうやって、誘ってくれる時もあるの。おもしろいわ。子供のくせに株なんかやってると、あたしのことを可愛くなるらしいの。」

「ねえ、あたしのうちへいらしてよ。」と、さつきはせがむように言った。

「うちで、また前のように、二人でお料理をつくらない?」

かおるが花屋を開く話がはずんだら、父や母の夕食の席も、打ちとけて明るくなるのではないかと、さつきは思った。

「母もうちにいるわ。」

「でも、せっかく、あなたを引っぱり出したのに……。」と、かおるはためらった。

「いいのよ。あたしはそとへ出てみたかったんですもの。」

「でも。」

「うちへ電話をかけて、お夕食の支度を待つように言うわ。」

かおるの返事を待たないで、さつきは電話のある方へ行った。婆やのみねが出た。

「もしもし、みねさんね。さつき。お母さまは?」

みねの声はなにかはばかるように低く、

「お嬢さまですか。ただ今、柏木先生がお見えになっていて……。」

「……。」

さつきは足がすくんだ。

「お父さまは?」

「学校のお帰りに、玉突き屋へお寄りになったそうで、そこからお電話がございました。」

「どこにいらっしゃるの?」

「は? 奥さまでございますか。応接間ですけれど、お呼びいたしますか。」

「いいの。別に用ではないの。」

さつきはきたないもののように受話器をおいたが、しかしその前でコンパクトに自分の顔色を見てから、かおるのところへもどった。

柏木の来ているうちへ、かおるをつれて行くことは出来ない。でも、レッスンを休んでいるさつきを心配して、柏木がきたのだとしたら、胸をさわがせる自分が悪い。さつきはそう思いたかった。

「うちにお客があるらしくて、だめなの。」

そのことをさつきががっかりしたと、かおるは見てとったらしく、

「今日はあたしが誘ったんだから……。」

「……。」

「もう一つ話があるのよ。」と、かおるは出口の方へ歩き出した。

「このあいだ、橋本さんがあたしのところへ来たわよ。そしてね、あなたのことが好きだって言ってたわ。橋本さんから聞いた?」

「いいえ。」と、さつきはぼんやりつぶやいただけだった。

「あたしに言ってほしいらしいんだけど、そんなこと、直接に言ったらいいでしょ。男のくせにねえ。」

さつきは家のことで頭が重くて、かおるの顔もみなかった。

きょうだい思い

研一とかおるとは、荻窪の奥の、むかしは大地主だったらしい、田舎家風《いなかやふう》の屋敷に、離れ二間を借りていた。もとは、老人の隠居所だったのだろう。二つの部屋のさかいが、押入れと床の間になっていた。そして、通し廊下の突きあたりを台所代りに造り変えてあった。廊下に円《まる》テエブルと椅子をおいて、食堂にしていた。

かおるはその椅子にかけて、人待ちげだったが、帰った研一を見るなり、

「お兄さん、あたしの商売きまったわ。」

かおるはいつも、この調子だ。

研一はだまったまま、オウバアを脱いだ。かおるは立って来て、兄のオウバアを受け取って、

「ねえ、お兄さん、どう思う?」

「どう思うって、君。……花屋のことか。」

「あら?」と、かおるは研一の口に鼻を近づけて、

「お兄さん、お酒を飲んでるの?」

「ちょっとね。玉木《たまき》助教授に誘われたものだから。」

「そう。匂うわ。」

しかし、かおるはこだわらないで、

「御飯もすんだのね。あたしもさつきさんと食べたの。」

「それはよかった。」

「お兄さんの恋がたきのことも、さつきさんに話したわよ。」

「なんだい、恋がたきって?」

「ほら、橋本雅夫さんという学生が、あたしんとこへ来たじゃないの。さつきさんが好きで、結婚したいって、あたしからさつきさんに、そう言ってくれって……。頼まれたから、言うだけは言ったわ。じつは、うちのお兄さんもあなたが好きだって、言っておきたかったけど、お兄さんには頼まれてないから、言わなかった。頼みたければ、頼まれてあげるわ。」

「頼まないよ。」

かおるは研一の目をのぞきこむように、

「お兄さんは御自分で言えるの?」と、肩をすくめた。

「今日はあたし、さつきさんの顔を、よく見て来たの。ちょっと見には、なにげないけど、よく見てると、とても温かくて深い、いろんなことを表現する顔だわ。そう思わない?」

「そうだね。」

「あたしの顔は一見、個性的に見えてるけど、よく見ると平凡よ。舞台でも、もたないでしょう。植物の花のなかにおけば、少しは引き立つのよ。」

「それで花屋をしようというの？」

「じょうだんじゃないわ。もっと考えるのよ」

「かおるに商売が出来るの？」

「まあ、お兄さんよりうまいことは、たしかでしょ。」

「それはそうだが、僕とくらべたって、話にならんよ」と、研一は笑いながらも、

「例によって（きまったわ）にしても、新劇を急によく思い切ったね。研究所でなにかあったのかい。」

「そうじゃないの。あたし自身のことなの。かおるはもう二十でしょ。」

「二十？　二十がどうしたんだ。若いもんじゃないか。」

「女の二十は、そんなに若くないわよ。」

「ほう。」

研一はおかしそうに微笑した。

「お母さんは十九の時、お嫁に来て、二十でお兄さんを産んでるわ。」

「むかしのことだ。今の二十は、高等学校を出たばかりだな。大学生だな、女でも。」

「十八の時は、十八なりにしか、自分が見られないし、二十になれば、二十なりの自分を見るものでしょ。二十のあたしは、自分が案外平凡な人間だって思うようになっちゃった。安心したみたいだわ。これ、だいじなことなのよ。」

「そうか。」

「花屋の娘の言うことには、よ。」と、かおるは明るく笑った。

「かおる。」と、研一は呼んで、

「かおるは小さい時から、自分で自分のことを考えて、なんでもやって来た。僕は妹のおかげで、大学を出て、研究室に残ったりして、それだから、妹のすることをだまって見ていたと思われると、ずるいようだが……。」

「そんなこと思ってない。」

「こんどのこともだね、だまって見てるよ。自分を平凡な娘だと思うのもいいだろう。花屋をはじめるのも、かおるの考えならいいかもしれない。」

そして軽い口調で、

「話はちがうけど、株で損したんじゃないのかい。そんなことなら、気にするなよ。」

「ちがう。株は実に安全に、二人の生活を保証してるわ。」

「それなら、いいじゃないか。」

「なにがいいの？　あたしが花屋なんかしなくっても……。」

「いや、そうじゃない。」

「でも、お兄さん。お兄さんはあたしをお嫁にやれる？」

「えっ？」

「兄の責任ですよ。」と、かおるはいたずらっぽく首をすくめて笑った。研一もつりこまれて笑った。

「むずかしいね、なかなか。」

しかし、かおるがなぜ不意に、そんなことを言い出したのか。

「好きな人が出来たらしくもないじゃないか。二十になって、お嫁にゆきたくなったのか。」

「お兄さんのお嫁さんに、じゃまにされる先きにね。」

「結婚の費用の点なら、かおるのふやしてくれた株券を使えばいいさ。」

「そして、お兄さんはどうするの？　若い科学者なんて、お金に縁が遠いわよ。あのお金をあてにしなければ、お兄さんの家も出来ないわ。さつきさんにも来てもらえないわ。」

研一はだまった。研一がひそかにさつきを愛していると、かおるは知っている。しかし、研一のさつきへの愛は、かおるが思っているよりも、つつましいものだった。

「お父さんの保険金は、かおるはもらおうと思ったことないのよ。だから今まで、元金には手をつけないで、ふやして来たでしょ。でも、こんどは、ふやした分の半分以上、貸してね、お兄さん。それで商売をしてみるわ。」

研一は言うところがなかった。

「したいと思うことは、なんでもやってごらん。花屋でも、お嫁入りでも。」

そして、やさしくつけ加えた。

「いや、しかし、結婚の方は、相手を見つけたら、僕にも会わせてみてくれよ。」

店開き

さつきの大学では、今、試験の日々だった。

今日は九時から、フランス語の試験があるだけで、後は自由だった。

朝早く、かおるから電話がかかって来た。

「お早う。お父さま、お母さま、お元気……？」

「ええ、あのう……。」

「いつかお話した花屋さんね、今日が開店なのよ、来てくれる？」

「まあ、今日？　びっくりさせるのね。なぜもっと早く知らせて下さらなかったの？　なにかお手つだい出来たのに、ひどい人ね。」

「ごめん、ごめん。ものすごくいそがしかったのよ。クリスマスとお正月のお花に、間に合わせたかったんだけど、そんな急なことは、とても無理で、やっと今日に、こぎつけたのよ。」

「おいそがしくて、正月も遊びに見えなかったのね。」

「そうなのよ。」

しかし、正月にかおるが来なくてよかったと、さつきは思った。母は正月料理の支度らしいものもしてくれないで、例年になく、家のなかが冷たく過ぎたのだった。

「学校の帰りに寄ってね。」と、かおるの声は明るい。

「ええ、もちろん。」

「きっとよ、ね。」と、かおるは念を押して、電話を切った。

さつきはばあやと二人で、朝飯《あさはん》を食べた。それが終っても、父も美也子も二階からおりて来ない。

さつきは待っていられなくて、かおるの店の開店に、午後、母といっしょに行きたいと、便箋《びんせん》に書いて、食卓にのせておいた。家を出がけに母が声をかけてくれないのは、さびしいものだった。

さつきよりも先きに、フランス語の答案を出した、東田広子《ひがしだひろこ》が廊下で、さつきを待っていた。

「どうだった。」

「さあ、あすこのところ……。」と、二人が問題を話し合いながら、校門を出ると、そこに橋本雅夫が立っていて、

「さつきさん。ちょうど間に合った。」と、近づいて来た。

広子は気をきかすように、さつきからそっと離れた。

広子にしても、ほかの友だちにしても、こんな風に、ときどき校門の前でさつきを待っている雅夫を、さつきの恋人と思われはしないかと、さつきはいやだった。

こんな午前の時間では、なお待ち合わせたように見える。それにしても、今日はフランス語の試験だけと、雅夫はどうして知っているのだろう。

「明日は試験がないのね。」と、雅夫はなれなれしく、

「これから気晴しに、映画でも見ない?」

「ええ。でも……。」

「なにか予定があるの?」

「ええ。」

「どこへ行くの?」と、雅夫のしつっこいのにさつきは気押《けお》されて、

「かおるさんの亜川《あがわ》さんのところよ。」

「ああ、亜川さんのところね。そうだ、今日が開店だったな。」

「まあ。」と、さつきはつい雅夫を見て、

「あなた、なんでも知ってるのね。」

「さつきさんのことなら、なんでも知ってるよ。」

「どうしてなの? 気味が悪いわ。」

「ちゃんと、わかるのさ。」と、雅夫は真直ぐさつきを見つめると、自分の方が赤くなりかか

って、

「僕もいっしょに行きます。亜川さんのお店なら、ちょうどいいでしょ。」

「でも、あたし、一度うちへ帰って、母と行く約束なの。」

「そう？」と、雅夫はあきらめかけて、

「じゃあ、かおるさんの店で会うかな。」

「ええ。」

離れていた広子が、バスの停留所に近づくと、

「さようなら、中田《なかた》さん。」と、いそいで行こうとするのを、

「待って。」と、さつきは小走りに追った。

「いいのよ、中田さん。お友だちといらっしゃいよ。」

「母とね、母と約束があるの。」と言ううちに、さつきは不安がわいた。

停留所へ出る角の電話ボックスで、さつきはうちへ電話してみた。

「はい。先生がお出かけになりますと直ぐ……。」とみねが答えた。

「今しがた、奥さまもお出ましになりました。」

「お父さまが先きに？」

「はい。」

「お母さまは、さつきの書いた手紙、ごらんにならなかったの？」

「ごらんになってました。」

「ごらんになって、それで……。」

「はあ、別になんとも……。」

「なんともおっしゃらずに、お出かけになったの？」

「はあ。」

「そお。」

「もしもし、お嬢さま……。」

「あのう、なん時ごろ帰るって言ってらした。」

「奥さまは、なんともおっしゃいませんでした。」

さつきはぼんやり受話器をおいて出た。

「さつきさん。」と呼ばれると、はっと立ちすくんだ。雅夫が待っていたのだ。

「かおるさんところへ、いっしょに行くわ。」

雅夫は今の電話を聞いていたのではないか。それでなくても、さつきのことはなんでも知っていると言う雅夫は、母のことも知っているのではないか。

「母はほかに急用が出来たらしいの。」と言う、さつきの声はおどおどして、ふるえをおさえているようだった。

「そうか。うれしい。おみやげを買って行こうね。」と、雅夫は明るく言いそしてやさしかった。

「あたしお小遣《こづか》いもたくさん持っていないわ。」

「いいよ、いいよ。」

さつきは雅夫に、弱みを握られたようでもあるし、今は寄り傾いてなぐさめてもらいたいようでもあった。

雅夫は目白駅のそばの洋菓子屋で、大きいパイを買った。

荻窪駅から大通りに出て、西荻窪の方へしばらく行った右側に、ピンク一色に塗った、かおるの可愛い店があった。

「あら、いらっしゃい。ありがと。」

白いセエタアに、細かい千鳥格子《ちどりごうし》のスラックスをはいたかおるが、店から飛び出して来て、さつきの手を取った。

「なんだ、橋本さんもいっしょなの?」

「学校の帰りに、お会いしたのよ。」

「へええ、それでさつきさんは、なさけない顔もしてるの?」

「今日は、開店おめでとう。」と、雅夫はパイの包みを差し出した。

「ありがと。」

かおるはそっけなく短く、雅夫の方はろくに見向きもしないで、さつきに言った。

「とにかくね、自分のお店を持つって、楽しいもんだな。興奮してるの。花もまだよくそろってないんだけど、花っていいわ。一つ一つ、どれを見てもね、自然はどうしてこんな美しいものを咲かせるか。神に感謝する気持よ。」

さつきはかおるの勢いにうなずいて、花々を見まわした。

「お願いがあるの。あなたのお友だちで、アルバイトに、お店を手つだってくれる人がいないかな。見つからないのよ。」

さつきはじっと考えていたが、

「あたしではいけないかしら。あたしには出来ないかしら。」

叫び声

かおるは思いがけないことを聞いて、さつきの真意を計りかねたように、その横顔を見つめて、

「あなたが……？」

「あたしなんか、だめなの？」

「それは、あなたが手つだってくれれば、こんなありがたいことはないけれど、でも……。」

「さつきさんがこんな店で働く、必要がないじゃないの。」

「あたし、働きたいの。」

「ふうん。でも、おうちで許すはずもないしね。」

「うちを出て、世のなかを見たいの。」

「こんな店にいたって、世のなかは見えやしないよ。」と、かおるは男みたいに言ったが、さつきの常でないさまに、いたわりをこめて、

「来たければ、いつでも遊びにいらっしゃいよ。」

「遊びじゃなく、働きたいのよ。」

雅夫は花々の匂いをかいでみたりして、歩きまわっていたが、

「さつきさんが手つだうのは、すてきじゃないか、さつきさんのようなきれいな人がお店にいたら、きっと繁昌しますよ。」と、横から口を出した。

「花の店に、花の精がいるんだもの。」

さつきはこのごろのように、家のなかで、父と母とのことだけを、はらはらして暮らす、息づまる場所から抜け出したいと、真剣に考えたのだが、雅夫の軽薄な口調で、それを汚されてしまったように感じた。

開店の日なのだから、かおるのためにもと、さつきはつとめて明るい顔で、店に三時過ぎまでいた。そのあいだも、

(母はもう帰って来てくれたかしら。)という思いに、おびやかされつづけていた。

「送って行くよ。」と雅夫も店を出た。

「いいの。一人で帰りたいの。」と、さつきが言っても、

「そんな心細い声を出して、どうかしてるよ。」

「一人で帰らせて。」

「僕は話があるんだ。」と、雅夫は押しつけるように言った。そして、田園調布まで来てしま

った。駅を出て、

「ここでいいわ。どうもありがとう。」と、さつきが立ちどまると、

「前に、かおるさんの芝居を見た帰りにも、君は同じことを言ったよ。」

そして、銀杏並木の坂を送って来た。

さつきは雅夫が重苦しく、早く別れたくて、

「あたしにお話って、なんですの？」と、固い声で促した。

「ええ、少し散歩しながら……。」と、雅夫は足もとを見ながら歩いた。

「寒いわ。」

「もう春ですよ。今日は暖い。」と、雅夫の言葉は、ぷつぷつ切れる。

さつきは自分の家へ曲る角を気にしながら、真直ぐに行き過ぎた。

「木の芽もふくらんでいる。さつきさん、冬のあいだに、木の芽を見たことがある？」

「いいえ。」

「春の新芽を、冬のあいだに用意してるんだよ。たとえば、もみじだって、春の前に、小さく細い枝をのばして、それに固い芽をつけて、春を待ってるんです。」

「そう？」

それっきり、雅夫はだまって歩いた。さつきも意地になったように、だまって歩いた。

宝来公園《ほうらいこうえん》の前まで来ていた。雅夫は人けのない公園にはいって行った。

さつきはかおるから、雅夫がさつきを好きだと言ったと聞いたのを、思い出していた。またかおるの新劇を見た帰り、雅夫に強く手を握られて、その明くる日から、かぜをひいたのを思い出していた。

さつきは足がこわばって来るようで、雅夫からだんだん離れそうに歩いていると、雅夫は枝をひろげた木の下に立って、

「さつきさん、来てごらん。」と、振り向いて呼んだ。

「この木だって、こんなに芽がふくらんでる。」

雅夫が指につまんだ小枝を、さつきも見た。固い芽の先きに、小さいみどり色が出ている。

「ほんとうだわ。」

さつきもふとやさしい心が湧いた。

「さつきさん、僕は君が好きなんだ。」

さつきは一足さがった。

「僕と約束して下さい。結婚の約束して下さい。」

「まあ。」

「さつきさん。」

「そんな、急におっしゃったって……。」

「急じゃないよ。冬からの木の芽のように、僕は小学生の時から、さつきさんが好きだったん

だ。君にもわかっていたはずだ。」

「わからなかったわ。」

「うそだ。君はこんな時にも、うそを言うの？」

「……。」

雅夫は近づいて、さつきの肩に両手をかけた。抱き寄せた。

「いやよ。なになさるの。」

さつきのおびえた目に、雅夫の顔が大きく迫って来る。

「ああっ。」という叫びが、さつきの口から出るより先きに、雅夫のうしろで起った。

雅夫はおどろいて、さつきを放した。さつきは力が抜けて、くずれ折れそうになりながら、雅夫のうしろを見た。

雪子が目をいっぱい見開いて、叫び声の出た口をおさえて、立っていた。

さつきは雪子の名もまだ知らないが、銀もくせいの家の少女が、どうして今、ここに現われたかを考えるよりも、こんな恥ずかしいところを見られたことがたまらなかった。

「あたし……。」と、さつきは声がふるえて、口走っていた。

「あなたが嫌いです。」

雅夫の顔がゆがんで、なにか言おうとする前に、さつきは池の方へ走り下って行った。

「ああっ。」

雪子はなにか叫んだようだったが、さつきはそれも答えないで、夢中で駈け出していた。

伊豆の母

朝飯のあとで、雪子は伯母に呼ばれた。茶の間に伯母はいなかった。伯父の小山周作《こやましゅうさく》は、大きい掘《ほ》り炬燵《ごたつ》にはいって、新聞を読んでいた。

「寒いだろう。さ、ここに……。」

雪子は言われるままに、周作の隣りへ足を入れた。

子供のない周作は、雪子にやさしかった。雪子の弟の洋二にたいしても、伯母のように、頭から不良呼ばわりをすることはなかった。

近ごろ、からだの工合が悪く、引きこもり勝《が》ちなせいか、雪子にはなおやさしさが増したようだった。

「実は、敏高君からこんな手紙が来た。」と、封筒を雪子の前においた。

雪子がなかを抜き出して読むと、父の十三回忌をいとなむにあたって、雪子の母の幸枝の病気が、もしよいようなら、出席してもらいたいが、幸枝の様子はどうなのか、という文面だった。

周作は手紙を読む雪子をながめていた。

「雪子、どう思う。」

「伯父さまは……?」

「あいつは、いまさら、こんな手紙をよこせた義理ではないと思うのだが……。」

伯父がなにを言おうとしているのか、雪子は察しがついた。

「あいつはね、雪子。雪子にはまだわからないかもしれないが……。」と、伯父が言いよどむのに、

「伯父さまあたし、知っているんです。」と、雪子は唇がふるえ、目がかげった。

「知っていたか、そうか。」

周作は静かな声に、あわれをこめた。

雪子たちの母の幸枝は、夫の洋造が死んで間もなく頭が狂った。

幼なかった雪子は、母が病院の車に乗せられるまで、あたりかまわずに、

「敏高さん、敏高さん。」と、異母兄《いぼけい》の名を呼びつづけたのを、はっきりおぼえている。しかし、それがどんな意味を持っていたのかがわかったのは、ずっと後のことだ。

伯父はむしろ雪子をなだめるように、

「まあ、敏高君も若かったのだから、あやまちを犯したのかもしれないが……。」

「いいえ。伯父さん、あの人はほんとうに悪い人です。」

「お母さんを気ちがいにされたお前にしては、そうだろう。」

「兄さんは悪魔です。」

周作は雪子のどぎつい言葉にたじろいだ。

「兄さんは今も、中田さんのお母さまを誘惑しているんです。」

「中田さんて、誰だね。」

「ええ、あのう……。」と、雪子はちょっとつまって、

「お友だちです。」と言ってしまった。

中田さつきに雪子はふしぎな愛情を感じていたとしても、まだ、(友だち)とは認められないだろうが、そう言うよりほかはなかった。

——雪子は母が兄に狂わせられたとわかってから、学校の帰りに、兄の家のまわりをうろついていることがあるようになった。はっと気がつくと、どうしてこんなところへ来たのかと、雪子は自分がこわくなった。兄にたいする怒りと憎しみとが、知らないうちに、雪子をここへ誘って来たのにちがいなかった。しかし、雪子は兄をどうしようという、はっきりした考えはないのだった。

兄の家へさつきがピアノの稽古に通っているのを、雪子が見たのも、さつきとは別に、ときどき来ては、兄といっしょに出かける女性が、さつきの母だと知ったのも、そのころだった。

兄がその人を不幸にするにちがいないと、雪子は信じた。それがおそろしかった。さつきのことを、

（あなたのお母さんも……。）と思う、それがさつきにたいする、ふしぎな愛情を生んだのだった。

雪子はなんとかして、兄の敏高のことを、さつきに知らせないと、いても立ってもいられないようだった。あの夜、さつきの家へ不意に行ったのも、そんな不安の発作にかられてのことだった。そんな不安の発作がつづくので、雪子は学校もやめさせられていた。

このあいだも、雪子は近所へ使いに出て、男の学生といっしょのさつきを見た。雪子はなにか不安な思いに、自分を失って、二人のあとをつけていた。公園にはいってから、学生がいきなりさつきを抱いたのを見ると、雪子は叫び声をあげてしまったのだった。

しかし、そんなことは伯父には話せない。

「お友だちのお母さんか……。」と、伯父は額を曇らせたが、深くはたずねなかった。そしてしばらく考える風だったが、

「雪子、お母さんのところへ行って来ないか。」

「はい？」

雪子はもう半年近くも会っていない、母の姿が思い浮ぶと、涙ぐみそうだった。

「行って来なさい。お母さんの工合《ぐあい》をよく見て相談して来るといいね。」

「敏高がこんな手紙をよこしたからというのではないが、今のうちに、お前たちの籍の問題もはっきりさせておいた方がよさそうだね。」

「お母さまの籍ですか。」

「雪子の籍もだよ。お前も年ごろで、そろそろ結婚のことも考えなければならないだろうし……。」

「……?」

自分の結婚のことなど、雪子は考えられぬものとしているので、伯父の言葉におどろいた。

「伯父さんは、だいぶん体が弱って来たしね……。」

雪子は伯父に頼むように、

「洋ちゃんも連れて行きたいんです。」

「洋二か。」と、伯父は苦笑いして、

「あいつも困ったやつだな。」

「洋ちゃんのところへ電話をかけてみて、明日行きます。」と、雪子は直ぐに立ちあがった。

あくる朝早く、雪子と洋二は湘南《しようなん》電車に乗った。

「すっかり春だなあ。姉さんといっしょにお母さんのところへ行くの、久しぶりだねえ。一年半ぐらい前だよ。」と、洋二はうれしそうだが、

「この前行った時は、僕が誰だか、お母さんはとうとうわからなかったけど、こんどはよくな

っているというから、わかってくれるだろうね。」

「わかるわよ。あたしが四月《つき》ほど前に行った時は、お母さまから真先《まつさ》きに、洋ちゃんのことを聞かれたもの。」

二人は三島《みしま》駅で乗りかえて、修善寺《しゆぜんじ》でおりた。下田《しもだ》行きのバスで、天城峠《あまぎとうげ》を越えて行くのだった。天城山を南に下って、湯ヶ野《ゆがの》温泉も通り過ぎた。南伊豆は春が早く、明るい光りにあふれ、菜の花の盛りだった。

蓮台寺《れんだいじ》温泉の入口で、二人はバスをおりた。そこから川ぞいに少しもどった、農家の離れに、二人の母の幸枝は暮らしているのだった。

東京で幸枝のはいっていた、精神病院の副院長の友人が、蓮台寺で神経科の病院を開いている。その伊豆の田舎のようなところで、幸枝は静かに療養させた方がいいと、副院長が蓮台寺へ紹介してくれたのだった。ここでも入院しているほどではなくて、幸枝は農家の世話になっている。

洋二は小川を飛び越えて、農家の庭に駆けこんだ。鶏《にわとり》の群れが騒いだ。

「おや、これは、どうしたね。」と、主人はけげんな顔を向けた。

「小父さん、お母さん元気ですか。」

「はてな?」と、主人は洋二に近づいて、雪子も来たのを見ると、首をかしげた。

「行きちがいになったかな。」

「母は、母はどこかへ行ったんですか。」

「はてね？　東京から手紙が来てね、なんでも柏木さんの法事《ほうじ》とかいうことで、奥さんは今朝早く出かけなさったよ。」

「法事だと言って？……」と、雪子は顔色を変えた。

「法事があるって、姉さん、手紙出したのかい？」

「もうすっかりよくなったから、東京へ帰ってみたいって……。」と、農家の主人が言うのも、雪子は聞えないようで、

「あたしが出したんじゃない。洋ちゃん、どうしましょう、洋ちゃん。お母さま、一人で、東京へ行って、きっとなにか……。」

「うん、すぐ引っ返すか。」

洋二は人気《ひとけ》のない離れの方を、不安げに振り向いた。

自分の幻

朝早く、伊豆《いず》の蓮台寺を出る時、幸枝は生き生きと明るかった。

（雪子や洋二に会える。私はもうすっかりよくなっているわ。東京の医者によくみてもらって、そして、雪子たちといっしょに住めるようになる……。）

しかし、バスの道のりは長かった。花時《はなどき》の汽車はこんでいた。二等に乗ったけれども、団体の客が酔って騒いでいた。そんな乱れた人声《ひとこえ》を、幸枝は長いあいだ聞いたことがない。幸枝は一人で東京に出る興奮に張りつめているうちに、やがて自分では気づかぬ疲労が出て、不安がきざした。

電車の車輪の絶え間ないひびきも、幸枝をおびやかした。

（おそろしい敏高さんに会うのだわ。こわいわ。）

こわいというのは、敏高がこわいし、また、敏高に会いに行く自分がこわいのだった。

幸枝が東京に出るのは、敏高が亡父《ぼうふ》の法事をするとの通知に誘われてのことだ。

幸枝は亡夫の法事には出なければならないと思ったが、それよりも娘や息子に会いたかった。また、東京の医者にみてもらいたかった。しかし、電車が東京に近づくにつれて、敏高の姿が黒い魔のように、幸枝の胸を暗くした。その魔の力に引かれて来たのだと、あやしい思いがつのった。

品川で電車を乗りかえた。その品川の駅も、乗った電車の型も、また目黒《めぐろ》の駅も、幸枝の記憶とはちがっているようだった。そして、どこがどうちがっているのかわからない。品川の駅であったし、目黒の駅であると、幸枝はわかっていながら、品川の駅ではないし、目黒の駅でもなく、どことも知れぬ町へ来たような気もするのだった。伊豆では大地を踏んで歩けたが、目黒の駅におりると、土を踏んでいるという感じがなくて、足もとがふわふわする。あわただしい人たちが、幸枝にぶつかって来そうだ。

(まだ、頭がよくなっていないのだわ。)と、幸枝は思った。

朝、伊豆を出てから、なんにも食べていないのもおかしい。ひどく疲れている。どこかで休みたい。

幸枝はそば屋にはいった。ほかに一人の客もなく、薄暗かった。

「とろろそばをちょうだい。」

「食券をお買い下さい。」と、給仕女《きゅうじおんな》にいわれた。

卵をかけた、とろろの小どんぶりを掻《か》きまわしてから、ざるのそばをそのとろろにつけて食べた。一人でわびしかった。よごれた素足に、木のサンダルを突っかけた給仕女が、幸枝をながめていた。幸枝は顔もあげられなかった。

そば屋を出ると、線路の近くまでもどった。神社の横をはいったところの旅館は、昔からあったのをおぼえていたので、幸枝は玄関にはいった。

「泊めていただきたいんですけど、お部屋あります?」

「お泊りですか。お連れさんが後からいらっしゃるんでしょうか。」

幸枝は顔が赤くなって、

「いいえ、一人です。」

女中は一度奥にひっこんで、女主人らしいのをつれて来た。幸枝は帳場に近い四畳半に通された。床の間もなく、客用の部屋ではないらしい。宿の人に警戒されているのだと感じて、幸枝は身じろぎも出来ないようだった。

おそい夕食の後も、ひとりで坐っていると、もの狂わしく思い出されるのは、柏木敏高のことばかりだ。

(会いたい。)と、幸枝はいくども立ちあがりかけては、膝がふるえた。

(こんなことしてなくて、兄の家へ行けばいいのに……。雪子のいる家へ行けばいいのに……。)と、一方では思うものの、敏高を憎み恐れながら惹《ひ》かれる罪悪感が、それをさせなかった。

幸枝は明け方近くから、死んだような深い眠りに落ちた。朝になって、宿の人が二三度、様子を見に部屋へはいったのも知らないで、午後二時過ぎに目をさました。

その部屋には鏡台もなかったのを、運んでもらって、念入りに化粧をした。女中を呼んで勘定を払った。千円札を二枚、ハンド・バッグから出して、自分で使うことなど、幸枝には久しぶりで、健康になったようでうれしかった。

髪まで気になるので、幸枝は近くの美容院に寄った。そして通りへ出ると、春の夕日が目黒駅の陸橋の向うへ、もう沈みかけていた。

こみ合う目蒲《めかま》線に乗って、洗足《せんぞく》でおりると、柏木の家の方へ歩き出していたが、足が鈍って立ちどまると、洗足池の方へ向きを変えた。洗足池では、日が暮れて、月が出て来た。池の水が光って見えた。

(どうしてあたしは、こんなところにいるのだろう?)と、幸枝は思った。そして、今来た道を引き返した。途中のなにも見えなかったし、なにも聞えなかった。

幸枝は柏木の家の前に来ていた。激しい動悸《どうき》で息苦しくなった。

幾年か前、この家で、義理の息子にいきなり抱きすくめられた。その記憶がまざまざとよみがえる。幸枝は逃げるように門を離れた。しかし、伊豆からここへ連れて来たのも、その記憶ではなかったか。

この敏高の家は、幸枝の家でもあったのだ。幸枝は地獄に落ちたような恐怖と悔恨におびえて、間もなく頭がおかしくなった。東京の病院でも、伊豆の療養先きでも、なお敏高のことは忘れられなかった。

「ここに来てはいけないのに……。」と、幸枝はつぶやきながら、しかし振りかえった時、人影がすっと柏木の家の門をはいった。

「あっ。」

スウツ・ケースをさげた女だった。幸枝は頭がかっと燃えた。門をはいった女が、幸枝には自分だと見えた。その自分の幻におびき寄せられて、幸枝も門をはいった。

おぼろな月光に浮ぶ、庭木の一つ一つも、幸枝にはなじみだった。勝手口にまわると、台所の戸をあけた。

台所には誰もいなかった。

「いやよ、いやよ。」

奥から女の声が聞えた。

あの時、幸枝が、

「いやよ、いやよ。」と叫んだ、その自分の声だと幸枝に聞えた。

幸枝は台所へ忍びこんだ。

「もういや……。お別れに来たんです。放して下さい。」

台所につづく居間の、細目にあいているドアのすきまから、敏高に抱きすくめられている、

「死のうと思って、家を出たのですわ。でも死ねないで帰って来ました。娘が……。手をお放しになって……、お別れに来たのですから。」

女の姿が見えた。

「僕はいやだ。死ぬつもりなら、なにがこわいんです。」

体をはなそうとして、もがいている美也子に、敏高の顔がかぶさって行った。

幸枝は抱きすくめられているのが、自分だと感じた。がたがたふるえた。

流しの横に手をやって、夢中でなにかつかんだ。

居間へ駆けこんだ幸枝は「自分」を抱きすくめている男に向って行った。

敏高がなにか叫んで、手を放した瞬間、美也子は気を失っていた。

夜の酒

雅夫は強いる調子で、

「踊ろう。ねえ、踊ろうよ。」と、さつきの手を取ろうとした。

「いや。」と、はっきりことわると、さつきは身をひいた。

さつきたちのテエブルについていた、店の女給が、

「踊りましょうか。」と、取りなすように言ったが、雅夫はどっちつかずのうなずきを見せただけで、立とうとはしなかった。

前方のフロアでは、幾組もの男女が踊っていた。バンドはさつきもラジオなどで耳なれたジャズを、演奏していた。フロアの真上に、天井からつるされたミラアボオルが、ゆっくり廻っていた。赤と緑のライトにあてられて、その反射の小さな光りが、壁や床や、テエブルのあいだを、くるくる動いて行った。

さつきは酔っているのが、自分でわかった。

（今踊ったら、雅夫さんの胸に倒れそうだわ。）

さつきがこんなに洋酒を飲んだのは、はじめてだった。頭がしびれているようでありながら、どこかが常より冴えているようでもある。

雅夫は女給になにかささやいて、さつきの前のグラスを新しくさせたらしかった。さつきがぼんやり手をのばすと、そのグラスが倒れた。

「あらごめんなさい。」

しかし、さつきはちょっと人ごとのように、洋酒のこぼれたスカアトを見ていた。雅夫がいそいでハンカチを出すと、さつきの膝を拭いた。

女給はボオイを呼びに立って行った。

雅夫の手がスカアトを通して、膝に感じられたが、さつきは両腕をあげ、雅夫のするままになっていた。

「なかまで濡れた？」と、たずねる雅夫の顔が、触れそうな近くにあった。

「酔ったの？　少し酔わせたいと思ったんだけど……。」

さつきは宝来公園で、いきなり雅夫に接吻《せっぷん》されかかった時のことが浮んで、はじかれたように顔をそむけた。

「あたし、帰ります、もう……。」

さつきは立ちかけたが、足がふらついた。左手で額をおさえて、右手はテエブルにつかまった。雅夫の腕がさつきの肩をささえて抱いた。

「立てないじゃないか。もう少しで、ショオがはじまるから、それまでいよう。」

「あたし、帰りたいの。」と、さつきはさからったが、足に力がはいらないで、かえって雅夫にもたれかかった。あきらめて腰をおろした。

急にさつきは心細くなった。雅夫に誘われて来たのをくやんだ。

さつきはこの半月ほどのあいだ、母の家出と、それにつづく柏木の傷害事件のごたごたで、せっかくの春休みも、神経をすりへらす思いで過ごしてしまったのだった。

柏木は幸枝に肩を刺されて、まだ入院中だ。再びピアノを弾けるかどうか、あやぶまれている。その事件は新聞にも出たし、いろいろのうわさが飛んだ。さつきの家の空気は、今も落ちつかなかった。

美也子は部屋に閉じこもって出て来ない。

食事の時など、さつきと目が合うと、罰を受けた子供のようにおどおどした。俊助も教師という職業だし、教科書も書いているし、新聞に名が出たりしたのは、家の内《うち》での苦しみの上に、そとでの苦しみを加えた。ばあやのみねまでが妙にみなをはばかって、物音一つ立てぬようにつとめていた。

そんななかで、家族全部に気を使っていると、さつきは滅入るばかりだった。

新学年がはじまって、いくらかまぎれるものの、学校にいるあいだは、家の母が気になるし、家に帰ると重苦しくなる。たまらない日日だった。

そこへ今日、雅夫からの電話だった。雅夫はいつかのことをしきりにわびて、遠慮勝《えんりよが》ちに音楽会へ誘った。そういう外出も、さつきには久しぶりだった。音楽会の後で、

「まだ早いから、どう、キャバレエを見学してみない？」と、雅夫は云った。

「行ってみたいわ。なんだって見たいわ。」と、さつきはためらわなかった。

（いやなことが忘れられるなら……。）

銀座の『よろこびもかなしみも』という名のキャバレエにはいると、さつきはさすがに気押《けお》されて、固くなった。しかし、雅夫に負けない気で、カクテルを飲んだ。口ざわりは甘かった。

「さつきさんの目まで酔っているよ。僕が帰るまでは帰れそうもないな。」

雅夫の言葉で、さつきはなお不安になった。やわらかいクッションに、そのまま落ちこんでゆくような気がした。

さつきはうちへ電話をかけて、父に迎えに来てもらいたかった。

「どこへ行くの？　帰るつもり……？」

また立ちあがったさつきを支えるように、雅夫が寄って来るのを、さつきは身をよじって避けた。

「洗面所。いやよ。いらっしゃらないで……。」

雅夫はそばの女給に目で合図した。女給がさつきの腕を取って、ついて来た。女給は乳房の

上から裸の、そして背はまる出しの、ドレスを着ていた。さつきがつかまると、女給の肌は汗ばみかけているようだった。

「こちらです。」

「いいえ、電話をかけたいの。」

電話は入口のクロオクの前にあった。さつきはダイヤルに指をかけると、急に気が変って、かおるの店の番号を廻してみた。

「もし、もし、まだお店にいたの?」と言ったが、息切れして、あとが続かなかった。

「さつきさん? どうしたのよ、今ごろ。」

「あたし、ひどく酔ってるらしいわ、キャバレエで……。ねえ、来てほしいの。動けないのよ。橋本さんといっしょなの。こわいの。」

「ええ……? すぐ行ってあげる。そうね、兄も今夜はまだ店にいるから、兄かあたしか、どちらかね。」

さつきは胸が痛いように鳴った。

女給に支えられて席にもどると、雅夫がフロアの方を指して、

「ショオが始まるところだ。見てから帰ろう。」

「かおるさんに電話したの。迎えに来ていただくの。」

「かおるさんが迎えに……?」

雅夫は顔色が変った。

「僕が送るじゃないか。送ってあげるよ。なんでかおるさんを呼ぶんだ。」

雅夫を侮辱したことになったと思いながら、さつきは言ってしまった。

「かおるさんのお兄さまが来るかもしれないわ。」

白い裸の踊子が、体をくねらせて踊っていたが、さつきは目を閉じて、見ようとはしなかった。

さつきを不安にしていた酔いが、にわかに楽しいものに変っていった。

明くる朝

朝早く、さつきは目をさました。頭の奥が少しずきずきするようだが、昨夜《ゆうべ》のことを考えると、微笑が浮んで来て、ネグリジェの両腕をいっぱいにひろげた。

昨夜、研一がキャバレエに来てからも、

「僕が送って行くべきです。」と、雅夫は怒りをふくんで言って、三人でタクシイに乗った。車が走り出すと、さつきはじきに眠ってしまった。家の前に車がとまって、目がさめてみると、さつきは研一の肩に頭をあずけていた。さつきをなかにはさんで、車のなかで、雅夫と研一とがどうしていたか、なにを言っていたか、さつきは知らない。

「雅夫さんはあたしをキャバレエへつれて行って、酔わせたんだから、父や母に会わない方がいいわ。」と、さつきは車を出る時に言った。

「だって僕は、君のうちのことを知っていて、なぐさめたんじゃないか。そう言うよ。」

「だめよ。そんなこと言ったら、どうなると思う？」

雅夫は車のなかに腰を落ちつけた。

門から玄関にはいっても、さつきはふらついて、研一の肩につかまっていた。

「おい、おい、さつき……。」と、父はさつきの帰ったのに安心したらしく、叱るより先きにほほえんだ。

「研一さんに助けていただいたの。送っていただいたの。」

「心配したわ。」と、美也子も言いながら、研一を奥へ通した。

門の前の車が三度、四度、警笛を鳴らして呼んだ。しかし、間もなく動き出して、遠ざかる音がした。

さつきは両親の前でも、酔いにかくれて、研一にあまえた。

「お泊りになってね。かおるさんに電話で、そう言いますから、お帰りにならなくてもいいんでしょう。」

そして、さっそくかおるに連絡した。

さつきが酔って帰って、はしゃいでいること、そしてめずらしい泊り客のあることは、重く沈んだ家の空気を動かした。

かおるの話を聞いて、父も母も笑い声を立てた。

今朝になって、さつきは追い払うように別れた、昨夜の雅夫が気の毒になって来た。どんなに怒って帰っただろう。ひどく傷つけられたにちがいない。

しかし、さつきは洗面所からもどって、部屋で念入りに髪をとかしていると、雅夫のことは薄らいで来た。

台所へおりて行くと、

「お嬢さま、お早いんですのね、日曜日ですのに……。」

とみねがおどろいていた。

「昨夜ね、あたしがおつれしたお客さま、かおるさんのお兄さまの。お目ざめになったら、お風呂へ入れてあげてね。」

さつきはサンダルを突っかけて、そのまま表へ出た。隣家の垣根のそばの、花から若葉になった桜の高い枝に、朝日がさしていた。

あの雪子の銀もくせいの庭にも、ここの木よりは小さいが、桜が二本あるのを、さつきは思い出して、その方へ歩いて行った。

さつきは雪子と、柏木の傷害事件以来、急に親しくなっていた。

しかし、玄関から訪ねたことはないので、まがきに近づいて、のぞくともなくのぞくと、庭にいるのは雪子らしかった。

「雪子さん。」と、さつきは声をかけてみた。

雪子が立ちあがった。

「まあ、さつきさん。こんなに早く……。」

「お早《はよ》う。あなた、なにしてらしたの？」

「あたし……。」

雪子ははにかんで、さつきを見つめた。

「毎朝、早くに目がさめて、庭の草を取っているんです。」

「眠れないの？」

雪子はうなずいて、

「今そこへ出て行きます。」

二人はならんで歩き出した。二人とも母を柏木に踏みにじられた娘だった。

「あたしも今、さつきさんのおうちへ、行こうと思っていたところですわ。」

「そう？」

「さつきさんの起きる時間を待っていたんです。」

「なにか御用なの？」

「あ、だめ。こっちへ行きましょう。」と、雪子は道角で、さつきの手を引っぱった。

「どうなさったの。なんなの。」

雪子の大きい目はおびえていた。

「さつきさんを、いつか、公園で抱こうとした大学生が……。」

「……。」

「ここを通ったんです。」

「今朝？」

「ええ、早くに……。」

雅夫が夜通しうろついていたのか、昨夜は眠れないで出て来たのかと、さつきはあたりを見まわした。

事件の後

「さつきさんのおうちの方へ、いそいで行ったんです。」と、雪子は心配そうだ。

「あの人なら、なんにもこわくないのよ。」と、さつきは妙な答え方をして、

「なんでもないのよ。」

しかし、さつきを見まもる雪子の目は、そんな答えで安心していない。その奥深い目に、さつきはなにもかも映《うつ》されているように感じた。

「小学校の時からの、お友だちなんだけれど……。」

さつきは口ごもって、頬が赤らみそうだった。雅夫のことを雪子になんと言えばいいのか。

「さつきさんのおうちまで送るわ。あの人と出会わないように、こっちから行きましょう。」

と、雪子はさつきを横道へ誘った。

「大丈夫よ。悪い人じゃないのよ。」と言ったが、さつきにしても、昨夜のことがあった今朝、雅夫には会いたくなかった。また、こんなに早く、雅夫がなんのつもりで来たのか、ただごと

とは思えなかった。

「お友だちなんだけれど、不意に、結婚の約束をしてくれと言ったりするの。あの時だったわ、公園で……。」

「あたし夢中で、大きい声が出てしまったんです。」と、雪子は言った。

「さつきさんが悪い男におそわれていると思って。」

「悪い人じゃないんだけれど……。」と、さつきはもう一度、雅夫のために言って、

「押しつけて、おっかぶせて来るのよ。おつきあいして、そういうところが出ると、急にいやになってしまうの。」

「それなら、おつきあいなさらない方がいいわ。」

「ええ。」

「さっきも、あの人がここを通った時、きっとさつきさんのおうちへ行くのだと思ったわ。様子が変でしたわ。あたしの頭が少しおかしいせいかもしれないけれど……。」

「ちっとも、おかしくなんかないわ。このあいだだって、あなたの方があたしなどより、ずっとしっかりしてらっしゃるんですもの。」と、さつきが言ったのは、あの傷害事件の時の雪子のことだった。

弟と伊豆へ行って、母の上京を知った雪子は、まっすぐ東京に引きかえすと、駅から伯父の家へ電話をかけた。母が先きに着いているだろうと思ったのだが、来ていないというので、雪

子も洋二もおどろいた。敏高の家へ行ってみた。ここにも母は来ていなかった。母の行方が知れないわけだ。伊豆へ引きかえしたのかと、電報も打ってみた。そして、あくる日も、不安に暮れ、もしやと敏高の家へまた行って、事件を知ったのだった。

肩を刺された敏高は病院へ運ばれ、犯人の幸枝と目撃者の美也子とは警察に連行ということで、近所の人たちが騒いでいた。雪子は伯父とさつきの家とに、電話でしらせておいて、東《ひがし》調布署《ちょうふしょ》へ駈《か》けつけた。

幸枝は警察に連行されてから、一言ものを言わぬそうで、係官を手こずらせていた。雪子はその係官に、母は頭が狂っているのだと、必死に説明した。幸枝も悔恨に責められているし自分の責任だと感じてもいるので、幸枝のために有利な証言をした。

そうこうするうちに、小山の伯父が弁護士をつれて、警察へ来た。その夜は簡単な調書を取られただけで、幸枝は迎えの小山周作に預ける形で帰宅をゆるされた。

次ぎの日、くわしい調べのために、幸枝が警察へ出頭する時、伯父といっしょに雪子もついて行った。弁護士は幸枝が前にはいっていた病院に証明してもらい、伊豆の療養先きにも照会した。幸枝は警察医の診察によって、警察病院にはいった。

その後で、検察庁が警察から廻って来た書類にもとづいて、検事調書を作るために、美也子や、そして雪子も伯父の小山も呼び出された。この日、さつきは母が心配で付き添って行った。そして、雪子とも会い、二人でおたがいの母の話をするようなことになった。

「お友だちになりましょうね。」と、さつきは言った。

幸枝が敏高を刺したのは、精神異常者の発作ということで、不起訴になった。

幸枝はもといた精神病院へ入れられた。

「お母さまのために、しっかり弁護なさったの、ほんとうに立派だったわ。」と、さつきは思い出して言った。

「そう?」と、雪子は素直にうなずいて、

「あたし、母を助けるのに必死でしたから……。でも、母があんなことをしたと思うと、恐ろしいんです。こわいんです。」

「あたしもあの時、雪子さんからお話を聞いて、目がくらむようだったわ。」

さつきの母にも関係のあることだった。美也子が柏木の家に居合《いあ》わさなければ、幸枝は敏高を刺したりはしなかっただろう。そう考えると、さつきは雪子にたいして胸がいたむ。

それにしても、一人の男の柏木に、母を傷つけられた、二人の娘だった。さつきも柏木と母のために、暗い苦しみを通って来た。

「あれから、母はまた入院しましたの。伊豆へ行って、せっかくよくなっていたんですのに……。」と、雪子に言われると、さつきはなぐさめようもない。

さつきの母もあの事件に、心のいた手は深かったが、気が狂いはしなかった。

「どこかの家で、雨戸をあけていますわ。」と、雪子は立ちどまった。

「このごろはあたし、朝になって方々の家で雨戸をあける音を聞くと、助かったようにうれしいんですの。」

「そう。」

「朝っていいわ。」

遠くの学校か、遠くの勤め先へ行く、つまり早く家を出る人の姿が、道に見えはじめた。

「うちのお客さまも、もう起きていそうだわ。帰らなければ……。」と、さつきが言うと、

「お客さまって、さっきの大学生ですか。」と、雪子は聞いた。

「いいえ、ちがうの。お友だちのお兄さまが泊っているのよ。雪子さん、すぐそこがうちだし、あの人も見えないし、ここでいいわ。どうもありがとう。さよなら。」

足早《あしばや》に立ち去るさつきを雪子はまばたきもしないで見送っていた。

笑い声

さつきが帰ると、研一はもう起きていて、客間で美也子と話していた。

さつきは廊下を通って、研一と目が合うと、

「あっ。」と、息をのむように、顔が赤くなって、昨夜の礼も言えないで、自分の部屋へ逃げてしまった。

「さつきさん、さつきさん。」と、美也子が呼んでいた。そして、美也子の明るい笑い声が聞えた。

さつきは三面鏡を開いて、自分の顔を見た。微笑がわいて来て、おさえられなかった。

昨夜、研一を引きとめたのはさつきだし、研一が泊ったのはよくわかっているのに、さつきは朝の客間に研一を見ると、思いがけない出来ごとのようだった。

母の明るい笑い声も、じつに久しぶりのことだった。

「お食事にしますよ。いらっしゃいな。」と、美也子がさつきの部屋へ呼びに来て、

「あら、なにしてるの？　変な子ね。」

美也子の、そんな母らしい声を聞くのも、さつきにはしばらくだった。

「お父さまは……？」

「お風呂からお出になったわよ。あなたも早くいらっしゃい。」と、美也子は言いながら、さつきのうしろに小腰《こごし》をかがめるとさつきの肩に手をやって、自分も鏡をのぞいた。

「ちょっと櫛《くし》を貸してちょうだい。」

そして、美也子は髪に櫛を入れると、さつきの頭にもちょっと櫛をあてた。

「お母さま。」

さつきは母にあまえた。

研一が加わった、朝の食卓は、いつになく楽しいものになった。無口なはずの研一も、軽いじょうだんを言って、みなを笑わせたりした。

俊助は研一を相手に、しきりと玉突きの話をした。研一は学生時代に少し突いたことがあるとかで、俊助の話がわかった。

「そう。大学生も来ていますよ。」と、俊助は言った。

「恋人らしい女の子をつれたりしてね。女の子に教えてやっているんだが、その女の子が、相手の取るうまい玉に、じっと見とれている顔つきは、いかにも素直で、ちょっとうらやましいようだったな。」

「先生もさつきさんをおつれになったら……。」

「いや、自分の娘じゃおもしろくない。そういう、僕も女の人と突いたことありますよ。三十を越して見えたが、家庭の人のようではなくて勤めの帰りらしい恰好で、玉屋《たまや》へ一人ではいって来てね。奥の方の台で、しばらく一人で突いてるんです。僕が帰ろうとすると、先生、あたしとも一球お願いします、と声をかけられてね。学校の教師だから、僕はその玉屋では（先生）で通っているんです。女の人と玉を突くのは初めてだったが、やはりなんとなく、やさしい気分のものだな。」

道玄坂《どうげんざか》のその玉屋は、俊助が行きつけで、さつきは電話番号までおぼえていて、父の帰りのおそい時には、電話をかけてみたりしたものだ。

家庭の苦しさを、父が玉突きなどにまぎらわせていたのは、さつきも知っていたが、女の人と玉を突いたと聞くのは初めてで、父がそんなことにもやさしさを感じていたのかと、さつきの胸にひびいた。

しかし、今朝の父の顔は明るかった。研一という泊り客が一人加わって、母も楽な息が出来るらしく、食事の後かたづけをしながらも、なにか話しつづけては笑った。

「橋本さんとおっしゃる学生さんがいらっしゃいました。」と、ばあやのみねがさつきに取りついだ。

「雅夫さん？」

さつきは研一と顔を見合わせた。

「橋本君が……?」

こんなに朝早く雅夫が来たのは、なにごとだろうかと、研一も思ったらしくて言った。

「僕が会いましょうか。」

「いいえ。あたしが出ます。」と、さつきが立って行くあとから、

「どうしたっていうの?」と、美也子も声をかけた。

雅夫は玄関に烈《はげ》しい目つきで立っていた。さつきも硬い顔だが、

「昨夜はすみませんでした。」と、わびを言った。

「いや。」と、雅夫はどもるように、

「母がね、来てくれると言うもんだから……。」

「雅夫さんのお母さまが……?」

「そう。」

「うちへいらっしゃるの?」

「そうです。」

さつきはおどろいて、

「ごいっしょにいらしたの?」

「いや。僕が先きにしらせに来た方がいいと思って……。」

「……？」

「僕は昨夜眠れなかった。」

「……。」

「母が僕のことを可哀想で見ていられないからさつきさんのおうちへ話しに行ってあげると言うんです。母は今日の午後の汽車で、名古屋へ帰るんだけど……。一週間ほど前から、親戚の家に泊っていて、昨夜、僕の下宿へ来たんです。僕はさつきさんのことを話したんだ。母は朝のうちに、名古屋の父にも相談した上で、正式の話を持ってうかがうって……。」

「正式の話って？」と、さつきはつい聞き返したが、もちろん、その意味はわかっていた。さつきの顔に困惑の色が見えた。

「母の来る前に、僕はさつきさんに話したいんだけど、ちょっと出られないかしら……。」

「出られないわ。お客さまがあるから。」

「お客さまって……？」

「かおるさんのお兄さまが、お泊りになったの。」

「研一さんか。」

ぎょっとしたらしい、雅夫の顔はゆがんだ。玄関にある靴を見た。

「そうか。研一さんか。」と、雅夫は声をふるわせて、

「研一さんがいるのなら、僕は会いたいね。あの人にも僕は話しておきたいんだ。」

「なんのお話？」

「それは僕が直接言うよ。ここへ呼んでもらえばいいんだ。」

雅夫の声高な命令口調に、さつきも腹が立った。

「あの男は卑怯だよ。」と、雅夫が言いつのるところへ、奥から研一が出て来て、

「僕に話があるんですか。」

「そうですよ。」

「それじゃあ、僕も帰るところだから……。」と、研一は雅夫に答えてから、さつきに向き直って、帰りのあいさつをした。

さつきは雅夫がなにを言い出し、なにをし出かすかと不安で、

「あたしも行きます。」

「いや、僕に話があるらしいから、さつきさんは来なくていい。」と、研一は言ったが、

「さつきさんにも聞いておいてもらった方がいいんだ。」と、雅夫は言った。

さつきはサンダルを突っかけて、二人のあとについて出た。

花の季節

雅夫の母が来たのは、午前十時ごろだった。俊助も家にいて、美也子といっしょに応接間で会った。雅夫の母を玄関に送り出すと、

「あの調子では、よほど雅夫君はあまやかされているんだな。」と、俊助は言った。不愉快をおさえているらしかった。

「あれでは、さつきが可哀想ですわ。承知しなければ、こちらが悪いような話ですものね。」

と、美也子は腹を立てていた。

「そりゃ、言い方はていねいで、どうぞお願いしますの一点張りですけれど、その底に、まるで純情な雅夫さんを誘惑した不良少女のようにさつきのことを考えてらっしゃるところが見えるんですもの。」

「遠まわしにことわっても、通じない人だね。しつっこく同じことをくりかえしている。」

「息子にあまいからですね。相手のことは考えないんですね。」

美也子が茶の間にもどるのを、さつきは待ちかねていた。

「どうなさったの、お母さま。橋本さんのお母さま、なにをおっしゃったの？」

「是非とも、あなたを雅夫さんのお嫁さんにするんですって……。学生夫婦というのも、当節《とうせつ》は流行ですし、それがいけなければ、お約束だけでもとおっしゃるの。」

「まあ。それで、おことわりして下さったの？」

「そう頭からおことわりも出来ないわ。当人にも相談いたしましてというようなことで、帰っていただいたの。」

「当人て、あたしね。」

「当人はあなたですよ。さつきは雅夫さんとおつき合いしているし、今朝早く、雅夫さんが来たのだって、わたしは会わなかったけれど、思いつめてのことじゃないの？　お母さまが来て強いことをおっしゃるのに、さつきにも責任はないの？　雅夫さんになにかお約束したんじゃないでしょうね。」

「しないわ。」と、さつきは首を振ったが、

「お母さま、お願いよ。さつきはこわいわ。雅夫さんがなにをするかわからないんですもの。」

「安心してらっしゃい。お母さまが見ていてあげます。」と、強く言うと、その美也子の目に、ふと涙が浮んだ。さつきはおどろいた。柏木の傷害事件から後、母は変って、こんな不意の涙にもさつきにたいする詫びの思いからのようだった。

落ちつけないさつきは、夕方になって、かおるに電話をかけた。

「しばらくね。会いたかったのよ。」と、かおるははずんだ声で、

「店につかまって、すっかり引っこんじゃって、仕入れ以外にそとへ出ることはないのよ、全然。今、店は花の季節できれいよ。藤やつつじの鉢植えなんかも、もう咲いてるの見にいらっしゃい。」

「ええ、うかがうわ。これから直《す》ぐに。」と、さつきも明るく答えた。

かおるが電話をおいて、帳簿を見ていると、手伝いの少女が奥へ声をかけた。

「あら、また来ましたよ。」

「誰が。」

「あの方ですよ。」と、京子《きょうこ》が片目をつぶって見せた。

勤めの帰りらしい青年が、店のなかをうかがうようにしてからはいって来た。はじめに目をつけた、濃いクリイム色の大輪のばらを選んだ。京子はピイスというばらを三本、筒から出した。

その客が帰ると、京子は奥に来て、

「あの方、お花じゃなくて、かおるさんが目あてなんですよ。」

「そう。」と、かおるは取り合わない風で、

「恋人が病院にいるのかも知れないわ。いつも二、三本のばらを持って、見舞いに行くんじゃ

ないの？」

「あの方のほかにも、かおるさんの顔を見たくて、お花を買いに来る人がいるの、あたし知ってますわ。」

「そうかしら、いやね。」

「いやなことなんかありませんよ。あたりまえですよ。かおるさんがきれいだから、男だって花を買いたくなるんです。」

「よしてよ。」

かおるは立って、土間へおりようとすると、ガラス越しの夕闇に、雅夫の立っているのが見えた。かおると目が合って、雅夫は店へはいって来た。

「どうしたのよ。こわい顔をして。」

「うん。兄さんはまだですか。」と、雅夫は花のなかにうつ向いていた。

「兄に御用？」

「いや、研一さんには会いました、さつきさんの家で……。」

「えっ？」

「じつは今日、母が正式にさつきさんのところへ、結婚を申しこみに行ってくれたんです。」

かおるはおどろいて、雅夫を見つめた。

人ちがい

「さつきさんの家は、あんなことの後で、まだ気持が落ちついていないの、あなただって知ってるでしょ。」と、かおるは雅夫をとがめるように、

「そこへ、さつきさんの縁談なんか持って行くの、非常識よ。」

「どうしてさ。向うの弱味につけこむってわけ……？」

「弱味ですって？　あんた、そんな考えなの？」

雅夫はかおるのきびしい調子に押されて、

「そうじゃないよ。だけど、僕は申しこみの時が悪いとは思わないな。さつきさんのお母さんにまちがいがあって、柏木とかいう男が刺されて、世間体《せけんてい》が悪くなっていても、僕のさつきさんにたいする気持は変らないし、僕の母もそんな事件にこだわらないで……。」

「わかったわ。」と、かおるは雅夫の話を切った。

「立派なことのようです。しかし、あたしは聞きたくないわ。あたしの神経にはさわるようだ

わ。」

「研一さんのことがあるからでしょう。」

「兄とは関係がないわ。ただあたしは今のさつきさんを、そっといたわっておきたいの。」

「愛している、結婚してほしい、と言うより以上のいたわりはないじゃないか。」

「時と場合と、それから相手によりけりね。」

「僕じゃ相手が悪い、と言いたいんですね。研一さんならいいんでしょう。」と、雅夫は皮肉な顔で、

「研一さんはさつきさんを愛してるんですね。」

「さあ、知らないわ。」

「そうなんです。わかってますよ。そして、多分、さつきさんも研一さんが好きなんですよ。」

「わかってれば、それで終りじゃないの?」

「しかし、僕はあきらめませんよ、絶対に……。」

「それを言いにいらしたの?」

「僕のじゃまをしないでほしいと言いに来たんです。研一さんにも、かおるさんにも……。」

「あら、おかしい。兄がさつきさんを愛していて、さつきさんも兄が好きだと、あなたにわかっているのなら、じゃまをしているのは、あなたの方じゃないの?」

「僕は研一さんのようななまぬるい愛とは、わけがちがうんです。いのちをかけているんだ。

そのことは今朝、研一さんにもはっきりとことわっておきました。」

「今朝、兄にお会いになったの?」

かおるは思いがけなかった。

「研一さんには念を押しておいたから、かおるさんにも念を押しに来たんです。研一さんに話した時は、さつきさんも立ち合っていました。」

かおるはあきれて、雅夫の顔を見た。さつきも「立ち合った」とは、どういうことなのだろう。かおるは気にかかったが、だまって顔をそらせた。花々のあいだを歩いて、整理をはじめた。さっき電話のあった、さつきがもう着くころだ。今ここで、雅夫をさつきには会わせたくなかった。

かおるに取り合われないのを見て、雅夫は出て行こうとする、うしろ姿のまま、

「僕がかおるさんのところまで、お願いに来たこと、忘れないで下さいよ。」と、言い終った時に、

「あっ、さつきさんだ。」

いそいで来たさつきと、雅夫は店の入口でぶっつかりそうになった。

さつきは顔色を失って、雅夫の肩越しに、目でかおるをもとめた。

「ちょうどよかった。」と、雅夫は店のなかへ引きかえそうとした。

「よくはないわよ。」と、かおるは雅夫をさえぎるように立った。

「ここはあたしの店で、今はさつきさんと約束の時間よ。あなたは帰るところだったでしょ。」

「しかし、さつきさんがいい時に来たんだから。」

「さつきさんとあたしと、二人の約束があったの。人のじゃまをするのは、橋本さんが一番きらいなことのはずよ。」

かおるはきりきり言った。

「そうか。」と、雅夫がまごつくうちに、

「いらっしゃい。」と、かおるはさつきの手を取って、奥の畳の間へあげると、障子《しょうじ》をしめてしまった。

雅夫が不服げに出て行くか行かないうちに、かおるは手伝いの少女を呼んだ。

「京子さん、店をしまいますから。」

雅夫の話がおだやかでないので、京子は奥へ席をはずしていたものとみえる。

かおるは京子と二人で、店の大きいガラス戸の内側に、カアテンを引いた。

「橋本さん、帰ったわよ。」

かおるの声で、さつきは店へおりて来たが、まだ不安が消えない目を向けた。厚いカアテンの明るいのは、街灯などの光りもうつっているらしかった。

「今朝、雅夫さんのお母さまが、うちへいらしたのよ。」

かおるは明るくうなずいて、

「知ってる。」と、男のように言った。

「お兄さまから聞いたの？」

「橋本さんが話したのよ。兄は昨夜からまだ帰らないのよ。お宅から研究室へ出たんでしょう。」

「昨夜はほんとうにありがとう。助かったわ。」

「泊めていただいたのね。」

「泊まっていただいたのよ。」と、さつきは顔を赤らめた。かおるの目をまぶしそうに、

「雅夫さんはなにしに来たの？」

「あなたと結婚するって、宣言しによ。そして、兄に手を引けって……。」

「まあ。うそでしょう。」

　さつきは息をつめた。

「うそじゃない。もっとも、そうははげしくは言わなかったけどね。でも、こう言ったわよ。研一さんはさつきさんを愛してる。さつきさんも研一さんが好きらしい、だけど、自分はあきらめないって……。」

「まあ。」

「あたしにもじゃまをしないでくれって、頼みに来たんだから、おもしろいじゃないの。」

「いやだわ。あのひと、あたしの帰りを、どこかで待っているんじゃないかしら。気味が悪い

わ。」

「あたしが送って行く。兄が来たら、兄に送らせるわ。」

「だって昨夜も迎えに来ていただいて……。」

さつきが言いかけた時、手伝いの京子が店を出ようとして、カアテンをあけた。

「あっ。」と、さつきは体がふるえて、足がすくんだ。

「どうしたのよ、さつきさん。」と、かおるはさつきのそばに寄った。

「橋本さんがいるの？」

さつきは首を振った。

「どうしたのよ。」

「ううん、人ちがいだったの。」

京子が表へ出て行った。

「今ね、顔の半分に繃帯《ほうたい》を巻いた人が通ったのよ。人ちがいだったわ。」

柏木が刺されたのは肩で、顔に繃帯をしているはずはない。その人は背も柏木よりずっと低かった。また、柏木はもう繃帯の取れているころだろう。

人ちがいするのもおかしいが、繃帯の人を見たとたんに、

（あっ、柏木先生？）と、おびえたのだった。

まちがいとわかってからも、さつきはなにか胸につかえたようで息苦しかった。昨日ふっと

涙を浮べた、母の顔が見えて来たりした。

「洋ちゃん、お金、大丈夫ね。」と、雪子がまた念を押した。

洋二はうんざりしたように、上着の内ポケットを、そとからたたいて見せた。

「ちゃんとここにはいってるよ。」

「落さないでね。伯父さんも楽でないところを、出して下さったお金だから……。」

「わかったよ。」

洋二は舌打ちして、

「まったく癪《しやく》だなあ。どうしてこっちが、治療費か見舞金かしらんが金をくれてやらなきゃならないんだい。お母さんをひどい目にあわされてさ。あいつにだって、義理のお母さんじゃないか。」

「しかたがないわ。弁護士さんがそういう風になさったんだもの。」

「まちがってるよ、弁護士も伯父さんも……。」

「でも、そのおかげでお母さんのことは表に出ないですんだのよ。」

「気ちがい病院へ送りもどりじゃあないか、お母さんは……。」

「……。」

洋二は歩く足にも、怒りが強く出た。

「世間に大きく出なかったことなら、敏高のやつだって同じじゃないか。」

「小さく新聞に出たわ。それに、敏高兄さんはピアノを弾く右肩を、怪我したんだし。」

「あいつに会ったら、左の方も突き刺してやりたいよ。金をくれるより、胸がすくだろうな。」

「洋ちゃん。」

幸枝が柏木に傷を負わせた事件のとき、あいだにはいった弁護士が、幸枝の兄であり後見人である小山周作から、治療費という名目で十万円、敏高に渡すように、話をおさめたのだった。

そして、つい一週間ほど前、柏木から周作に手紙で、あの約束通り治療費をいただきたいというのではないが、退院して伊香保《いかほ》の宿に静養しているので手もとが苦しいので、もし出来るならば、お約束の分をしばらく拝借させてもらえないかと言って来たのだった。

病気で引きこもりがちの周作には、十万円の金も容易でないのが、雪子にもわかった。その金の使いをする洋二に、だから雪子はなおくどく言うのだった。

田園調布の駅の改札口まで送って、

「気をつけてね。乱暴しないでね。」と、雪子は大きい目で弟を見た。

洋二は渋谷でおりて、一人になると、また怒りの炎が胸にたぎった。一昨日の雨のあと、昨日今日と、真夏のような日が照りつけていた。洋二は上着を脱いだ。腕時計を見ると、上野駅まで三十分として、汽車の時間までには、まだ一時間半ほどある。喉がかわくし、気を静めたいので、冷たいものでも飲もうと、横断歩道を渡りかけると、手前にとまっていた、みどり色の高級車から、

「洋ちゃんじゃないの？　乗りなさいよ。」と、中年の婦人が声をかけた。洋二のバアへときどき来る、大田《おおた》夫人だった。

「乗りなさいよ。」と、助手席の夫人がうしろの扉《ドア》をあけて、洋二はためらう間もなく乗ってしまった。すぐに信号が変って、車が動き出した。二十くらいの令嬢が運転した。

洋二はその人のうしろ髪の美しい波と、きゃしゃな肩と、半袖のブラウスから出た腕を見た。腕は若い光りのように動いた。

「れい子。」と、夫人は呼んで、

「この子が、ヒトミの洋ちゃんよ。どう？」

令嬢が振り向いた。洋二はふとやさしい花の匂いにつつまれたようだった。

「花の娘のれい子。バアへは行きませんよ。」

れい子は洋二に軽くうなずいただけで、運転をつづけた。

洋二が伊香保へ行くと聞いて、夫人は上野駅まで送ると言った。洋二はれい子のうしろ姿に、

温い夢を見ているようだった。真近にいながら、自分とは遠いひとと思うのが、不意にかなしくなったりした。敏高にたいする怒りもやわらいだ。

汽車に乗ってからも、洋二はれい子の姿を追っていた。その姿を言い表わしようはないが、あんな感じの人がいてくれるならと、人生が生き生きして来た。

「渋川《しぶかわ》、渋川。」と呼ぶ駅員の声に、洋二はわれにかえって、いそいでおりた。

駅前のバス発着所に歩きながら、洋二は念のために、内ポケットに手をやった。

「しまった。」

札束のはいった封筒がない。すられたのだと思った。高崎《たかさき》駅あたりまで、上着は窓際につるしていたようだが、上野駅の地下道で、冷めたいお茶を飲んだ時のこと、改札口をはいった時のことなど、どうもはっきりしない。

(もとはと言えば、敏高のやつが悪いんだ。)と、洋二はまたむらむらと義兄に憎悪がつのって来た。その敏高にたいしてさえ、自分の方に弱味が出来た。伊香保へ行ったってしようがない。しかし、洋二はふらふら伊香保行のバスに乗った。段々になった伊香保の温泉場に、敏高のいる宿をさがしあてたが、洋二は玄関にはいりかねて、渓流《けいりゅう》の方へおりて行った。山の緑に深くつつまれ、小鳥の声がする。

流れに近い岩に腰かけて、薄鼠色《うすねずみいろ》のセエタアの男が、ステッキを片手に休んでいた。洋二はその男の顔のわかるところまで来ると、

「敏高さん。」と、思わず呼んでしまった。柏木はけげんな顔をした。洋二は逃げ出したくなった。

「僕、洋二です。じつは……。」と、伯父からの金を途中でなくしたことを話した。柏木はだまって、むしろ冷淡に聞いていた。洋二を信じてないのか。

「そう、取られたの？　警察にとどけた？」と、しばらくして言った。

「いいえ、まだです。頭がぼうっとして……。」

「そう。しかたがない。なくなった金はいらないよ。そのかわり、君に頼みたいことがある。」

「……。」

「ある婦人を……。」と、柏木は遠くを見る目になって、

「連れ出してほしいんだ。」

「……。」

「悪いことをするんじゃない。その人は僕にどうしても会いたがっているんだが、ある事情で、その人は家を出られないだけなんだ。」

洋二は答えなかった。

「もし、君が助けてくれるなら、君のなくした金は、受け取ったことにするよ。」

暗い廊下

（洋ちゃん、どうしたのかしら？）

洋二が伊香保の柏木に、金をとどけに行ってから、もう三日になる。

柏木に金をたたきつけて、その日のうちに引き返すものと、雪子は思っていた。一晩は泊ったにしても、昨日は帰ってなければならない。雪子は心配で、じっとしていられなかった。柏木に金をくれることはないと、あんなに怒っていたからあの金を、悪い友だちとでも、使ってしまったのではなかろうか。

洋二の勤先《つとめさき》へ電話をかけてみるのにも、雪子は伯父をはばかって、うちの電話は使えない。駅の前の公衆電話で、洋二のバアの番号を廻しながら、雪子の指はふるえていた。

「お店につとめている、柏木洋二の姉ですけれど……。」と、雪子が言い終わらぬうち、女給らしい女の声が、はっとしたように、

「洋ちゃんは、こちらでも一昨日からさがしていて、どこへ連絡したらいいかわからなくて、

困っていたところなんです。」

「弟がどうかしたんでしょうか。」

「あの、ちょっとお待ちになって。」

「もしもし、もし……。」と、雪子は呼びつづけた。答えのない受話器に耳をあてているのが、雪子はこわかった。

やがて、男の声で、

「もしもし、僕、高田《たかだ》です。」

「ああ、高田さん?」と、雪子は思わず言った。高田という洋二の同僚の名は、雪子も洋二から聞いていた。

「高田です。じつは、洋ちゃんが……。」

——洋二が三日前、店のお客の大田夫人の車に、渋谷から乗せてもらって、上野駅へ送られたが、その車のなかに、洋二のらしい、大金のはいった封筒が落ちているのを、大田夫人の令嬢が見つけて、

「それで大騒ぎになったんですよ。そのお客さん、大田夫人が、店へ電話をかけてきて下さいましてね、昨日も一昨日も、僕たちみなで、洋ちゃんをさがしてたところなんです。洋ちゃんはどこにいるんですか。」

「ええ、あの、いいえ……。」

「伯父さんがあって、姉さんがいるとは、聞いてたんですが、そのお宅は誰も知らないもんで……。電話を下さって、ほっとしました。洋ちゃんに、そう言ってやって下さい。」

「はい、どうも、ありがとうございます。」

「それじゃあ……。」と、高田は電話を切りかけたが、

「あ、そうだ。大田さんの住所と電話番号をお教えしておきます。いいですか。杉並区《すぎなみく》、荻窪《おぎくぼ》……。」

雪子は電話器の横においてあるメモ帳に、やっと書き取った。

「洋ちゃん、どこにいるの?」と、雪子は気を失うように口走っていた。

(お金をなくしたと思って、自殺したのじゃないかしら……。)

その弟のためにも、自分は落ちつかなければならないと、雪子は深い呼吸《いき》をして、空を仰いだ。道の両側から、銀杏が厚いみどりの枝をひろげている。梅雨空が重く垂《た》れていた。

「洋ちゃん。」

雪子の呼ぶ声に、坂をおりて来た人が、びっくりして立ちどまった。こんな時、雪子は自分の頭に自信がなくなる。倒れそうに走って帰った。

玄関から奥への暗い廊下も、今の雪子にはこわい。

「洋ちゃん、洋ちゃん。」と雪子はまた呼んでいた。

(もう心配で、あたしだめだわ。)

居間から、周作が顔を出した。

「どうしたね、雪子。洋二が来たのかい?」

「いいえ、あの……。」

「今、洋二を呼んでたじゃないか。どこにいるんだ。」

「ええ、あの……。」

(洋ちゃんのこと……を伯父さんに話さなければ……。いいえ、うっかり話せない……。)

雪子は頭がみだれた。

「どうしたんだ。」と、伯父が雪子をのぞきこんだ。その病み衰えた、伯父の顔が迫って来るのも、雪子はこわくて、

「ああっ……。」

「雪子、雪子、おい。」

雪子は頭の奥が静かになってゆくようだった。からだの力が抜けた。伯父の腕に抱きささえられた。

周作がかかりつけの老人の医者が呼ばれて、雪子はすぐ正気にかえったが、恐怖が去ったわけではなかった。

すぐにも大田夫人のところへ、金を受け取りに行かなければと思いながら、雪子は頭のしんがぼんやりしていた。しきりに首を振った。そのたびに、水枕の冷めたさが気持よかった。

いつか雪子は眠っていた。

満開のばら

かおるの店に、白木《しらき》が来ていた。いつも、二、三本のばらを買う、あの青年だった。

このあいだ、かおるは白木と、見合いのようなことをさせられたのだった。白木はかおると結婚したいと、直接かおるには打ちあけはしないで、白木の親からかおるの兄に、話があったのだった。白木は研一をかおるの店で見かけたこともあって、研一が大学の助手であることも知ったのだろう。大学の研究室まで、白木の父が研一を訪ねて来て、相談を持ちかけた。そして、白木とかおるとが、二人で会う機会を、研一がつくったのだった。

かおるが花屋だから、銀座の花の木というフランス料理店で、夕食をすることになった。

研一は貸間で、かおるの帰りを待っていた。

「どうだった。」と、やさしく聞いた。

かおるは肩をすくめてみせた。

「お見合いなんて、あんなものでしょうね。」

「見合いと言ったたって、白木君の方は恋愛だろう。かおるを見染めて、花を買いに来て、花を買いつづけるうちに、なお好きになったんだから。」

「だって、親同士が——かおるの方が親じゃないけど、お膳立てして、会わせたんだから、やっぱりお見合いよ。」

「しかし、前にたびたび顔が合ってるし、二人っきりだから、見合いという感じはしなかったろう。」

「いや、なにを話していいんだか、困っちゃった。お見合いってものは、やっぱりお見合いらしく、家族が附き添って、しかるべくしゃべって、取りなした方がいいんだわ。」

「へええ？　かおるでもね……？」と、研一は意外そうな顔をした。

「まあ、どっちだって、同じようなもんだけど……。」と、かおるはめずらしく目を伏せて、

「あたしね、こんどのことで考えちゃったのよ。かおるって、今まで、ずいぶんお粗末だったのね。」

「……。」

「まだ一度も、恋愛らしいことがないんだわ。あたしだって、自分から人を愛して、その人の子供を産みたいわ。自分から好きになるってことが、だいじなのよ。でも、性格的にだめなのかな。」

「十九や二十で、なにを言ってる。」

「精神年齢はませているのよ。」

研一は父の死後、兄が逆に妹から養われている、自分の胸に、かおるの言葉がこたえたが今はそれに触れないで、つとめて軽く、

「白木君は落第かい。」

「まだわからない。なんだか、白木さんとは平凡に結婚してしまいそうな気がするな。それもちょっとさびしいと思うの。別に惜しいような自分じゃないけど……。」

その日から、白木は今日の日曜日まで、かおるの店に来なかったのだった。かおるの方の返事を待っていたが、かおるの返事がないので気おくれしていたからだろう。

白木はいつも店へ来る時のように、ばらの筒へ目をやって、

「このばらは、もう満開ですね。」と、さりげなく言った。

「そう開いちゃ、もう売りものにならないのよ。一本三十円にしておきますけど、八本全部買って下さらない？」

「僕がですか。」

「ええ、そうよ。」

「これはおどろいた。かおるさんに買えと言われれば、買いますけど。」

「白木さんはまだ、あたしにお花を下さったことないでしょ。」

「それはそうですよ。」と、白木の声は急に明るく、

「花屋さんに花をあげる、ばかはいないでしょう。」

「その、いないばかになって、あたしにばらを下さったら……?」と、かおるは笑った。そして、しまったと思った。白木が今日店へ来てくれたのには、どんな気持を忍んでか、かおるはわかり過ぎて、よろめいたのではないか。

白木も笑いながら、

「ずいぶん、ちゃっかりしてるんだな。これじゃ、商売繁昌するわけだ。」と、開いてしまった、ばらを筒から抜こうとして、

「あ、痛い。」

「お気をつけなさい。ばらにはとげがある。」

白木はばらから手を引いて、ポケットの財布を出した。

「三、八、二百四十円ですか。こまかいのがない。千円でおつり下さい。」

「いいわ。貸しとくわ。」

京子の客を迎える声がした。

「いらっしゃいまし。」

雪子がためらいがちにはいって来て、

「あのう……。」と言いかけるのへ、

「あなた、雪子さんでしょ。さつきさんから電話があったわ。」と、かおるが近づいた。

「お花はあたしがえらんで、花束にして、待ってたのよ。」

「あら。」

「はい、これ。」

「すみません。きれいですわ。おいくらでしょうか。」

「いいのよ、お金は。あなたが持つと、お花がよろこんでるようだわ。」

「あら。でも、これはあたしがよそのお宅へ、お礼に持って行くんですから、せっかくいただいても……。」

「いいのよ。こっちへいらっしゃい。お茶を入れるわ。さつきさんとあたしは、高等学校時代からの親友なのよ、とてもなかよし。」

雪子もしかたなく、奥へ通った。かおるは紅茶を入れて、ケエキを出した。

雪子ははじめて会う、かおるが親切過ぎて、かえって落ちつかない。すぐに腰を浮かした。

「帰りには、きっとお寄りなさいね。いろいろお話しましょうね。」

「はい。あの……。」と、雪子がまだ花の代金のことをくりかえすのに、

「いいのよ。じゃあ、お帰りにね。」

「ありがとうございます。」

さつきがかおるに、なんと電話をしておいてくれたのだろうかと、雪子は思った。

さっき、雪子は田園調布の駅へ行くみち、坂をのぼって来るさつきと出会ったのだった。さ

つきはパン屋の帰りだと言った。そして、雪子が荻窪へ行くと聞くと、さつきはなかのいい友だちが、荻窪の駅の近くで花屋をしていると話した。

「寄ってごらんになって。かおるさんて、とてもいい人なの。」

そう言われて、雪子は思いついた。

「あたし、その方のお店で、お花を買って行きますわ。はじめてのお宅へうかがうのに、花を持って行っては変でしょうか。」

「そんなことないわ。かおるさんに電話をかけておくわ。」と、さつきは言ったのだった。それで、かおるは親切なのだが、花の代金も取らないのに雪子は涙ぐみそうだった。

花束をかかえて出て行く雪子のうしろ姿は、かおるの目にはさびしげだった。もっと親切にしてあげたいと、見送っていた。

「可愛い人ですね。」と、白木が言った。

「でも、僕は安心しましたよ。満開のばらを、一本三十円で買わされたんで、ずいぶんちゃっかりしてると思ったら、気前のいいところもあるんですね。」

「それはそうよ。あの人はね、お父さんはなくなったし、お母さんは頭が狂ってるし、兄貴は女たらしだし、弟もまともじゃないし、あんなことをしてあげたぐらいでは、まだ足りないわ。それにくらべたら、あなたなんか、なんでもそろっているのに、その上、あたしまで欲しがってらっしゃるんですもの。」

「手きびしいな。」

「そうよ。さ、お茶。ケエキはいかが。」

「まさか、そのケエキの代金まで取るんじゃないでしょうね。」

伊香保から

かおるは心待ちしていたが、雪子は帰りに店へ寄らなかった。

「あの人、自分ではようはいって来ないかもしれないから、表に気をつけて、店の前を通ったらしらせてね。」と、京子に頼んでおいたほどなので、かおるはもの足りなかった。

「昨日のお嬢さんですよ。」と、京子にささやかれたのは、明くる日の午後一時半ごろだった。

かおるは客から、告別式におくるという花の注文を受けて、まとめかけた花束に白ゆりを何本か加えようとしているところだった。それを京子にまかせて、かおるは表へ出た。

「いらっしゃい。昨日は待ってたのよ。おはいりなさい。」

「はい。」

昨日の花の礼に、わざわざ来たのかと、かおるは思ったが、雪子は店のなかをうかがうように立っている。

「どうかしたの。」

「あの……さつきさん、いらしてないでしょうか。」

「さつきさんは見えてないけど。」

そう聞くと、がっくりその場へしゃがみこみそうな雪子を、かおるはかかえるように、店の奥へつれてはいった。

「さつきさんに御用なの？　さつきさんがここへ来るはずなの？」

「いいえ、それは……。」

雪子は気を静めるように、かおるの入れてくれた茶を、両手で口へ持って行ったが、指先きが小きざみにふるえていた。

「どうかなさったの。」

「はい。あたし、今日、伊香保へ電話をかけたんです。そしたら、兄と弟とが、東京へ立ったあとで……。」

「伊香保……。」

かおるにはなんのことか、さっぱりわからない。

しかし、雪子は茶碗を両手のなかに、しっかり握ったまま、なにか訴えるようにかおるを見ていた。

「伊香保とさつきさんと、なにか関係があるの？」

「はい。大変なんです。」

「話してちょうだい、あたしでよかったら……あたしはさつきさんとは親友だし、おうちのなかも知っているし、なにを話しても大丈夫よ。」

「そのことなんです。」

雪子は少し落ちついて話し出した。

——昨日、大田夫人から十万円受け取ると、雪子には大金のことなので、令嬢が車で送ってくれた。金は返ったものの、洋二からはなんの連絡もない。不吉な想像が雪子を苦しめていた。思いあまって、雪子は今日、伊香保の宿へ電話をかけてみたのだった。敏高からの無心状《むしんじょう》が、伯父の手文庫《てぶんこ》のなかにあって、それは宿屋の封筒を使ってあるから、電話番号も印刷されている。雪子はその封筒をこっそり見ると、一人で家を出た。駅の近くの喫茶店にはいって、電話を借りた。

「柏木さんは今朝早く、お二人でお立ちになりました。」と、伊香保の宿の人は言った。

(お二人。)と聞いたとたんに、さつきの母のことが頭にひらめいて、雪子はぎょっとした。

問い返してみると、洋二にまちがいなかった。

(ああ、洋ちゃん、生きていた。無事で……。)

金をなくしたことも、敏高はゆるしてくれたのだろうか。

しかし、それならなぜ、洋二は雪子に連絡してくれなかったのだろうか。あんなに憎み憤った敏高と、なぜ四日も五日も、伊香保でいっしょに泊っていたのだろうか。雪子は弟の気持がわからなくなった。そんなに洋二を泊めておいて、いっしょに帰る敏高もわからない。

（変だわ。なにか悪いことがあるわ。）

でも、とにかく、洋二が生きていて、今日は東京に帰ったのだと、雪子はほっとうれしくて、喫茶店の扉《ドア》を出ると、黒い車が目の前を走り過ぎた。

「あっ？」

顔を深く伏せた、和服の婦人の横の男は、たしかに敏高だ。雪子がはっとした時、もううしろ姿だったが、前の助手席の若い男は、首も肩も洋二にそっくりだ。

雪子が声をかける間もなく、車は駅の前を右に折れて、線路わきの道を遠ざかった。

見まちがいか、幻覚だったのかと、雪子は自分を疑った。

（でも、あの女の人は……。）

雪子は夢中で、伯父の家の前を通り過ぎて、さつきの家へいそいだ。

さつきはまだ帰っていなかった。学校から友だちの家へ廻るとのことだった。

「じゃ、おばさまは？」と、たたみかける雪子に、

「つい今し方、お客さまとお出ましになったばかりです。」と、みねは気の毒そうに答えた。

「どんなお客さま？」

「さあ、若い方でした。」

洋二にちがいないと、雪子は思った。

雪子はうろたえてしまって、とにかく、さつきに会わなければと考えた。学校の帰りに寄る友だちの家というのは、かおるのところと思いこんで、そのままかおるの店に来たのだった。

「それで、その自動車のなかの人、たしかに、さつきさんのお母さまだったの?」

かおるに念を押されると、雪子は首を振った。

「はっきりはわからないんです。でも……。」

「どうしたらいいかしらね。」

とっさには、かおるにも名案は浮かばない。

もしか、さつきが帰っているかと、電話してみた。まだだった。

「あら、兄さん。」

はいって来た研一を見て、よいところへ来てくれたという風に、かおるは明るく呼んだ。

三人で

「どうした？　なにかあったのかい。」と、研一はたずねた。

「かおるにしては、めずらしく、あわてているじゃないか。」

しかし、かおるのそばに雪子がいるので、研一は妹をからかえない。雪子の顔を見ると、この娘になにかあったのかと、研一は思った。雪子はひとみの底深くから、悲しみが燃え出ているようで、研一もはっとして、

「お客さん……？　じゃないね。」

「雪子さんよ、さつきさんのお友だちの……。」

「ああ、そうか。」

「あたしの兄です。」と、かおるは紹介した。

「研一です。」と、研一はつけ加えた。自分を見あげる雪子の目から、涙があふれそうなので、研一はあわてて言ったのだ。

雪子は今までの恐怖と緊張とが、研一の前で、急にゆるんでいくようだった。

かおるは店に立ったまま、雪子の心配ごとを、研一にかいつまんで話した。

「どうしたらいいのかしらと、二人で言ってたところなの。いい知慧はないの。」

「そうだね。」と、研一も考えていたが、

「大丈夫ですよ。それがさつきさんのお母さんだったとしても、三人で乗っていたのなら……。」

「はい、でも、弟が……。」

「弟さんがいっしょなのは、どういうことかわからないけれど、弟さんはたいして悪いことはしないでしょう。」

「はい、でも、兄さんは悪い人です。」

「しかし、凶悪犯人でもないし、真昼間《まっぴるま》だし、三人で車に乗っていたって、なにもおそろしいことは起きませんよ。」

大きい目を真直ぐ向けて来る雪子に、研一は言った。

「とにかく、さつきさんのところへ行ってみましょう。心配はないと思いますが。」

「はい。」

「かおる。僕は雪子さんを送りかたがた、さつきさんのところへ行って来るよ。」

「あら。じゃ、かおるも行くわ。ちょっと待って。」

かおるはいそいで、さつきと雪子のために、可愛い花束を二つつくった。

タクシイをとめたのはかおるだった。雪子をなかにはさんで乗った。

「この車も三人ですがね、なんでもないでしょう。」と、研一は言ったが、雪子の肩を軽く抱いて安心させたいようなものを感じていた。

田園調布の駅のところから、雪子の家の前を車が通る時、

「ちょっとおことわりして行きましょうか。伯父さんが心配していらっしゃるでしょ?」と、かおるは言った。

「いいんです。」

さつきの家が近づくにつれて、雪子はまた心配がつのるらしかった。

「それじゃあ、帰りにお寄りして、僕から伯父さんにおわびしてあげましょう。」と、研一は言った。

さつきの家の門はしまっていた。ベルを押すと、しばらくしてみねが出て来た。

かおるは不安をおさえる声で、

「さつきさん、いらっしゃる?」

「はい。三十分ほど前にお帰りになりました。」

「おばさまは……?」

「おいでになります。」

研一とかおるとは、一瞬、気が抜けたように顔を見合わせた。

雪子はふっと目をつぶり倒れそうに見えた。その雪子をかかえるようにして、研一はかおるの後から、玄関に通った。

「あら、雪子さんもごいっしょなの?」

走り出て来たさつきは、研一にもたれて、放心したような雪子に、はっと息を呑んでびっくりした。

そんな雪子を、やさしくささえている研一にも、心が騒いだ。

「さつきさん、お母さまは……?」

雪子のふしぎな声に、

「えっ? 母に御用なの?」

「いいえ、あの……。」

雪子はつまって、研一を見あげた。

その時、美也子が出て来たが、そこに雪子をみとめると、はっと顔色が変りかけた。

さつきはなんのことかわからないで、雪子と母とを見くらべていた。

「どうなさったの、お母さま? なにかあったの?」

「なんでもないわ。」

美也子はすぐ平静にもどって、やさしく首を振った。

「さ、みなさんにおあがりいただいてね。応接間がいいでしょ。」

かおるはすかさず花束を美也子にさし出して、

「雪子さんがお店へいらしてお話しているうちに急におばさまやさつきさんにお会いしたくなって来ちゃいましたの。」

「大歓迎よ。じゃ、なにかわたしが御馳走をつくりましょうね。」

さつきはかおると母との明るい会話を聞きながらも、なにかあるのを感じていた。

(なんなの?)と、研一に目で呼びかけていた。

(なんでもありませんよ。安心なさい。)と言うように、研一はかすかにうなずいた。

さつきはその研一の目を信じようとしたが、

(なぜ研一さんは、さつきの肩をたたいて、安心なさい、と言うような、大きい声でなにか言ってくれないのだろう。)

研一の手はまだ雪子を支えそうにしていた。

運転手

さつきが雪子の家で気分が悪くなったと、洋二が迎えに来たので、美也子はあわてて玄関を飛び出したのだったが、門の前に、タクシイが待っていた。

なかからあいた扉《ドア》の奥に、人がいるとは気がつかないで、美也子は乗ろうとした。人がいるとわかっても、医者かしらと思った。それが柏木と気がついた時は、腕をつかまれて引っぱりこまれた。つかのまの油断だった。

「ひどいことをなさいますのね。」

美也子のふるえ声は低いが、動き出した車の運転手にも聞えた。

「手紙に返事はくれないし、電話をしても出て下さらない。――こうするより法がなかった。」

「……。」

しばらくして、柏木は車をとめた。助手席にいる洋二の肩を、うしろから押した。

「君はもういい。用はないよ。ここで降り給え。」

洋二は振りかえって、ふんと肩をそびやかしたが、青ざめた美也子を見ると、しょんぼりとうなだれて車を出た。夏の日の照り返しが強くて、洋二は目をつぶりながら頭を振って、道端に立っていた。

車はロオタリイを廻って、第二京浜国道を走って行った。

「どこへいらっしゃるのです?」

美也子が口を開いた。柏木は美也子の問いには答えないで、

「会いたかった。」

これには美也子が答えない。

「あの気ちがい女め。」と、柏木は憎さげに吐き出して、

「気ちがい女のために、僕たちはじゃまされなければならないんですか。美也子さんはあの気ちがい女がこわいんですか。」

「あの方が気ちがいなら、あの方を気ちがいになさったのは、あなたじゃありませんか。」

「じょうだんじゃない。男と、どうかして、女の気がちがうのなら、世のなかの女は大方《おおかた》気ちがいになっていますよ。気ちがいは生れつきですよ。その証拠に、あの女の娘も気が変だというじゃありませんか。」

「雪子さんとは、さつきがお友だちになっていますわ。」

「そんな娘は近づけないことだな。僕みたいに怪我させられないうちにね……。」と、柏木は

右肩をおさえてみせた。

「お怪我はもうすっかりおよろしいんですの？　これだけはうかがってみたかったわ。」

「よくはありませんよ。つゆの湿気にも、この暑さにも、痛むんですよ。心はもっと痛むんですよ。」

「……。」

「この傷で、もう僕はピアノが弾けないんですよ。この傷は美也子さんとの愛の刻印ですよ。僕の一生、深い刻印ですよ。病院でも温泉でも僕はそのことばかり思ってた。もうこの腕はピアノにはさわれない、美也子さんのやさしい手にさわってもらえるだけだ。僕に残っているのは、美也子さんだけだ。」

「すみません。わたしが悪かったのですわ。」

「いいや、あなたを責めているんじゃなくて、あなたをもとめているんですよ。」

「わたしを苦しめないで下さい。」

「苦しめているんじゃなくて、しあわせにしようとしているんです。あなたを愛することだけが、僕のしあわせでもあるんだ。思い出すでしょう。冬でした。この道を車で走りながら、美也子さんは僕と幸福だった。」

「いいえ、地獄でしたわ。地獄です。わたしはまちがっていたんです。娘までもずいぶん苦しめましたわ。雪子さんのお母さんのように、わたしもあのままでは気がちがいそうでしたわ。

そして今度は、柏木さんの左の腕を刺す羽目《はめ》に落ちたかもしれませんわ。」

「あの気ちがい女は嫉妬に狂ったんですが、美也子さんも僕のために嫉妬に狂ってくれるのなら、もう片一方の腕を刺されたって、僕はいいですよ。あなたはまちがいと言ったが、たとえば、僕と気ちがい女とのことなんかは、これは明らかにまちがいですよ。人間はまちがいを犯すものです。僕がピアノを失ったのは、そのまちがいの天罰かもしれません。しかし、その天罰のせいで、僕はあなたにたいする、まちがいでない愛情を、いっそう痛切に知らされた。そしてですね、男女の結びつきの成立《なりた》ちの順序、結婚とその後の恋愛、また二人のなかに子供があるかないかという事実、そういうことはみな、その愛情がまちがっていないかまちがってるかの、正しい判断にならないことも、僕は痛切に感じさせられたんです。あなたの結婚はまちがっていて、僕との恋愛の方がほんとうなんですよ。そうでなければ、結婚をしていて、大きいお嬢さんもあるあなたが、あんなに僕を愛するはずがないんだ。」

「わたしには大きい娘があります。」と、美也子は言った。

「しかし、あなたは若い。」

「若くはありませんわ。あの時に、三十ほどいっぺんに年を取ってしまいましたわ。」

「あの時って、いつです。」

「お別れを言いに行った時ですわ。あなたの血を見た時ですわ。」

「その血は、美也子さんが流させたんですよ。あなたがいたからです。」

「あれからわたし、目をつぶると血の色が見えるんです。それがこわいよりも、きたなくてたまらないんです。自分がきたなくて、きたなくて……。」

「あなたは責任がありますよ。僕の腕をだめにするほど血を流させたのにも、あの女をまた気ちがい病院へやったのにも……。」

「ゆるしていただくんですわ。わたしはもう別の人間になってしまったんですから。」

「僕にたいする気持も変ったと言うんですか。」

「そうですわ。」

「ほんとうにあなたは変ったんですか。」

「変りましたわ。」

「ピアノが弾けなくなったピアニストを捨てて、あなたは家庭というものにもどって、涼しい顔をしてようなんて、そうはさせませんよ。」

「涼しい顔なんかしていませんわ。自分を火で焼いているようですわ。」

「暑い夏ですからね。」と、柏木はふとあざけると美也子の肩に腕をまわした。

「これがあの腕です。今はあなたを抱くためにあるようなものです。」

美也子は身をすくめてのがれようとした。

「もう僕に女は出来ないかもしれん。少くともあなたは、僕に次ぎの女が出来るまでは、僕をお守《も》りすべきだ。」

「えっ？」

「僕は女なしじゃいられない。しばらくは、あなたにつないでいてもらわなくては……。」

この時、車が不意にとまった。うしろから来る車を二、三台やり過ごして、運転手は大きくカアブを切った。

「おい、君、どうしたんだ。」と、柏木がおどろいて言った。

「奥さんのお宅へお送りしましょう。」と、運転手は今来た道を逆に、車を走らせた。

――かおると研一と雪子の三人が、さつきの家へ来た時、美也子が帰っていたのは、このタクシイの運転手のおかげだった。

軽井沢

夜のから松林から窓の方へ、濃い霧がまいて来た。霧のなかを迷うように、樺色《かばいろ》の大きい蝶の飛ぶのが、さつきの目にとまった。

「今日も浅間《あさま》は見えそうにないわ。また雨かしら。」

さつきのひとりごとのようなものだが、食堂の椅子で新聞を読んでいた俊助が声をかけた。

「朝の霧だから、晴れるかもしれないよ。」

さつきは父のそばに来た。眼鏡をかけない俊助は、目を細くしても読みづらそうだった。さつきは二階の父の寝台の横から、老眼鏡を取って来て、

「お父さん、はい、眼鏡。」

「うむ。」と、俊助はまぶしそうに笑った。

「どうしても、これがいるな。もう老人だね。」

「そうよ。おじいさんよ。」と答えたが、父はまだ若いと、さつきは思っている。このごろは

特にそう感じる。

夏休みにはいる前、六月の初めに、さつきの級《クラス》の女子学生が、俊助より二つ下、四十五歳の人と結婚をした。しかし、その話は学生のあいだに、そう奇異な事件という興味をわかせはしなかった。結婚の相手の年齢にたいする考えも今はそれほど自由になっているのだろうか。そうしてみると、さつきが俊助と同じ年の人と結婚していても、あまり不思議がられはしないことになる。

このごろ、父と自分の年齢が、急に接近したように感じられて、さつきはとまどう時がある。美也子のことなどで、さつきが大人になったせいだろうか。

「お父さま、明日も明後日も雨だったら、さつきはもう東京に帰りたいわ。九月になってから雨ばかりですもの。」

「うむ。雨もいいさ。」

「お父さまは東京へ帰るのがおいやなの?」

「どうして……。」

「きっと、おいやなのね。」

「どうしてそんなことを言うんだ。」

「どうしてでも……。」

「お母さんのことかね。」

さつきはぎくりとした。さつき自身、それほどはっきりした意味で言ったのではなかったが、父に聞きかえされて、さつきは固い顔でうなずいた。

「ええ、それも、あります。」

「心配していたのだね。」

「はい。それは、とても……。」

「うむ。」

俊助は新聞をおくと、眼鏡をはずして、さつきを見た。父の目はやさしかった。

「心配しなくてもいいんだよ。」

「そう、でも……。」

いつかは、さつきが父と話し合ってみなければならないことなのだろうか。あるいは、父と娘とのあいだでは、話してはならないことなのだろうか。

「心配だったとしても、それは、さつきにはかかわりのないことだ。さつきは苦しまなくていいよ。」

「でも、お父さまとお母さまとがおしあわせでなくては……。」

「それはそうだが……。」と、俊助はちょっとつまった。

山小屋の前の坂道をあがって来る、美也子のパラソルが、霧の流れのなかに見えた。買いものに出ていたのだ。

「さつきは安心していてくれていいよ。」

「それなら、安心しています。」と、さつきは答えた。これだけでも父と話せて、さつきは楽になった。

「さつきが東京へ帰りたいなら帰ってもいいが、せっかく山へ来られたんだからね。」

俊助と同じ研究室の若い講師が、アメリカへ留学していて、その人の軽井沢の山小屋を、この一夏貸してくれたわけだった。

「帰らなくてもいいです。」と、さつきは明るく言った。

「かおるさんが来るはずで来ないんだろう。呼んだら？」

「いそがしいのよ、お店。結婚の話もあるし……。」

「そうか。かおるさんも結婚か。」と言いながら、俊助はゆっくり二階へあがった。今の話の直ぐあとに、娘の前で、美也子と顔を合わせたくないらしい。

「お帰りなさい。」と、さつきはあまえた声で、母を迎えた。

「ああ。」と、美也子はレインコートを脱ぎながら、片目をつぶって見せて、

「雅夫さんに会ったのよ、今そこで……。下の道でぶらぶらしてたわ。お母さんを見ると、逃げて行きそうにするのよ。変な人ね。軽井沢へ来ているの？」

「ホテルへときどき来るらしいの。」

「さつきはここでも、雅夫さんとおつきあいしているの？」

「いいえ。」

「でも、あなたを待っている様子だったわよ。さつきに会いたくて、軽井沢へ来るのね。」

「下の道で、あたしが出て行くのを、何時間も待っていたりするんです。そんなの、いやよ、さつきは……。そとへも出られやしないじゃないの。」

「可哀想ね。」

「だれが?」

「雅夫さんよ。さつきに会いたければ、うちへいらっしゃればいいのにね。お呼びしなさいな。あんなところで、何時間も待ってるなんて変ですよ。いくらなんでも、そんなことを雅夫さんにさせて、ほっておくのは、さつきにも悪いところがあるわ。」

さつきは顔が赤くなった。

「そう、いけなかったわ。意地悪してたみたい。」

さつきはいそいで庭へおりた。霧が冷たく頰にあたった。かけすが向うの林で鳴いていた。

この時間

「白木さん」

有楽座の切符売場にならんでいた白木は、かおるの声に振りかえった。

「……?」

「よしましょうよ。あたし、映画を見たくなくなっちゃった。」と、かおるはささやいた。

「この映画はつまらないんですか。」

「でもないでしょうけれど……。」

「じゃ、どこか別のにしますか。」と、白木はあっさり列を離れた。

「別のも見たくないの。」

いつになく、かおるの言い方はあいまいで、あまえかかるようだった。

「急に見たくなくなったの。」

「どうしたんですか。」

「あたしたちのような、若い二人が会うと、映画を見るしか、楽しみはないのかしら。」

「さあ。急に開き直って、そんなこと聞かれても、僕は困るな。映画を見ようと言い出したのは、かおるさんですよ。」

「それはそうだけれど、白木さんが映画を見るつもりでいらっしゃると思ったからよ。」

「いや、僕はそういうつもりでも……。」

「なかったの？」

「いったいどうしたんですか。」

「あたしたち、今は婚約者ってわけでしょう。」と、かおるは言った。

「そうですよ。」

「でしたら、こうしたおつきあいの時間も、貴重な時間でしょう。一生のうちで、一番いい時間かもしれませんわ。むだに過ごしてしまうと、二度とかえって来ないから惜しいわ。」

「そうですよ。」と、白木はうなずいて、

「映画を見るなんて、むだですか。」

「映画を見るのがむだってわけでもないけれど……。でも、あたしのような二人が会うと、たいていは映画を見るらしいわよ。そして、映画館を出ると、喫茶店で休んで、それから男の人に送ってもらって帰るのが、順序らしいわ。」

「そうですね。」

「あたしたちもその型通りしているのに気がつくと、いやになったの。」

二人は日活会館《にっかつかいかん》の方へならんで歩いていた。

「なにか型やぶりのすばらしいことでもありますか。僕は車がないから、ドライブはできないし……。」と、白木は考える風なのを、

「ドライブなんか、ハイヤアでも出来るけれど……。」と、かおるはすなおな口調で、

「白木さん、こうしているの退屈?」

「いいや、ちっとも……。暗い映画館のなかより、この方が、かおるさんの顔が見えて、よっぽど楽しいや。」と、白木はめずらしくおどけた。

かおるは頰を赤らめて、

「あたしの顔より映画の方がいいでしょうけれど、でも、日本の若い人は、なにかというと、いっしょに映画を見るでしょう。自分たちに雰囲気がないからじゃないかしら。自分たちだけでは雰囲気がつくれないからじゃないかしら。なにかが貧しいんでしょう?」

「たしかにね。それは僕も耳が痛いですよ。かおるさんには美しい雰囲気があるからなあ。」

「あたしは花屋ですもの。」と、かおるは笑った。しかし、そう言ってから、花々のかおりを身にしみこめて結婚出来たらと、かおるは思った。

「白木さんはあたしの雰囲気じゃなくて、店の花の雰囲気を感じてらしたんじゃないの?」

「いや、花のなかの花の雰囲気をね。」

「あんなうまいこと言って……。」

かおるにとっては、まあ平凡な結婚であるのに、それがきまったとなると、今は白木のちょっとした言葉もうれしいのだった。

「僕たちは日比谷《ひびや》公園の方に歩いてますよ。これも型通りみたいだし、歩いてばかりいてくたびれませんか。」

「いいえ、ちっとも……。桜田門《さくらだもん》から半蔵門《はんぞうもん》の方へ行って皇居を一廻りしてもいいわ。東京では、お堀端がきれいですもの。」

「一廻りしますか。そういう思い出をつくっておくのもいいな。歩くのには、適当に暑くて、適当に涼しくてね。もう秋なんですね。」

堀の水の色も、向う岸の皇居の木々の色も、夏とはちがう静かさだった。

「僕の家ではね。」と、白木は改まった口調で、

「出来るだけ早く式をしたがっているんですよ。もうきめないと、式場が年内は予約ずみになってしまうそうですよ。」

かおるはにわかに胸騒ぎがして、

「いそぐこともないわ。式場のあいてる時に……。来年だっていいじゃないの。」

「とにかく、日をきめて、お仲人《なこうど》さんを、誰かお願いしなくてはいけないでしょう。」

「お仲人さん……？　あっ、そうだわ。お仲人さんなら、ぜひなっていただきたい方があるん

だけどな。」と、かおるは急に男のような勢いで言った。

「僕の親父も、頼みたい人があるようなこと言ってましたよ。」

「だめよ。絶対に、お仲人さんは、あたしの言う人でなくちゃ、いやよ。」

「どなたですか。」

「さつきさんのお父さまとお母さま。」

「ああ、大学の教授ですね。いいでしょう。僕は仲人が誰だって、かおるさんさえ僕のところへ来てくれればいいんだから……。親父もそれほど仲人にはこだわらないでしょう。だけど、かおるさんはなぜ、絶対に、なんて言うんです。」

「それはね……。」と、かおるは一息ためらって、

「あたしに親類がないからよ。」

「ほう?」

「つまり、将来夫婦喧嘩をした時に、あたしは味方が兄だけでしょう。白木さんの方は、お父さまやお母さまや、ごきょうだいや、それから御親戚もたくさん、東京にいらっしゃるわ。その上に、お仲人さんまであなたの味方じゃ、あたしは心細い限りよ。」

「はあ、なるほど……。でも僕は、かおるさんをそんな風に孤立させたりしないつもりだけどな。」

「つもりなんて、あてにならない。でも、今のはじょうだんよ。ほんとうは、ほかに魂胆があ

るの。」と、かおるはまじめな顔で、

「白木さんとあたしが結婚すれば、兄は一人ぼっちになるでしょ。可哀想よ。」

「……。」

「さつきさんの御両親にお仲人をたのめば、あたしが結婚した後でも、兄はなにかとさつきさんの家へ行くでしょ。さつきさんとのおつきあいも、つづけられるでしょ。」

「ああ、そうですか。」

「兄はさつきさんと結婚しなければいけないと、あたしは思います。」

雨

夏休みが終ってから、さつきはまだ雪子に会っていない。学校の行き帰りに、雪子の家に気をつけているのだが、一度も雪子の姿を見かけない。

軽井沢へ来たかおるの手紙に、雪子がよく店へ遊びに来ては、手つだいもしてくれて、花の茎をたばねたり、花束を紙でつつむのも、なれた手つきになったなどと書いてあった。それを読んだ時、さつきはぎくっとしたものだった。そして、ぎくっとした自分にびっくりしたものだった。雪子がかおるの店へしげしげと行って、研一に会っていたところで、(それがどうしたの。)と、さつきはなにか振り払うように首を振った。

しかし、軽井沢から帰った夕方、かおるに電話をかけてみると、雪子はこのところ店に来ないけれど、

「どうなさったのかしら?」と、かおるの方からたずねられた。

今日もさつきは大学の帰りに、雪子の家を見ると、年配の医者が看護婦をつれて出て来た。

（伯父さまが悪いのかしら。）

母と相談して見舞いに行こうと思いながら、足を早めて玄関にはいると、母の明るい笑い声がした。

「お帰り。研一さんが見えてるのよ。」と、美也子が応接間の扉《ドア》をあけて、

「着替えて、さつきも早くいらっしゃい。とてもいいお話、かおるさん、いよいよ結婚なさるのよ。」

「まあ、ほんとう？」

さつきは部屋へかけこんで、いそいで着替えると、応接間へはいるなり、

「かおるさん、ひどいわ。さつきに知らせもしないで……。」

「きめるとなると、なんでも一人できめてしまうやつなんです。」

「お兄さまにも御相談なさらないの？」

「いや、僕がすすめた縁談なんですがね。かおるにしては、案外平凡なかたづき方で、ちょっとこっちが拍子抜けしたようなんですけど……。」と、研一は言った。

「それで、わたしたちにお仲人をと、おっしゃって下さるのよ。」

「あら、すてき。お父さまとお母さまが……。」

「それもかおるが自分できめたことなんです。どうしても、先生御夫妻にお願いするんだと言って、相手の白木君に賛成させたんです。」

研一はそう言いながら、かおるが仲人は絶対に中田俊助夫妻をと、白木に主張して帰った晩、

「あたしがお嫁に行っちゃったら、兄さんはさつきさんとずっと遠くなってしまうわ。だから、さつきさんの御両親にお仲人をお願いして、半分親類みたいにしておいた方がいいわ。でないと、兄さんはさつきさんを逃してしまいそうだもの。」と、そう言った、妹の言葉を思い出して、さつきの顔を見た。さつきと目が合った。ういういしい清潔なひとみだ。

しかし、かおるの店ではじめて会ってから、この一月半ほどのあいだに幾度か、いつも深い不安と悲しみをたたえた、その大きいひとみで、研一にすがりついて来るような、雪子の目の色にくらべると、さつきの健《すこやか》な美しさは、かえって研一を落ちつかせないのは、なぜだろうか。

さつきは頰を染めて、目を伏せた。

雨がにわかにぱらぱらと音を立てて降って来た。

「あら、雨。縁談に雨は縁起がいいんですよ。」と、美也子は研一に言った。

「それはありがたいですが、僕は雨の支度をして来なくて、弱ったな。」

「あら、まだよろしいでしょう。」と、美也子とさつきが同時に言った。

「夕飯でもごいっしょにあがっていらして下さい。通り雨のようですから、やみますわ。」と、美也子はとめた。

しかし、研一は研究室に仕事があるからと言うので、さつきが送って出た。

研一は駅の見える坂の上で、

「ありがとう。たいした降りじゃないですよ。」と、傘をさつきに渡した。

「でも、濡れますわ。」

さつきは受け取った傘をまた開いて、研一にかえした。

二人はならんで坂の方へ行った。

雪子の家の前で、さつきが足をとめた。使いにでも行くらしい恰好の雪子が、玄関を一歩出ようとした姿のまま、こちらを見ていた。

「あっ、雪子さん。」

さつきが呼んで近づこうとした。

雪子はすくんだように身をひくと、すっと玄関の戸をしめてしまった。

「……?」

さつきはあっけにとられた。雪子の消えた戸を見やりながら、

「どうなさったんでしょう、雪子さん。」と、研一に問いかけた。

「さあ、どうしたんでしょうね。」

しかし、研一はさつきといっしょの自分を見て、雪子が逃げこんだ気持がわからぬでもなかった。

駅までのわずかな坂道が、研一にはひどく長いものに感じられた。

薄日

「雪子、雪子。」

また周作が呼んだ。はいって来た雪子を、周作は視点の定まらぬほど、力なく衰えた目で、じっと見ている。

周作の頬の肉は日ごとに目立って落ちてゆくようだ。

「伯父さま。なにか御用ですか。」

「いや、ただ……。ここにいておくれ。」

「はい。」

雪子はそこに坐ると、涙があふれそうになった。このごろ、周作はよくこんな風に雪子を呼んだ。

「雨はやんだかね。」

「はい、お縁側《えんがわ》あけましょうか。」

雪子は立って行って、廊下のガラス戸をあけた。西の空から明るくなって、薄日がもれていた。

「晴れて来るようですわ。」

「そうか。秋口の雨は、心細くなるようで、いやなもんだね。寝ているとよけいにね。」

「……。」

「十月、十一月の秋はいいが、見られるかな。」

「はい。」

雪子は周作の床のそばにもどって坐った。

「雪子は伯父さんの病気、知っているんだろう。」

「……。」

雪子ははっとした。周作の病気は胃癌《いがん》で、もう二月《つき》もつかどうかと、伯母から聞かされていた。

「癌だよ。みながかくそうとしたって、そんなことはわかるものだ。一月ぐらいかな、あと。」

「そんなことありません。伯父さま、そんなことありません。」

「いいんだよ、雪子。それはもうどうしようもないが、僕の気がかりなのは、お前のことだ。それから、お母さんのことだ。お前たちのために、なんとかしておいてやれるとよかったんだが……。まだこれはしかし、どうしようもないということではないからね。」

「伯父さま、あたしたちのことは……。」

雪子は泣き出すのをこらえた。

「洋二はちっとも来ないが、どうしたのかね。」

洋二の名を言われて、雪子はおびえた。

「洋二にはときどき会ってるのかい。」

「いいえ。」

「無事につとめているのかい。」

「……。」

「それなら、まあいい。一度来るように言いなさい。」

「はい。あたし、これから行って、洋ちゃんをつれて来ます。」

雪子は立ちあがりかけた。周作は雪子のすぐにも出て行きそうな様子に、

「いや、今でなくていいんだよ。坐ってなさい。」

雪子もあの金を新宿のバアへとどけに行った時から、洋二とは会っていなかった。

「金はあいつに渡さなくてもいいように話をつけたから、姉さんにやるよ。」などと、その時、洋二は雪子を避けるような様子で、変なことを言って、雪子をおどろかせた。敏高と美也子の車に、どうして乗っていたのかと、雪子が聞いても、洋二はろくに返事もしないで、姉をバアに残したまま、ふてくされて裏路《うらみち》へ出て行ってしまった。雪子はしかたなしに金を持って帰る

と、伯父に返した。周作はわけがわからなかったが、その金は直接敏高に送ってやった。敏高から簡単な受取りが来た。

いずれにしても、洋二は伯父から金をあずかって伊香保へ行ったきり、伯父にはなんのあいさつもしていないわけだった。今日にも、洋二を呼んで来て、わびをさせねばと、雪子は思わないではいられない。

「洋二はまあ酒場でもいいとして、雪子だよ。僕がいなくなったら、この家を売って、伯母さんとなにか店でも持つかして……。」と、周作は低い声で話しつづけた。

「もっとも、伯母さんは反対だがね。」

伯母は伯父が死んだあとは、この家の部屋貸しをして暮らすつもりだと、雪子にも話していた。

「それに、店というのも、雪子には無理だね。お母さんもあんな風だが、せめて雪子が結婚するまで、伯父さんも丈夫でいたかったね。」

「そんなこと、伯父さま。」

「雪子。」と、周作はくぼんだ目を雪子に向けて、

「雪子はこのごろよく出かけるが、好きな人でもあるの?」

「えっ?」

「相談相手になってくれる人が出来たの?」

とっさに雪子は返事につまった。頬が赤くなっていた。

その雪子に、周作はむしろびっくりしたようだった。

「いい人かい。」

雪子はうろたえたまま、

「はい。」と答えていた。

「その人が、好きなんだね。」

「……。」

「そうか。雪子はその人と結婚する気持があるのかい。その人は結婚してくれそうなのかい。」

「伯父さま、そんな……。」

雪子は今自分がなにを答えたのか、伯父がなにを聞いたのか、はっきりとはわからないようだった。答えてはいけないことを、われしらず答えてしまったようだった。

伯父の言う「好きな人」とは、誰のことを考えて、自分は答えてしまったのだろう。誰もかれもない。

(研一さんしか知らない……。)

雪子は頭のみだれのうちに、研一のことを伯父に、答えていたのだと、自分でさとって、はっとしたとたんに、一昨日、玄関から雨のなかに見た、研一とさつきの姿が浮んだ。

「いけないわ。」

顔色を変えて、叫ぶように言う雪子に、周作はびっくりした。

「どうしたんだ、雪子。なにがいけないんだ。」

「ちがうんです、ちがうんです。」

「なにがちがうんだ。」

「ああ。」

雪子は自分が支えられなくて、伯父の部屋を走って出た。

わかれみち

「伯父がわるいんです。どうしたらよいのかわからなくて——。」

研一に電話したのだと、せまるような口調で言った雪子は、しばらくだまったままだった。

洋二をさがして新宿を歩くと、人混みがかえって雪子をひとりにした。バアに洋二はまだ出ていなかった。逃れるように立ち去った雪子は、街角の電話ボックスを見ると、こらえきれなくなって、研一を呼んだのだった。

なにを訴えようとしてダイヤルをまわしたのだろう。ただ受話器につながって、研一のいることが、狂いそうな雪子を支えているようだった。研一の声をきいたら、涙があふれてしまうのではないかと思った。

「いいんです。大丈夫です。」

研一が言いかけるのを避けるように、雪子はあわてて電話を切った。

硝子《ガラス》ごしに見える街並が、瞼《まぶた》の奥でふくらんでいた。研一の優しい腕がなつかしかった。

（いけないわ。）

自分に言いきかせるようにつぶやくと、倒れそうになるのをこらえ、頬のあたりを拭いて外に出た。秋の陽が、雪子のうえにのしかかるようにのびていた。

きょう医者は、帰りぎわに、

「体が弱っています。急なことではありませんが——。」

気持の用意をしておく方がいいのだと、雪子は感じた。医者の顔が敏高に見えた。

十万円というお金を、伯父から受けた敏高は、その後、なんの音沙汰もなかったし、洋二もそのために、雪子から遠ざかってしまったのだった。

たくましさによりたのみたくなる自分の気持を、悲しいと思った。

歩道の端に立って、タクシイをとめようとしたとき、自分を呼ぶ花やいだ声に、ふとふりむいた。

買物の包《つつみ》をさげたかおると、そのかげに微笑を浮べたさつきが、立っていた。

「どうなさったの？　なにも連絡してくれないから、ずいぶん心配したわ。兄も、雪子さんが病気になったんじゃないかって。」

研一のことを、かおるからきくのが、つらかった。

「お見舞に伺おうと話してたところなの。ちょうどいいわ、ごいっしょしましょう。」

「伯父がわるいんです。弟をさがしに出て来たんですけど、まだバアに来ていないんです。」

「顔色がすぐれなくてよ。あなたも大切になさらないと。」

清潔なさつきの視線に、雪子はおびえた。研一に電話をかけてしまったことが、二倍の痛みをともなって、かえってくるようであった。

「かおるさん、結婚なさるのよ。」

「えっ？」

花やいだ雰囲気はそのせいなのかと、かおるを見ると、頬が赤らんでいた。

「雪子さん、そんなに見てはいや。あたし、どこも変ってないわ。」

かおるの着ているセエタアの大きい襟《えり》が、花びらのようで、微笑には花の匂いがこめられているようだった。

「もうだめ。見るのはおしまい。お茶でも飲もうよ。」

恥らいをかくして、男のような口調になるのも、かえって嫁ぐひとのあでやかさをふりまくのだった。

「あたし、帰ります。」

「ごめんなさい。のんきなことを言っちゃって。」

「いいんです。」

「お約束どおりごいっしょしたいわ。ねえ、かおるさん、お手伝いもしてあげたいし――。」

「いいんです。」

雪子はくりかえした。

タクシイをとめたのは、かおるだった。

「雪子さん、疲れてるのよ。お送りするわ。」

さつきとかおるに抱かれるようにして、車にのると、頭の芯が痛むようだった。やはり疲れてもいるのだろう。

やや傾いた陽差しが、埃《ほこり》っぽい舗道を染めていた。

「それで、かおるさんは、いつ？」

「あたしの誕生日。」

「二十五日なの。」と、さつきが受けた。

二十五日まで、伯父は生きているだろうか。かおるは親しい人を迎え、雪子はそれを失うのだった。

「雪子さんも、ご招待の知らせを出すことにしてあるのよ。ぜひ来てくれないと――。」

「伺いたいわ。でも、伯父が――。」

「そんなにいけないの？」

雪子はだまってうなだれた。沈黙が襲って、息苦しかった。涙がたまったまま、落ちてこないような眼であった。

さつきの手が肩にまわされ、雪子を抱いた。雪子はふっと母の匂いを感じ、優しいさつきを、研一への電話でうらぎったことになりはしないだろうか、いけない女なのだと、思わずにはいられなかった。

「銀もくせいの匂いがする。」

「車が香りをすくっているみたい。雪子さんのお庭に銀もくせいがあるわね。はじめてあなたを見たのも、あの樹の下だったわ。」

「そうだ。雪子さんを、銀もくせいの少女だと、あたしに話したことがある。不思議なひとだって……。」

気をまぎらわそうと、雪子をはさんで交される心づかいが、頬をふるわせた。

田園調布に着いて、車を降りたとき、

「許して下さい。あたし、いけないんです。だめなんです。許して。」と叫んで、雪子は駆けた。

「雪子さん。」

うしろから驚いたように呼ぶ、さっきの声が追った。

ゆくひと

「かおるとこうして話していられる日も、数えるほどしかないね。一週間もすると、かおるは白木君のところだ。」

「さびしいの?」

「まあ、ね。いままで、かおるに背負われてきたようなものだったから。」

「でも、お兄さまには、あたしのかわりをおあずけしてよ。」

研一には、さつきのことを言ったのだと、すぐ察しられた。

「さつきさんは、おとなしくて、優しくて、あたしよりもお兄さんにふさわしいわ。」

「かおるだって、優しくて、思いやりがあって、なかなかいい娘だよ。」

「二十年のおつきあいを縮めたようなひとことね。それも精いっぱいの。」

「二十年か……。そういえば、かおるは二十一になるんだったね。」

「さつきさんも、そろそろ結婚してもいいと思うの。お兄さん、一度思いきってプロポオズしてみなさいよ。」

「プロポオズ？」

「そう。白木さんのように、積極的になるのよ。あたしのような娘でも、結婚したくなるように、さつきさんにお兄さんが、はっきり申しこんだら、きっとうまく行くと思うわ。ね、一度そうなさってよ。」

「そうだね。そのうちに。」

研一の答えには軽いひびきがあるようだった。かおるは、おや、と思ったように眼をあげて、研一を見た。

「お兄さんは、さつきさんを愛してらっしゃるんでしょう？」

「きらいじゃない、好きだけど、もっとつつましいものだという気がするんだよ、ぼくの気持は。」

「そうなの。あたし、いますぐにでも結婚したいのかと思って——。でも、いいわ。そのうちにきっと結婚するもの。確信があるんだ、かおるには。」

「分析の名人というわけか。」

「株で儲けたり、花屋を開いたり、結婚の相手を見つけたり、かおるにはいつもピンとくるものがある。お兄さんとさつきさんのことも、そうなのよ。お兄さんは、さつきさんと結婚しなければいけないわ。」

かおるの部屋は、ま新らしい道具もみえて、研一にはまぶしかった。妹から結婚の話をきり出されたあとでは、なおのことだった。

「そうそう、きょう新宿で雪子さんに会ったわ。とても青ざめて可哀想だった。伯父さんのご病気で、雪子さんまでが傷ついているようで。」

研究室にかかってきた雪子の電話が、消えのこりの火のように、頭から離れないのだった。慰《なぐ》さめのことばも言えないうちに、電話を切った雪子の気持が、よくわかったからであろう。吐息《といき》まで聞えたようだった。

「それで、お見舞に行ってあげたの?」

かおるは、さきほどのことを、かいつまんで語った。

帰りぎわにとり乱した雪子を、伯父の病気と心の疲れのせいと言うかおるは、ひそかに研一を愛していることを、見逃がしているのかもしれない。敏感なはずなのに、うかうかしているところは、まだ二十歳だと思った。自分のことばで頭がいっぱいなのだから無理もない。処女の感情は、処女よりも男の方がよくわかるようだった。悲しみに押しひしがれそうになりながら、じっとこらえている、そんな雪子の眼を見て、やさしく肩を抱いてやりたかった。肩に置いた研一の掌《てのひら》は、裸の処女を感ずるのではないかと思った。

「あたしが嫁いだあと、お兄さんの身のまわりは、店の京子さんにたのんでおきました。でも、お掃除くらいは自分でなさってね。」

「ひとりでも大丈夫だよ。」

「いいえ。お兄さんは、レエルにのせてあげないと、動かない人よ。」

「いつもながら手きびしいね。姓がかわって、白木かおるになっても、名前に負けずにすみそうだ。」

「いやなお兄さん。果物でも召しあがる？　とてもきれいな柿があったのよ。」

長廊下のつきあたりに作った台所で、器用に包丁を使う後姿は、なまめいていた。

「日曜日に、さつきさんのお家へ、いっしょに行って下さいね。」

女のいのち

さつきはいつも早起きである。早起きとはいっても、今日は日曜日だから、寝床をはなれなくともよい。今日は、早い眼ざめということになるのであろう。時計を気にして起きる必要もなかった。

ばあやのみねが、立ちはたらく物音を聞くと、さつきはじっとしていられなくなり、手早く着かえて、台所に顔を出した。

「おはようございます。」

「まあ、今日は日曜日でしょう。どうなさったのです、お嬢さま。」

「なんでもないのよ。お庭のお掃除、あたしがするわ。」

「よろしいんですよ。仕事でもしていないと、さびしいのですから。」

さつきは、今日は研一が来るのだと思うと、心が騒いで、動かずにはいられないのだった。

はりつめた朝の空気には、銀もくせいの香りが漂《ただよ》って、さつきは眼まいがしそうだった。

（雪子さんはお元気かしら。）

さつきは門を出て、雪子の家へ通ずる坂を降りて行った。このあいだ、あんな別れ方をしたのは、自分にも責任があるようで、まがきの奥からしのびよってくる銀もくせいを吸うと、若さが波立ってきた。研一と連れ立って、雨あがりの道を歩いたとき、扉《とびら》のかげに避けた雪子の影が、ふっと甦えったりした。

「あっ、さつきさん。」

不意に呼ばれて、見まわすと、いちょうのかげに雪子が立っていた。

通りすがりのさつきを見ているだけの眼ではなく、なにか訴えて、なにか語りたそうだった。

「お疲れでしょう。おやすみにならなかったの？」

「眠れないんです。伯父の病状は変らないいんですけど……。」

そのまま黙って、二人は肩をならべた。

大きくみひらかれた雪子の眼は、体のやつれを覆いたいのか、まばたきもしなかった。

「このあいだは……。」

「いいのよ。気になさらなくても。」

「ちがいます。」

「……？」

「研一さんのことです。」

さつきは虚《きょ》をつかれて、足がとまった。小さく「あっ」と、声をあげたようだった。

雪子はふりむいて、

「あたし、弟をさがしているうちに、誰かの声をききたくて、研一さんきり知らないから、お電話したんです。でも、なにも話せませんでした。自分がこわかったんです。」

「……。」

「あたしは、罪深い娘なんです。あなたをうらぎったんです。敏高とふたりで、あなたを不幸にする予感がして。」

雪子は、唇をかんで言葉をきった。

柏木敏高が、母をさつきから奪ったおりの悲しみが、さつきを襲った。

(雪子さんだって、敏高にお母さまを奪《と》られたんだわ。雪子さんは、敏高のような悪魔ではない。)

雪子は立ちすくんださつきを見て、はっとして口をつぐんだ。

いちょうの並木が霞《かす》んでいた。

「研一さんは、いい方です。」

「愛してらっしゃるのね。」

「……。」

答えるかわりに、首を横に二、三度ふった雪子は、黙って背をむけると、急ぎ足になった。

涙をみせないためだったろう。

「雪子さん、今日、かおるさんと研一さんがお見えになるの。きっといらしてね。」

研一が、雪子をそれほど深く思っていなかったり、よく知らなかったりするのだと、雪子の愛は、自分の奥深くにこもって、かえって深いように思われた。

雪子の庭のもくせいは、生と死のあいだからひろがるように、強い香気を放って、さつきを追ってきた。

「さ、かおるさんにおあがりいただいてね。応接間がいいでしょ。研一さんもどうぞ。」

明るいかおるの雰囲気が、美也子を少しばかり上気させた。柏木との暗い傷も、みずから癒《いや》しているようであった。

さつきは、母の笑顔を見るのがうれしくて、かおるの手をとって、応接間へ導いた。

「よう、おそろいで、よくきてくれましたね。」

父の俊助も和服にくつろいで、

「かおるさんは、またきれいになったようだ。」

「まあ、小父さままでも、そういうことばをご存じですのね。」

「白木君は幸福な人だね。」

「まあ、お父さまったら。」

「このたびは、厄介なことをお願いしまして……。」

お仲人さんには、さすがのかおるもしとやかだった。

「なにか、あたしがご馳走をつくりましょうね。」

美也子は座をはずした。

「今度はさつきさんの番よ。そのときは、白木の両親にお仲人させて下さいね。」

さつきは、自分の番だと言われると、頬を赤らめた。

「かおるさんがお嫁に行ったあと、あたしに花屋さんを手伝わして下さらない？　かおるさんのように、花のなかで生きてみたいのよ。」

「ほんとうにやって下さるつもり。うれしいわ、ぜひそうして。」

かおるは椅子から立ちあがって、さつきの傍《そば》に身をよせた。

「学校のおひまなときでいいのよ。あたしも、ひまをつくって、お手伝いするわ。」

「お手伝いだなんて、かおるさんのお店ですもの。でも、あたしに出来るかしら。お母さまにも、いっしょに花を束ねてもらいたいのよ。」

「大丈夫ですよ。かおるだって、一人前の花屋さんのつもりだったのですから。」

研一は明るく笑って、感情のみがきや香りが現われはじめた美しい二人の少女を見つめた。

「ところで、仲人というのは、どういうことをしゃべるものかね。」

「さあ、さっきあたしをお賞《ほ》めになった小父さまのことば、お式のために用意したものではありませんの？」

かおるの娘らしい甘さが、応接間をやわらかく包んだ。

「お母さまも、さつきといっしょに、花屋さんになるのよ。」

皿を運んでいた美也子は、おどろいたように顔をあげた。

「小母さまとさつきさんが、花のなかにいたら、かえって花が売れなくなりますわ。」

俊助は、さつきに小さくうなずいてみせた。娘の心づかいなのだと思った。

昼食のあと、かおるを家においで、研究室へかえるという研一を送って出た。

「雪子さんは、研一さんを愛していらっしゃる。でも、それを、あたしに対するうらぎりだと思ってるんです。」

さつきは、雪子の愛情が、どうしたら研一にわかってもらえるだろうかと思った。

（あたしの愛は、雪子さんにくらべたらまだ浅いのではないかしら。）

今朝、むこうを向いて、首を横にふった雪子の肩が、ふるえているのを見て、かおるのお店をやりたいと云いだしたのだった。

前をむいたまま、歩幅《ほはば》をかえないさつきは、研一の眼にきびしくうつった。それは、恋をしている娘の美しさであった。

陽のなかでいちょうの色が、並木からさつきにうつり、雪子にも、かおるにもうつるようであった。

川のある下町の話

川に流れる子

あの町もこの町も、そうなったことだが……、戦前は、郊外の、静かな町だったのが、空襲で焼き払われて、終戦と同時に、闇市とかマアケットとかいうものが、小さい駅の南北に、にぎやかでせせこましい通りをつくった。

そのマアケットが、ぽつぽつと二三軒ずつ、どうやら家らしい形に建て直されていって、一年ほどのうちに、道幅のせまい盛り場になった。

二つの映画館、ゲエム・センタアと呼ばれるあたりには、十軒以上のパチンコ屋、そして路地から路地へ、スタンドバアや居酒屋、そば屋、すし屋のような店がならんだ。

改装されて、灰白色に塗り変った、N駅のブリッジの下に、つばめが巣をかけていた。夜ふけまで明るい灯の下を、親燕《おやつばめ》が餌《え》を運んでいる。

十軒にあまるパチンコ屋の流行歌と玉の音と、地ひびきを立てて通る電車と、ひっきりなしの行人《こうじん》の足音と……、つばめの雛《ひな》の育つころは、その上に、盆踊りのはやし太鼓と、小屋芝居の客呼ぶアナウンスと、つばめは睡眠不足にならないのだろうか。

夏の夜は、今どきめずらしい門《かど》づけも、電車からおりる。四竹《よつだけ》を鳴らして、竹細工《たけざいく》をして見せる老人、鳥追い姿の男女……。繃帯《ほうたい》だらけの幼子を負い、買いもの籠《かご》をさげた母親は、店の前で止まると、不意に歌い出す。これは女乞食《おんなこじき》なのだ。空腹を訴えて、倒れて見せて、唯一の所持品だという西洋剃刀《かみそり》を買わせる少女も、そのサクラをつとめる、見かけのいい青年も、駅のつばめとは顔なじみである。

「つばめをごらんなさい。日本が戦争に敗《ま》けても、占領されても、つばめはなつかしい日本へ、南の国から子を産みに来た。外国から来る奴で、態度の変らないのは、つばめだけじゃありませんか。」

サクラの青年がそんなことを言うと、なるほどとつばめの巣の方を見る人もある。

「つばめのなじみの家も焼かれたんだ。それで駅のブリッジに巣をつくった。この女の子とおんなじですよ。」

青年はまことしやかに言う。

晴れた日の午後には、狭苦しい道ばたに、一稼《かせ》ぎの店をひろげる。ゴムマリ、二十日《はつか》ねずみ、端布《はぎ》れ、子供服、合歓《ねむ》の苗……。曳《ひ》き売りの車の上には、ゴム紐《ひも》から、コップ、灰皿にいたるまで、一品五十円……。ミシンの月賦販売、握りずしの器械まである。子供の虫切りには孫太郎虫、

「奥さん、子供衆がおありでしょう。めずらしいわねえ、この孫太郎虫……。戦後はもうなくなったのかと思って、私さがしていたんですよ。ここで見つけて、うれしくなっちゃいました。

やはり日本はほろびないわ。」

と、店の前にしゃがんで、通行人に話しかける、これもサクラらしい女は、お白粉《しろい》やけの首すじを、髪はアップにして、ブラウスにスカアトで、赤い鼻緒の下駄をはいている。通りがかりの一人の男は、

「孫太郎虫で、日本はほろびないか。」

こんな風景は、平和な昔、浅草にもよく見られた。浅草では、土地になじんでいたものだが、今はあの町にもこの町にも、毒きのこが生《は》え出したようだ。

この町は低い土地にあって、川にかこまれていた。

川岸には、温泉じるしの旅館がならんでいるところと、うらがなしい家並《やな》みと、そうして大きな工場やS医科大学の所属病院も立っていた。

川は暗くつづいている。

ふだんは、毒気のありそうな水がよどみ、川底の鉄屑を拾う男たちの腰下くらいの深さでしかなかった。

……八月の二十日すぎ、二三日肌すずしい日がつづいた後に、うだるように暑い日があった。

新聞もラジオも、アメリカの女の名のついた颱風《たいふう》の、予報をつたえていた。

九州はもう荒れ模様、関東は余波を受けるくらいのものらしかったが、寝苦しくむし暑い東京の夜は、大雨になって明けた。

朝の八時ころまで、話声を消すほどの雨がつづいて、町をめぐる小さい川は、水かさを増し、谷川のような音を立てた。

雨があがって日がさすと、なま温くしめった風が、西南から吹いたり、東南に変ったりで、人間も落ちつけなかった。青空をのぞかせながら、いろいろな形の雲があわただしく走っていて、暗くかげったと思うと、たちまちすさまじい雨になるのだった。

降ったりやんだりが、午後にもつづいた。

川ぞいの病院も、いつもなら外来の患者で混雑する小児科の受附けが、この悪天候のために、閑散だった。

この春、S大学を卒業した栗田義三《くりたよしぞう》は、国家試験を受けるあいだ、この病院の小児科にインタアンとして、通勤をしているのだが、外来のカルテを取ることのない午後は、受け持たされている入院患者の回診までに、手持ちぶさたな時間があった。

しぶきをあげて降る雨を、義三は医務室の窓からながめていた。川の水があふれて、もう一二寸で、道へ上りそうであった。

川岸の桜並木を、戦争中に、たきものに困った人々が、根こそぎにしてしまったのと、川の両側の家々で、いろんなものを捨てるのとで、川底が浅くなって、ちょっとした雨でも、すぐ水があがるのだった。

この川岸に、桜が咲きつらなっていたことなど、遠い世の夢のようで、義三には信じられなかった。

いつも暗くよごれている川が、雨の勢いで狂い立って、歯をむき出して、橋げたに噛《か》みついているのが、鬱憤《うっぷん》晴らしのようで、義三には小気味よかった。

「やれ、やれ。」

と、子供の喧嘩をけしかける時のようだった。

義三の見ている間に、道路にあふれ、岸の家の戸口の下まで、川幅をひろげてしまった。

しかし、大事《おおごと》におよぶような川ではない。

雨が小やみになると、水はまたすみやかにひいていた。

路地、路地から、大人《おとな》や子供が出て来て、川をものめずらしそうにながめた。

義三も人々のけはいに誘われて、出てみたくなった。予防着を壁のハンガアにかけると、受附けの石だたみの隅《すみ》にある、木のサンダルをつっかけて、川のふちへおりた。

見るまに縮まるように流れてゆく水を追っかけて、子供の群が走っていた。

義三が煙草に火をつけた時、

「ああっ、子供が落ちたっ。誰か助けてあげてえ……。」

と言う叫びで、川を見ると、白いシャツの小さい背なかが、流れに浮んで、たちまち橋の下に、まきこまれて行った。

義三は川に沿ってかけ出した。かけながら、ワイシャツを脱ぎ、流されてゆく子供の位置をたしかめて、飛びこもうと考えていた。

しかし義三は走ってみて、流れの早さにおどろいた。

白いシャツの子供の姿は、浮きつ沈みつ、第二の橋の下にくぐってしまった。

義三はなお走って、川に飛びこむと、流れて来る子を抱き取って、岸にあがった。

医者の卵だったから、義三は子供を静かに寝かせ、人工呼吸をほどこし、脚《あし》を持ちあげ、頭を下げて、ぷくんとふくれた腹を押して、水も吐かせた。

まだほんの幼い男の子であった。

「三、四歳かな？」

と、義三はつぶやいた。

落ちた時か、橋の杭《くい》にでもあたったのか、子供のこめかみのあたりに、血がにじんでいた。軽い傷だった。

幼子は生命を取りもどすと、激しく泣きわめいた。

「坊や、よかったね。」

と、義三は子供をゆすぶって、笑って見せた。その頭の上から、

「坊やあっ。坊やのばかっ。」

と、悲鳴が落ちかかって、義三がはっと身をひくうちに、幼子は若い女に抱き上げられ、抱きかかえられていた。

夕顔の扉

いつか人垣をつくった、その足の輪のなかで、義三はびしょ濡れの姿を照れて、

「ワイシャツよりも、ズボンを脱げばよかったな。」

と言うと、誰かが、

「走りながら、ズボンは脱げませんよ。」

子を抱いている娘の細々とした肩に、

「さあ。僕、病院の者ですから、病院へいらっしゃい。注射しといてあげましょう。」

と、小声に言って促した。

「それから傷にも……。大したことはないと思います。」

義三は水の垂《た》れるズボンをひきずって、病院へひきあげた。

途中で、義三の脱ぎ捨てたワイシャツを抱えて来る、看護婦に迎えられ、パトロオルにも出会った。

病院の入口にも、同じインタアンの女友だちや、小使までが顔をそろえて立っているので、
義三はすっかり照れてしまって、はしゃぎまわる人たちに、身の処置をまかせたような工合だ

った。

バス・ルウムに入れられて、体を洗って出ると、更衣室には、看護婦たちが調達してくれたらしい、ランニング・シャツとパンツ、それから誰のものか、紺サアジの学生ズボンもあった。ズボンは義三には少し短かかった。

医務室には、義三と同じ大学を出て、やはりインタアンとして、この病院に来ている、井上民子が黒く小さい瞳をかがやかせて、義三を待っていた。

「栗田さん。私が怒鳴ったのよ。窓から川を見ていたのよ。」

「そう？　君だったのか。」

と、義三は民子を見て、

「あの母子《おやこ》、来ましたか。」

「母子じゃありませんわ。姉弟《きょうだい》ですわ。」

「ほう、きょうだい……？」

「傷を消毒して、マアキュロ……、ビタ・カンも打っておきましたわ。」

「それは適当な処置……。」

「さようでございますか。」

と、民子はおどけた風に頭をさげて、

「今の人ね、国家保護を受けているんですって……。栗田さん、あの娘さんの目をごらんになった？　とても、きれい。びっくりするくらい……。まだ診察室にいます。」

義三は白い予防着を着て出ると、診察室の扉を押した。

あの若い女が、まだ濡れたままの子を膝に抱いて、腰かけていた。

「早く着かえさせた方がいいですよ。」

それだけの言葉を言ううちに、義三は頬が燃えるようだった。

娘の目の美しさに、義三は射すくめられた。その目は義三の今洗った髪や、若々しく赤らめた顔や、白い上っぱりや、少し短い借りズボンからはみ出して、スリッパをつっかけた足まで、一瞬に見て取った。義三はそう感じて、身動き出来ない。こんな目の光りを受けたためしはない。

これは自分を受けつけてくれない目だと、義三は思った。

しかし、向い合ってみると、娘の真剣な表情は、ほんとうに若い。さっき、なぜ、母親ときめてしまったのかと、おかしいくらいであった。

娘の生真面目な顔に、うれしそうな微笑が浮ぶと、

「ありがとうございました。すみません。」

大人に促されて、少女が言うような口調だった。その無邪気さに、義三はまた動揺した。

義三もぎこちなく、

「いや、なんでもありません。早く帰って、着替えさせた方がいいです。」

と、追い出そうとするかのように言った。

「えらいお世話さまでした。御姓名と年齢を……、一応本署に報告しますから……。」

と男の声で、義三ははじめてそこに、パトロオルという職業の、自分と同じ年くらいの、青年もいたことに気がついた。

「とんでもない、そんなことは……。」

と、義三は手を振った。

巡査も出て行った後、診察室には、にわかに明るい西日がさした。

(母亡、吉本とみ子、私生子、和男、四歳……)

今の子供のか、新しいカルテに、そう書かれているのを、義三は手に取って見て、

「私生子、四歳か……?」

と、つぶやいていると、どこかで誰かが、

「虹よ。大きな虹……。」

「虹の下にも、小さい虹よ。」

と言うのが聞えた。

「栗田さん。回診。」

看護婦が入口から、暑そうな顔を見せた。

午後四時である。

義三は聴診器の黒いゴムをつかむと、受持ち病棟の二階へ上って行った。

小さい患者たちは、みな順調で変りがなく、診察は早くすんだ。

受持ちの患者に異状がなければ、この回診で、インタアンは勤務から解放される。

急患、重患、手術の立ち合いなどで、夜も病院に残る日もあったが、今日のようにつとめが早く終ると、若い義三は自由な解放を感じた。

「映画でも見たいな。どうですか。」

と、井上民子を誘った。

嵐の後のせいか、子供を救ったせいか、義三は自分がなにかしら興奮しているのがいやだった。アパアトの独《ひと》りの部屋に、そのなにかしらを持ちこみたくなかった。

映画でも見て、ケエキにコオヒを飲む。それは義三にとって、ちょっとした贅沢だったが、そんなことでもして、堪能したような疲れぎみで、帰ったら直《す》ぐ眠りたいと思った。

民子はうなずいて、

「ええ。なにかいいものをやってます?」

「今朝、駅でポスタアを見たのは、(白鳥の死)と(善人サム)……。(イイスタア・パレイド)というのもあったな。」

「(白鳥の死)ね、前に一度見たけれど、もう一度見てもいいわ。」

白のシャアク・スキンのスウツを着た民子は、細《ほ》っそり清潔な感じの脚にハイヒイルで、栗田とならんで歩いた。

チャルメラ先生――民子は、どこかシナ風に見えて、そんなユウモラスなあだ名があった。しかし、知性と善意とを人に感じさせる民子は、女医という職業がふさわしいようでもあった。

「栗田さん。インタアンで、この病院へ来てから、ステルベンに会ったたって、前におっしゃったわね？」

「そう。小さい子の急性肺炎、とてもいやだった。」

「いやあね。私もあるの。病人を治してあたりまえ、死なれると、こんなにつらいのなら、医者になんぞ、ならなければよかったと、その時思ったわ。医者にくらべると、さっきの栗田さんの人命救助は、実に明白で爽快《そうかい》だったわ。表彰されてよ。」

「あれも、あたりまえさ。」

と、義三はその話を避けて、

「井上さんは、試験が受かったらどうするの……？」

「来年の七月でしょう。まだ、なにもきめてないわ。家でゆるしてくれるなら、大学に残って、細菌学をしたいの。」

「ほう、細菌学……？　研究室に残るのはいいな。僕は稼がないとだめだから、自分の勝手にはならない。」

二人が話しながら、一町ほど川上へ歩いた時、民子は不意に義三の腕をつかんで、

「ほら、あの子よ。ね。もう遊んでいるわ。丈夫ねえ。」

と言ったので、義三も立ちどまった。

あの子にちがいなかった。

白い絆創膏《ばんそうこう》の下の円い目で、二人を見上げると、はにかんだようだったが、そこの石段をちょこちょこのぼって、立木のあいだをくぐり抜け、身のたけほどある草のなかに、幼子は姿をかくしてしまった。大きい屋敷跡らしかった。庭木が多かった。

門であったろう、さびた鉄の扉に、緑の葉をみごとにからませて、夕顔の花が咲いていた。

義三はふと瞬《また》いた。

「あの白い花はなんです。」

「夕顔よ。焼けあとね。奥に月見草も咲いているわ。」

広い屋敷跡のどこにも、人の住んでいるけはいはなかった。

美男コンクウル

義三のアパアトは、病院から一駅で、いつも歩いて通っていた。

アパアトと言っても、東京に出ている学生のために、県人会が建てた寮であった。義三にとっては、そこも学校の延長のようで、木造の二階づくりの十六室には、同県の学生たちばかりだった。

義三の部屋の両隣りには、W大生とN大生、前の三部屋には、女子大生が二人、高校生と女学生の兄妹《きょうだい》、この二人は時折り、思いきった兄妹喧嘩をすることがあった。

義三が帰って、部屋の明りをつけると、前の女子大生が大柄なゆかた姿で、

「栗田さん、お手紙と新聞と小包……。はい。」

と、持って来てくれた。

手紙も小包も、N県の従妹《いとこ》から、小包は書留になっていたが、手の感じで書籍とわかった。

新聞は故郷の地方新聞だが、一度も送って来たことはないのに、どうしたのだろうかと、義三は先《ま》ずその帯封を切った。

「ええっ？」

赤線で目じるしをつけた広告欄に、自分の写真が出ていて、義三は度胆を抜かれた。

スワン商会という歯みがき会社で募集した、「歯のうつくしい美男子」の写真コンクウルに、歯を見せて笑っている義三の写真が、一等に当選しているのだ。

本人のまったく知らないことだ。誰かのいたずらにちがいなかった。

義三は舌打ちしながら、こんなことをしそうな、故郷の友だちの誰かれの顔を、思い浮べてみた。

――賞金一万円、副賞としてスワン歯ぶらし、男子用鏡一個、などと書いてある。

「この賞金が目あてだな、犯人は……？　ふうん？」

と、義三は新聞を抛《ほう》り出すと、従妹の手紙を読みはじめた。


一等おめでとう、お祝い申します。

たまには東京の御様子もうかがいたいのに、ちっともお便りがないので、いたずらをしましたの。あのお写真は去年の夏、お帰りになっていた時、私のライカでとったもの、私の腕前もみとめて下さってもいいわ。

賞金は義三さんのお母さまに半分――びっくりしていらしたわ。でも、よろこんで下さいました。私は誰にも叱られなかったわ。ですから、あなたもこわい顔をなさらないでね。私も一割いただきました。仁木どんのところで生れた子山羊を二匹買いました。私のお友だちが出来ました。残りのお金は別封の本の間に入れました。

この本は父が、インタアン諸氏、エクスタアンの参考になると言って、M市で買って来ましたの。

このごろ、うれしい話ばかりなの。（お写真のことだって、うれしいわ。）父がまた東京に出られるらしいの。こちらの病院は売るそうです。東京で病院の敷地を紹介して下さる方があるそうです。そこは、あなたのお勤めのところに近いらしいの。あなたが御存じの町のありさまを知らせていただきたいと、父が言っております。地所の話で、父が上京するかもしれません。私も学校の休みの日ならついてゆくの。うれしくって……。もし年内にでも、工事にとりかかれるようなら、来年は東京の学校へあがれるんですもの。

「桃子か……?」

と、義三は納得した。

桃子は夢想家でいて、しかし、なにか思い立つと、たいていのことはしてしまう。スワン歯みがきに、義三の写真を送ったのなぞも、桃子なら、やりそうなことだった。

義三はこの従妹が、高等学校の二年になっても、いたずらな弟であるかのように思えて、女の感じがしないのだった。

桃子は美人ではないけれども、愛らしい顔立ちそのままの性質で、一人娘でもあるし、誰からも好ましい少女と見られていた。

義三は笑いながら、小包をほどいた。「内科臨床の実際」これはほしいと思う本だった。頁《ページ》のあいだに見つけた千円札は、勿論、義三にはありがたくて、

「こわい顔は出来ないね。」

インタアンに月給はなかったし、義三はどこにいても、誰よりも貧しかった。

義三の生家は、信越線の駅前で、日用品を売る荒物屋《あらものや》だった。戦争前に、父が定期券で東京

へ、雑貨を買い出しに通っていたころは、義三も子供の楽しさで、貧しいという思いはさほどなかった。しかし、戦争中に、わずかの品は売りつくし、仕入れは出来ないで、店がほこりだけのような時に、父がなくなった。

中の兄は戦死、上の兄は無事に帰還したが、小学校の教員で、妻と母をかかえた暮しは楽でなかった。

呉《くれ》の兵学校からもどった義三は、医者をしている桃子の父、つまり母の兄にすすめられて、医科にすすんだが、この伯父の援助による学生生活は、とぼしいものであった。

ただ義三の美貌《びぼう》が、その貧しさをカバアして、いいうちのお坊ちゃん、という伝説に包まれていた。義三の自尊心は、その伝説のぼろを出すまいと苦しんだものだ。

義三の清潔な美貌と、美貌にふさわしい自尊心とは、その人の意志にかかわりなく、いつも女の目をひいていた。

伯父は東京の下町で病院を開いていたのだが、戦争が激しくなると、桃子と母とはN県の伯父の生家に疎開《そかい》し、病院が焼かれてから、伯父も引きあげて来た。前に医療器具が多少疎開してあったので、伯父は故郷で開業した。伯父の千葉医院は、東京の博士というせいか、ずいぶん多くの患家を持った。

しかし、桃子の母は、伯父と結婚する前に、舞台で歌ったこともあって、その声楽の夢がいまだに消えなかった。田舎暮しにあきあきしていた。こんども東京行きを強く主張したにちがいない。

義三にしてみると、伯父が東京に再び病院を持てば、当然、しばらくは助手をさせられる。そのきまりきったような未来に、義三は味気なさを感じた。

もっと自由でありたかった。

不自由を蹴飛《けと》ばすように、故郷の新聞も、内科の本も、足の先きで、片隅に追いやると、押入れから、枕も敷布もかけ蒲団《ぶとん》も、いっしょくたにたたんである夜具を取り出した。

桃子が見たら、なさけながるにちがいない。

ガラスの中の美少女

溺《おぼ》れた子の姉のふさ子は、その夜だけ、クリイン・ヒットというパチンコ屋の、玉売り場に坐るのを休んだ。

ふさ子は夜の七時から、昼間の少女と交替して玉を売ることになっている。広いゲエム場のなかに玉売り場は三とこある。

売り場は、ふさ子の上半身が見えるように、ぐるっとガラス張りになっている。ふさ子はそのなかに坐って、いろいろな掌《てのひら》に、金額だけの玉をのせてやればいい。口もきかなければ、客

の顔を見たこともない。たまには、

「細かいのがありませんから、あちらの売り場で……。」

と言う時があるくらいのものだ。

しかし、ふさ子のような美少女が、半円筒のガラスごしに、いろんな角度でながめられるせいか、ふさ子の売り場がいそがしかった。クリイン・ヒットは、七時ごろから客足がしげくなる。

弟の和男は、その日の夕食も普通に食べ、いつものように床にはいったが、ふさ子は弟を隣りの人に頼んでゆくのは、さすがに不安だった。眠ってから、おびえて泣き出しはしないか。

ふさ子の家のまわりは、みんな焼けトタンをめぐらした小さい家で、貧しさも似たりよったりだった。隣りの家にも、両親はいない。二十三、二十、十七、十四の四人きょうだいで、上の兄が働き手というわけだが、胸をわずらって、国立《こくりつ》の療養所に行っている。下は女ばかり、二人は会社づとめで、この家には、よく近所の人が遊びに来ていて、夜ふかしをする。

十四の中学生の少女は、そういう時、ふさ子の留守に来て勉強をする。ふさ子がパチンコ屋から帰って来ると、和男の床にはいって、二人で寝ていることさえある。

「まあ。」

と、ふさ子はほほ笑んで、朝までそのままにしておく。

ふさ子は父の顔を、写真でしか知らない。父は戦争で死んだのではなく、ずっと前からいない。

空襲で家を焼かれても、頼ってゆくほどの親類のない母とふさ子とは、なじみの多い、住みなれたところで、暮すよりなかった。

焼けトタンの小屋をつくって、母は必死に生活した。

民生委員の申請で、国家保護を受けながら、母は人の家の洗濯、留守番、手伝い——女で働ける限りの、なんでもに雇われて、暮しをおぎなった。

国家保護を受ける者は、働くことは内密だった。働いた分だけ、給与金から差し引かれるからだ。

小学六年の遠足で、箱根へ行く時、ふさ子は毛糸のセエタアが着たくて、母にねだった。母は毛糸を一ポンド買って、半袖のセエタアとカアデガンを編み、紺のジャンパア・スカアトも買ってくれた。しかし、町の飾り窓に出ている、色を組み合わせたり、模様のあったりするセエタアが、ふさ子は着たいのだった。

ふさ子が新制中学生になると、国家保護は、最高額の二千何百円かになった。

ふさ子は美しいものがほしい、新しいものが持ちたい少女の慾望が湧いて来て、自分でおさえきれないことがあった。母にせがんで、かなえられないと、なおほしかった。

しかし、靴、カバン、万年筆、たいていの望みがかなえられるようになったのは、不思議なくらいだった。

その春、ふさ子の母は赤んぼを生んだ。

ふさ子には、夢のような出来ごとだった。

子供の父をせんさくするほどの大人でなかったから、ふさ子はただ赤んぼの可愛さに心をひかれた。

母の乳房をふくんでいるのを見る時、薄い膜のような爪を切ってやる時、小さいきものを着せてやる時、ふさ子は赤んぼが可愛くてたまらなかった。なにかを愛しはじめる、少女の愛の目ざめなのだろうか。

学校からかけ足で帰って来て、

「赤ちゃんは……?」

と、うちに飛びこむなり、赤んぼを、いじくりまわした。

「妙な子ね?」

と、母は向う向いて涙ぐむと、ふさ子に赤んぼをまかせるように立ってゆくのだった。

母は働かなければならなかったから、ふさ子の夏休みには、和男をふさ子にあずけっぱなしにして、母は中元売出しの店の手伝いやら、夏もの残品安売りのチラシをくばって歩いたりした。

和男が誕生と八ヵ月目のこと、こうして働き通しの母は、急性腹膜炎で、二三日苦しむと死んでしまった。

ふさ子は、周囲の誰からも、和男を手ばなすようにすすめられた。でも、和男もいなくなったら、さびしくて生きていられないと思った。

「たいへんだぜ。子供のふさ子ちゃんが赤んぼをかかえて……。」

どうして暮してゆくかと言われても、ふさ子はそのたいへんが、よくわからなかった。和男はいくらも食べないし、母のしていたようにすればいいのではないかしら……。

和男には五百円の生活保護費があった。しかし、ふさ子は中学を卒業すると、就職し得る者として国家保護はなくなった。

春から、ふさ子はパチンコ屋のガラス筒のなかに生きるようになった。一日つとめて七千円、夜だけのふさ子は、三千円の月給だった。それだけの暮しである。

今日もし、和男が溺れ死にでもしたら、ふさ子は一人で生きてゆくのが、恐ろしくなっただろう。和男のいのちが、ふさ子の生きがいのようでもある。

「あのお医者さんが助けて下さらなかったら……。」

ふさ子は追っても追っても、和男の顔や手に来る蚊を払いながら、小さい子はいいなと思う。川に落ちた夢も見ないで、すやすや眠っている。

自分も誰かにまかせきって、一日でも二日でも、赤ちゃんのように暮せたらと思ってみて、心細いというのはこんな思いなのだろうかと、ふさ子は考えこんだ。

「今夜はいかないの?」

と、その時、隣りの少女があがって来た。

「休んじゃったの。」

「和坊《かずぼう》、熱でもあるの？」

「よく眠ってるけど……。」

と、ふさ子は弟の額に手をあててみた。

「今日の雨でね、少し低い方の家はみんな水があがったんですって……。ここは高いからいいけれど、私たちも、この地所を買う人があると、どこかへ行かなけりゃいけないんですって……。」

「まあ？」

ふさ子は顔を上げて、

「そんな話があるの？」

「よく知らないけど、水につかる家の人たちは、私たちを憎んでいるんですって……。お姉ちゃんたちが話していたわ。」

「いやあね。」

ふさ子は現在の生活を、これ以上おびやかされるような話を聞くことなど、ほんとうにつらかった。

囲いの薄い、小さい家に、町から絶え間なく、流行歌のレコオドがひびいていた。

まつりのあと

桃子の手紙の返事には、「あなたが御存じの町のありさま」を書かねばなるまいから、栗田義三は面倒で一日延ばしにしているうちに、N町の八幡の祭が来た。九月の十五日、十六日……。

昔のお祭風俗は戦災の町にも復活して、おそろいの浴衣を着た若者や子供が、御輿《みこし》をかついだり、山車《だし》をひいたりして、町なかを練り歩いだ。もう浴衣には肌寒い風だった。

ふさ子のいるクリイン・ヒットは、御輿に出入り口をこわされた。狭い道幅は人で動けなかった。

お御酒所《みきしよ》という、青竹の手すりをつけた、空店舗《あき》のなかには、生花が飾られて、花笠《はながさ》に長い袂《たもと》のきものの女の子たちや、紺のはっぴに新しい手拭で鉢巻した男の子たちが、無心にたたずんでいた。しかし御輿をかつぐ若者たちは、調子づいて来たのか、疲れ過ぎたのか、暗い狂気のようなものをふくんでいた。方々で小ぜりあいをし、喧嘩沙汰もあって、町を騒がせた。

町角につくった櫓《やぐら》の上では、老人が神楽《かぐら》ばやしをやっていた。しかし、気にとめて見上げる者もない。はやしの音も町のたいへんな騒音に呑み消されそうだった。

本祭《ほんまつり》の夕暮には、ビラをかかえた男が、早くも祭の行事の貼紙をはがして、

——投影会主催、スクェア・ダンス、N小学校にて、日曜日、二時より、飛入り歓迎
——アメリカ中古衣料即売会、婦人会主催、N教会
などというのを、貼って歩いていた。駅のつばめの巣は、もう空巣になっていた。

その祭のあとに、桃子は両親と上京して来た。土曜日曜に秋分の日がつづく休みを利用したわけだろう。

桃子から病院に電話がかかって来た時、義三は手術に立ち合っていた。受持ちの幼い患者のうちの一人で、病名不明だったのが、腸管嵌入《かんにゅう》という診断がついて、今日午後から手術をした。開腹してみると、小腸内の重積であった。ついでに虫様突起《ちゅうようとっき》も取った。手術はわずか十五分ですんだが、幼い子は体温の下降と脈搏の頻数で、義三は、しばらく病室につきそっていた。

四時ごろ、医務室にもどると、机の上のメモに、

「麻布《あざぶ》、江の村においで下さい。千葉と桃子。」

と、誰かが書いておいてくれた。

「千葉と桃子」の「と」はよけいじゃないかと、義三は予防着を脱ぎ、上着を着ながら、その鉛筆書きをながめていたが、桃子らしい智慧《ちえ》だと気がついた。つまり、両親と桃子が来たという意味の「と」だ。麻布の江の村は桃子一家がなじみの旅館だ。上京すると、いつでも泊る家で、義三も三、四回行ったことがある。

義三は病院を出ると、社線に乗り、国電に乗り、さらに都電に乗りかえて、麻布の宿屋に着いた。

江の村の主人は、もと日本橋の木綿《きめん》問屋で、戦災をまぬがれた住居の方を、戦後、旅館にした。宿屋という感じはなく、広い家が無造作な庭にかこまれていた。

その家のある一劃《かく》だけが焼け残って、一歩町通りに出ると、がらりとちがった戦後だった。しかも通りにクリイニング屋が目立つのは、焼け残った一劃に、占領軍以来の外人の住居が多いからだった。

義三が部屋に案内されてゆくと、伯母が一人だけいた。

「いらっしゃい。」

昨日別れた人のような笑顔だった。宿屋にいる人とは見えない。

「いつ出てらしたんです。」

「昨晩よ。」

伯母が田舎住みの影もなく、相変らず美しくて、生き生きと太っているのに、義三はむしろ感心した。

大柄で色白の伯母は、洋装の方が似合った。西洋の歌をうたう人のせいか、生活の一部から日本的なものを、きれいに切り離しているところがあった。たとえば、日本の四季の行事や、日本の子供の祝い日などには、全然無関心だった。邦楽や歌舞伎も知らなかった。

伯母は伯父と結婚する前に、声楽家としてステイジに立ったことがあるが、そのころのアルバムを大切にしていた。アルバムで見る伯母も現在の伯母も、あまりちがわないほど、若く美しかった。

義三は母を思い出した。伯母とほとんど年もちがわないのに、日やけに皺《しわ》を刻まれて、いつも小腰をかがめている。伯母を見るたびに、母とのちがいに驚くのだった。

その母の兄にあたる伯父は、男としては小柄で、地道な生活派とでもいうのだろう。ちぐはぐな感じの伯父夫婦が、日ごろ平和に暮しているようなのは、若い義三に、なにか疑問を残した。

「義三さん、あなたも薬臭くなったわ。」

と、伯母は顔をゆったり反《そ》らせて、義三を見た。

「そんなことないでしょう。病院では、この服を着てないもの。」

義三は学生服の胸をひっぱって、自分で嗅《か》いでみた。

「匂うのよ。しみこんでいるのよ。桃子のお父さまと同じよ。医者っておもしろいかしら……?」

「桃子さんは……?」

「二人とも、あなたの見えるのを待ちかねて、出て行ったのよ。私もお友だちを訪問して帰ったのよ。」

ふっくらと形のいい桃色の爪で、伯母は煙草をつまみ出すと、義三にすすめ、自分も火をつけると、一吹きにすぱりと吹き流した。

「お友だちに会ってみて、東京に生きてなけりゃ、だめだと思ったわ。友だちは歌を教えたり、自分も歌ったりしているの。旦那《だんな》さまは絵かきで、収入皆無ですって……。幸福とか不幸とかは別にして、とにかく張りがあって、うらやましいと思ったわ。」

「向うでは、伯母さんがうらやましいと思ってますよ。」

「どうして……?」

「伯父さんに収入がおありだから……。」

「そのかわり、私は仕事も収入も皆無だわ。私は桃子を相手に、昔ばなしばかりして暮してしまったのだもの。桃子は、私の小さい時と同じだわ。動くものが好きで、甘ったれで……。音楽も好きだけど、声が細くてだめだわ。」

義三は黙っていた。

「私はあの子を、無事に誰かの手に渡したら……。たとえばよ……。」

伯母は急に艶《つや》のある目で、義三の目を見つめた。

廊下に小走りの足音がして、

「ただいまあ……。」

と、先《ま》ず桃子がはいって来た。

「あら、いらっしゃい。」

伯父ももどった。

桃子はまだ乳の香の立ちそうな口もと、つまみあげたような鼻、黒い瞳をほほ笑《え》ませて、

「おそいのねえ。待ちくたびれて、N町まで行ったのよ。」

と、義三の身近に来て坐った。

「このあいだは、ありがとう。お礼を言うのは、どっちからかわからんが、まあ言っとくよ。新聞を先きに見たんで、胆《きも》をつぶしたね。」

「義三さん、そんなに美男子かしら……?」

と、桃子はわざと目を見張って、

「みごと当選で、私の方が、あっと胆をつぶしたわ。」

「美男子にも、いろいろあるからね。歯みがき美男子なんてのはね……。」

「歯みがき美男子――はいいわ。お母さま、義三さんは歯みがき美男子ですって。」

「義三さん、桃子は、あの写真が大好きでね。勉強机の抽出《ひきだ》しから出してみたり、入れてみたり……。私が部屋へはいってゆくと、ふっと本の下にかくしたりするから、こっそり一人でしまっておくのかと思うと、新聞広告の懸賞に出すんだから……。」

桃子は赤くなって、どもるように、

「私、あんなに、上手に写せて、うれしかったのよ。」

「歯みがき美男子では、寮の人たちにからかわれて、ちょっとくさったね。」

と、義三は桃子のはにかみに助け船を出した。桃子はしおらしく、

「もっともっと、義三さんが怒ってると思って、心配だったの。返事もくれないし、今日も、電話に出て下さらないし……。」

「返事がおくれたのは、町の様子をしらせろというのが、宿題の綴方《つづりかた》みたいで、ちょっと書きそびれたんだ。今日は受持ちの子供の手術があったりして……。電話のことづけを見て、すぐここへ来たんですよ。怒ってなんかいない。僕はあれで、靴を新調出来たよ。」

「靴……？　歯みがきから靴みがきになっちゃったの？」

「こんどは、靴みがきの写真をうつしてもらって、帽子でも買うよ。」

「ソフト？　お母さま、帽子を買ってあげてよ、お土産《みやげ》のかわりに……。」

「じょうだんだよ。」

そんな二人の話も、桃子の両親が注意して聞いている感じで、義三は気がついて照れた。伯父に向き直って、

「N町はごたごたにぎやかで、びっくりなさったでしょう？」

「にぎやかだねえ。」

と、伯父はうなずいて、

「お祭の寄附なんかも、派手にする人があるんだね。張り紙の筆頭が五千円、二千円なんて、

ざらにあったよ。」

「そんなものが出ていましたか。あの、病院の敷地というのを見にいらしたんでしょう。どの辺でした？」

「川ぞいの、君のつとめている病院の近くだよ。近く過ぎるが、町の様子から見て、あの辺に、私立の病院が一つあっても悪くなさそうに思えるんだが……。」

「鉄の扉があって、草がいっぱい生《は》えているの。」

と、桃子が横から、

「あのなかに、小さい家が建つだけだと、庭をきれいな芝生にして、私のお友だちもお呼び出来るんだけれど……。病院がいっぱいに建ってしまうんでは、つまらないわ。」

「ところが、その屋敷跡に住んでいる人もあるんだね。」

「お父さま、きれいな人でしたねえ。でも、こわかったわ。にらむんですもの。」

「……小さい男の子がいましたか。」

と、義三は不安げに聞いた。

「いたわ。」

「門の扉に夕顔……？」

「夕顔……？　草がからみついてたの、夕顔なの？」

義三はまさしく自分の勘があたったと思った。

それと同時に、自分があの少女にひそかな関心を持ちつづけていることに、今はっきり気づいた。なにか胸騒《むなさわ》ぎするようで、

「病院は、いつ建つんです。」

と、伯父に言った。

「それは、もう近いうちに、工事にかかれることになってるんだがね……。あすこの住人たちを、追い払わねばならんのが、憂鬱《ゆううつ》だね。」

「そんなこと、あなたがなさるの？」

伯母が眉《まゆ》をひそめて、三人の話の中にはいって来た。

「直接かかりあうことでないにしても、憂鬱だよ。」

姫をまもって

眉をひそめる伯母、「憂鬱」と言う伯父、義三は二人の顔をうかがっていたが、

「でも……、しかたがないわ。」

と、伯母は軽く首をかしげて、

「しかたがないじゃありませんか。」

そして、洋服地の見本らしいものを、義三の前にさし出した。

「この紺の色、どちらがよくて……？」

義三は、どちらも同じような紺の色にしか見えなかった。

「――なにをお作りになるんです。」

「私と桃子のスラックスよ。なじみの洋服屋に頼んでゆこうと思うの。どちらがいいかしら……。」

義三は明るい紺の方を選んだ。

「やはりね。この方が高いのよ。これ、英国製なんですって……。桃子は、この上に、珊瑚色《さんごいろ》のセエタアを着るといいのだけれど、私がこの色では、明る過ぎるの。ギャバジンのグレイにしようかしら。上に薄い紫をつかいたいの。どう……？」

「僕にはわかりませんよ。」

「自分の好きな女に着せるつもりで、考えるものよ。そのお稽古にね……。」

この調子の会話のなかにいると、いつも義三は、合わない水にいる魚のような、暗い疲れを感じて来るのだった。そとはまったく暮れていて、広い宿の方々で、戸を立てる音がしていた。

夜の食事が来た。

「義三さん、お泊りになるわね。」

と、桃子はきめているような口調だった。

義三はぽつんと、

「帰ります。」

「変ねえ。明日は日曜、あさっては祭日でも、病院お休みじゃないの？」

「僕ら、インタアンは休みだけど……。」

「じゃあ、泊っていらっしゃい。」

「桃子のお守《も》りをしてよ。」

と、伯母も言った。

「明日、私たちが出かけてしまうと、桃子一人になりますから……。この夢想家さんの、東京の夢想がしぼんでしまうから……。」

「そうよ。そうよ。一人ぼっちになったら、恨むわ。」

「夢想は一人ぼっちでするもんじゃないの？」

「時と場合によってはね……。」

桃子がうまいこと言うのを、義三は「へえっ？」と見直した。

今日手術を受けた子を、義三は診に帰るつもりだったが、伯母や桃子が止めるのを振りきるほどの、強い必要もなかった。結局、ずるずるに泊ることになっていた。

あくる朝、隣室から母娘の話声がしていた。

煙草に火をつけても、まだゆめうつつでは、母と娘との声は、ときにはよく似ていて、一人が台詞《せりふ》の稽古でもしているように聞えることがあった。

「……だめなの？　桃子は？」

「だめですとも……。」

「だって、私、このごろはなんでもして、手伝ってるじゃないの？　なんでもすれば出来てよ。お母さまのお部屋だって、よくお掃除してあげるでしょう。」

「それが、桃子はね、年がら年中、御用以外のことばかり考えているでしょう？　だから、ほんとには、なにも出来ていなくて、うわの空なのよ。」

「うわの空って、お母さま、どんな空……？」

「お母さまは見たことがありませんがね、そうね、空を鳥が飛ぶのを、ほうっと見ているような空でしょうか。」

「鳥が飛ばなくても、空を見るのは好きだわ。」

「そう。鳥が飛んでいなくてもね、空を見ながら、鳥が飛んでいると思うと、桃子には、飛ぶ鳥が空に見えるんでしょう。」

「そんなの、魔術じゃないの？」

「魔術……？　まあ、いいわ。人生は多少とも魔法ですからね。桃子は魔法を使って、鳥でも飛ばせなさい。」

「桃子が鳥になって飛びそうね。」

「それはだめ……。お母さまはちょっと人生の魔法を使いそこなったかもしれない。」

義三ははっきり目覚めた。宿の蒲団は寝ごこちがいい。

「少女の魔術と医者の手術か……。」

と、義三は、つぶやいた。

「どっちが人生を幸いするかだ。」

義三には、ほかに女いとこもあるが、桃子は特別の存在だった。東京の従妹《いとこ》というのは桃子だけだった。また、義三は桃子の父の扶助を受けていた。

義三が初めて見た桃子は、防空頭巾をかぶって、故郷へ疎開して来た、小学生の姿だった。防空頭巾のなかのぴかぴか光る目で、男の子かと思った。紺がすりのもんぺも少年じみている。可愛い美少年――その印象は、桃子に今も残っている。

この二三年、桃子の成長につれて、桃子のあどけない親しみのうちに、愛が芽生えて来たことを、義三も感じている。桃子の初恋は自分だ。

その初恋が、これから、どんなに強まって現われるにしろ、弱まって埋もれるにしろ、燃え上るにしろ、消え去るにしろ、義三は桃子という一人の少女に初恋されているらしいことを、おろそかには、思っていない。

いとこ同士ではあっても、二人が自然に結ばれてゆくのは、不幸なことではないと、二人の周囲が考えているらしいのも、義三は知っていた。

しかし今日だって、桃子の相手をさせられるのに、義三は心のはずみ、胸のおののきがないのだった。桃子のような娘を楽しませるには、どうすればいいかと考えるゆとりがあり、しかも見当がつかないのだった。少し重荷のようだ。第一、義三は金がないから、いちいち桃子に払わせるのも、自尊心を傷つける。それもあまり晴れ晴れとしない原因だった。

義三が洋服を着かえて襖《ふすま》をあけると、明るい光りがなだれこんだ。

伯母は縁の椅子にやわらかく身をまかせて、桃子に白毛《しらが》を抜かせていた。

「もうないでしょう。」

「ありますとも、百本も二百本も……。うわの空では、とても数えきれないわ。」

桃子はそんな意地悪を言いながら、黒い艶々しい髪のなかから、一本二本をつまみ上げては抜いていた。

「きれいな秋の空ね、東京でも……。」

と、母は空を見上げた。

「これ。桃子が真剣なのに、うわの空になってはいけません。」

二人とも袖の短いジャアジイのブラウスを着ていた。

義三の方を見て、

「お寝坊さん。」

と言うと、桃子はほほ笑んで、

「ちょっとないしょの内職……。お父さまは散歩に出てしまうし、私たちはお腹ぺこぺこよ。義三さんを待ってたの。早くお顔を洗ってらっしゃい。」

おそい朝飯の半ばで、伯父に客が来た。伯母は今日のスケジュウルがあって、食事がすむと、別室の伯父にも客にも会わないで宿を出た。伯父もいつか客といっしょにいなくなっていた。

明るい部屋のなかに、若い二人が残された形だった。桃子は細いきれいな声で、四分の四拍子の軽快な歌をうたっていた。

「……秋の最中《もなか》の月のよい、月の宮からお迎え、弓矢とものの警固して、姫をまもっていたのに、ふしぎやなさむらいの、力抜けふしぎやな、あれよ、あれよと騒ぐうち、雲にのぼって姫はゆく。」

義三が言った。

「桃ちゃん、今日はどうするの？」

「そんなこと、男の人がきめるものよ。」

桃子は歌いやめて、黒い瞳が楽しそうだった。

「ぶらりと出てみようか。」

「ぶらり瓢簞《ひょうたん》……？　瓢簞からなにを出してくれるの？」

「魔術で小鳥を出そうか。」

「あら。聞いてらしたのね。」

「これさ……。」

と、義三はポケットからピイスの箱を出した。桃子は受け取ってながめながら、

「紺の空に金の鳥が飛んでるのね。鳥のくわえているのは月桂樹《げっけいじゅ》……?」

と、つまみあげたような鼻にあてて、煙草の匂いをかいでみた。

「桃ちゃん、鳥飛んで鳥に似たり、というのを知ってる?」

「知ってるわ。人歩いて……じゃあない、人生きて人に似たり、と言うがごとし。」

「えっ?」

「おどろいたの?」

と、桃子は立ちあがって、短い髪の毛をととのえるように、両手を頭へやると、胸のふくらみがにわかに盛りあがった。

化粧などしていないと見えるのに、近くに立つと、やわらかに香料の匂いがあった。

小柄に見えるのに、ならんで立つと、背の高い義三の肩の上《へん》まであった。

宿を出て、国鉄の駅まで行くうちにも、秋晴れの日曜のせいか、恋人らしい二人づれが目に立った。

義三は駅で、上野までの切符を買った。上野へ行けば博物館もあり、美術館には展覧会もあって、時間をなんとか消せそうだ。

電車が動き出すと、白衣の傷痍《しょうい》軍人が胸に募金箱をさげ、金属製の先きの折り曲った手を、

吊り輪にかけて乗客の前を歩いて来た。

日本の傷口、その人の傷痍は車内にいる人々の心の痛手でもあるようなのに、あわてて赤い手提《てさ》げから、百円紙幣を募金箱に入れたのは、桃子ただ一人だった。やさしい子だと、義三は思った。

上野駅の公園口を出た。風船売りのならんでいる道に、子供づれの行楽の人々がのんびりと流れていた。

「白い月が見えるわ。」

と、桃子に言われて、義三も空を見た。

「どこに……?」

「……姫をまもっていたのに、ふしぎやな……。」

と、桃子は歌うように言ってよろこんだ。

「やられたね。鳥も飛んでるよ。」

と、義三は桃子を見て、

「絵を見ようか。」

「動物園。」

と、桃子は声を立てて笑いながら、

「子供だなあって言わないの? 言いたいんでしょう。義三さんが動物園と言ったら、展覧会と言うつもりだったの。」

「じゃあ、絵を見よう。」

「絵を見ようと言ったから、動物園……。」

「あまのじゃくだな。」

「いいの、動物園がいいの。もう十年も見ないから、子供のころを思い出すわ。」

「子供のころ……？」

「戦争の前の子供のころ……。」

「そうか。戦争で大人になったの？」

「戦争がなくても、もう子供じゃないわ。」

二人は顔を見合わせて、なんとなく笑った。笑った目を伏せる時、桃子はおとなしく言った。

「もう一度、N町につれて行って下さらない……？」

「あの町に興味を持ったんだね。」

「珍らしいんですもの。せせこましくて、ごちゃごちゃしていて、人がいっぱいいて、そのなかにまぎれてると、かえって一人ぼっちのようだわ。」

「東京には、でなくとも戦後の都会には、あんなところがいくつもある。」

と、義三は立ちどまって振りかえると、低い町の屋根を指して、

「あの辺、あめや横町って言ってね、Nなんかより、もっと特殊な不思議な町らしいよ。」

「そんな縁もゆかりもないところ……。」

そして、桃子はふと義三にすがるような目をした。

「Nへ行って、帰りに、義三さんのお部屋を見せて……。」

「僕の部屋なんか見て、どうするのさ。」

桃子はもう明るく首を縮めて、

「さぞ散らかってるんでしょうね。」

「動物園を見たついでに見たいというわけか。」

「人間の檻《おり》をちゃんとお掃除してあげるわ。」

「うわの空のお掃除じゃ、だめだよ。」

「あら。お母さまのお部屋をお掃除するのと、義三さんのお部屋をお掃除するのとはちがうわ。」

義三はつまったが、

「いいよ。散らかるほど、僕はなにも持ってやしない。畳と入口と窓のある、殺風景な部屋というだけだ。」

「それでもいいの。見たいの。」

はにかみのない、あどけない、愛の言葉だった。

――桃色の袋をさげたようなペリカンの嘴《くちばし》。羽根をひろげない孔雀。鉄格子の檻のなかに鎖でつながれているインド象。こしらえもののように動かない爬虫類《はちゆうるい》。人の言葉を話せないのがもどかしいというように鳴き立てるアシカ。猿が島とキリン夫妻……。

義三もおもしろかった。心がなごんで、桃子に傾いていった。

「私の赤ちゃんのころのおうちは、夜、動物園のけものの鳴く声が聞えたって、どの辺になるのかしら……。焼けたでしょうね。その後に、誰かが家を建てて、住んでいるかしら……。」

義三の肩にほとんど頭をつけるようにして、桃子は話した。

夜の町

義三と桃子とがN駅に降りた時は、ものの形も遠近も急にぼうっと薄れ、電燈の灯の色も心もとなく危ぶなげな、かわたれ時だった。

先きの駅とのあいだに、事故でもあるのか、駅には人があふれ、二人が降りた電車はそのまま停車していた。

女の飛びこみ自殺らしい。耳にはいる人声でわかった。

義三は桃子をかばうようにして、

「早く行こう。」

と駅を出ると、なじみのシナ料理屋に桃子をつれて行った。店のなかはこんでいなかったが、ここもただならぬけはいだった。おかみさんが客の一人と話していた。

「もう、死のうと思った人は、時間なんぞ考えちゃあいないんですねえ。こんな人出の多い夕方に、飛びこまなくてもねえ。」

「そりゃあ、今の人なんか、まったく発作的だったんだろう。夕方だから、死神がつくのさ。」

「二人で仲よく店へはいって来たんですよ。そのうち、おもしろくない話になったんでしょう。どんぶりを、ひょいと倒すほどの勢いで、女が立ってゆく、男が勘定をして、後《あと》を追う、下りの電車の出る音がする。ほんのあっという間でしたよ。」

「別れ話だったのかな。逆上したんだね。もしかすると狂言のつもりが、ほんとになっちゃったんじゃないか。」

「女の方は、あたしんとこじゃ、よく知ってるんです。畳屋の娘でね、戦後ずうっと、家のために、そりゃあよく稼いでいたんですよ。男の方はなんですか。ちょっとよたもの風でしたが、ホオルで娘と知り合って、このごろはひどく真面目で、どこかへ勤めて、二人ともよさそうでしたがねえ。なにを言ったのか、どうしたのか、とにかく目の前で死なれちゃ、男だって、あとあとまでいやでしょうね。」

おかみさんの下頬《したほお》には、大きいほくろがあった。

「誰か死んでしまったのね。」

と、桃子はおびえて、

「その人、ここにいたのね。」

死に急いだ女の席に、桃子をかけさせはしなかったかと、義三も気味悪くなって、あたりを見たが、

「自殺は近代病の一つだね。死にたい人が多くなるばかりかね。そんなかなしい時代かもしれない。人死んで人に似たり、かね。桃ちゃんの真似《まね》だよ。」

しかし、桃子は笑わなかった。註文《ちゆうもん》が来ても箸《はし》を取らないで、

「義三さんのお部屋で、私が御飯をたいて、食べましょう。」

とささやいた。

「なにもないよ、米も鍋も……。」

「パンを買って、バタだけでいいわ。」

おかみさんは話相手の客が出てゆく時、気分直しのように陽気な声で、

「クリイン・ヒットにいらっしゃるなら、今日は二十七番のラク町が出ますよ。あたし、昼間大分出たんです。」

と言って送り出した。

労働者も、インテリも、ここのおかみさんも、酒場のマダムも、令嬢も、買いもののついでのおばさんも、時によると盲目の按摩《あんま》までが、やっている不思議な魅力を持った、けちなギャ

ンブルかゲエムかを、義三はまだしたことがなかった。

「桃ちゃん、パチンコ知ってる？」

「M市には、あるのよ。東京へ来て、多いのに驚いたわ。銀座にだって、ずいぶんあるんですもの。」

「やってみようか。」

「ええ。義三さん、お上手なの？」

「いや、やったことはないが、やれば、うまいという自信があるね。いやな話の気分転換に、きっといいよ。」

桃子はうなずくと、焼飯にちょっと箸をつけた。

クリイン・ヒットは、デンスケ、プレゼントと三軒ならんだパチンコ屋のなかで、目立って広く、奥行きも深かった。ネオンサインの店飾りもこったものだ。玉が飛んでゆくと、無数の小さい光りの球が明滅する。百台あまりのパチンコ台には、それぞれナンバアと国鉄の駅名とがついている。中央の小さい庭の噴水は、間断なく手洗いの水をふき上げている。

――当店は金色の玉を使用しております。他店の玉はお取替えいたしません。

という金文字を、義三は読んで、玉売り場の小さい口に百円紙幣を出した。十個二十円の玉を四十個ほしいのだが、ガラスのなかの玉売り娘に、どうして伝えていいのか迷った。ガラスのなかの少女は、

「五十個ですか。」

と、きいているのだが、高鳴りつづけるレコオドと、あちこちで打ち出される玉の音とで、義三の耳にはとどかなかった。

義三は四本の指をガラスにあてて、顔をあげると、あっと息をつめた。

「ここにいるの？」

射るようにきらめくあの目は、先きに義三を気づいていて、微笑を浮べていた。

と、よく通る声で言うと、四十個の金の玉を義三の掌にあけてくれた。義三もなにか言おうとするうちに、後からの客に押しのけられた。

「このあいだは、ありがとうございました。」

義三は桃子に玉を半分わけて、あいているパチンコ台の前に立った。

万世橋《まんせいばし》、お茶の水、二台ともオウル十五だった。ばねが案外固い感じで、義三はまたたくまに玉をなくしてしまった。桃子は十のうちに二度くらいずつ玉を入れて、

「あら。私の方がうまいの？　これ返すわね。」

と、義三の玉受けのなかに、金色の玉をみたしてくれた。

「うわの空では、だめよ。」

と、桃子に言われやしないかと義三は思った。義三も一、二度は玉をふやしたが、またすぐになくしてしまった。

桃子はピイス二個と、チョコレエトを取って、得意だった。はんぱな数に残った玉を、いたずらにはじいていた。

クリイン・ヒットを出る時、義三はふさ子の横顔を振りかえって、桃子にささやいた。

「ねえ、昨日、病院の地所で会ったの、あの子でしょう。」

「あらっ、そうよ。そうだわ。」

と言いながら、桃子はなぜか義三の手を固くつかんだ。

桃子は町で薔薇《ばら》の花を買った。町は夜も静かになる時がないかのように、開店披露だの、記念とか謝恩だの、鳴りもの入りの売り出しも、方々にあった。

「ここじゃ、お父さまの病院も、開院披露を盛大にしないと、申訳ないみたいね。」

義三はしばらく黙って歩いてから、

「一つお願いがあるんだけれど……。」

「なに……?」

「僕はね、直接には知らない人なんだが、ガラスのなかの子の弟を助けたことがあって、気の毒そうなきょうだいなんだ。桃ちゃんから伯父さんに、あの子たちがなんとか住んでいられるように、取り計《はから》ってもらえないか、頼んでほしいんだけど……。」

「ええ、いいわ。頼んでみます。なんて名前なの?」

「苗字は吉本……。あの子の名は知らないけれど……。」

義三はそう言いながら、自分でも驚くほど、その日のカルテをはっきり思い出した。

オウヴァの襟《えり》

二ヵ月過ぎた。

栗田義三は病院づとめの行き帰りに、伯父の病院の建築工事を見て通った。広い敷地のなかに、コの字形の骨組みが築かれていたが、完成までには、まだ月日があろう。

それほど大きくはなく、病室は二階だけらしかったが、明るく南を受けて、近代風な建物は、階段の一つ、扉口の一つを見ても、相当の病院になることが想像された。

伯父も多年の貯蓄をつぎこみ、銀行か知人かの融資も受けて、この内科、婦人科、外科の綜《そう》合《ごう》病院の建設に、全力をつくしているにちがいなかった。

義三の病院でも、近くに建築中の私立病院は噂の種になっていて、ゆくゆく義三がそこに働くらしいのを、羨望《せんぼう》する者もあった。

病院長の娘が義三のアパアトに来たことまで、どこからか伝わっていた。義三は呆気《あっけ》にとられた。

「その節は、どうぞよろしく……。」

と、就職運動じみたあいさつをされたりした。

しかし、義三はむしろうっとうしいものさえ感じていた。

伯父にも、伯母にも、敬愛を持っている。桃子には骨肉の親愛がある。だからかえって、安易な筋書きをたどり、既定の場所へ根をおろすことに、義三は反撥《はんぱつ》を感じた。あきたりなかった。

美貌にひそむ謀叛《むほん》、力強いバスにこもる野性、義三には解放と冒険をもとめる若さがあった。

桃子は好きだけれども、離れていると淡い。必ず一週に一度くらいずつ、桃子からはたよりがあった。

……お頼まれした、パチンコ屋の娘さんのこと、父も承知してくれましたわ。病院のことを取り計っていて下さる方に、お話もしたようですわ。でも、あちらでは、立退《たちの》き料とやらをもらって、どこかへ行った方がいいと言ってらっしゃるそうなの。

あの方だけでなく、もう一軒の家の人といっしょに請求されている、立退き料の額が多過ぎて、まだ解決しないということです。父の意見では、立退き料は三万円くらい、そしてあの方の場合、住いや仕事がなくなってお困りなら、病院に住込みで、なにか適当な仕事をしてもらってもよいと、父は言ってますの。一度あなたがあの方にお会いになって、お話なさってみてはどうかしら。もし父の病院へいらしても、私をにらまないようにって……。ついでにこのこともおっしゃっといてね。

お寒くなりましたが、おかぜをお召しにならないように。私はしばらくかぜが抜けませんの。夜になるとなんでもなくなるのですけれど、昼だけのかぜですわ。お正月には是非お帰り下さいませ。あんな（失礼……）アパアトのお部屋で、お正月なさっているところを想像するのはかなしいわ。私には田舎の最後のお正月、いろいろなプランでいっぱいですわ。

父が、義三さんは勉強家だと言っていましてよ。


「勉強家……？」

と、義三はつぶやいた。どういう意味なのだろう。

とにかく、桃子の善意を、あの少女に伝えなければならない。

しかし、このごろ、屋敷の草を刈り取ったため、あらわに見える、焼けトタンの小屋に住む姉弟を、突然たずねることに、義三は躊躇《ちゆうちよ》を感じた。会ってなんと言おう。

みな別々の生き方、それぞれの考え方をしている人たちに、よしない差出口《さしでぐち》かとも考えられる。

あの少女のきらめく目を思い出すたび、義三は射すくめられたように、気おくれがするのだった。

桃子の手紙を見た次の朝も、義三は冷たい耳たぶに、オウヴァの襟を立てて、あの少女の家の方へは、目も向けないで、病院へ行った。わざと見ないで通ってしまった。

インタアンというものが出来てから、義三たちは二回目の学生だが、手弁当で無報酬で、実地見習のようなこの制度を、そう不都合とも考えなかった。

この病院の医学生たちは、だいたい真面目だったが、歯科にいる原という学生は、いかがわしい投機や博打《ばくち》で、派手な身なりをし、巧みなじょうだん口をきいて、人の心をひきつけたがっていた。しかし、病院内の人気は、義三の美貌に集まっているようだった。

義三は前の日からやりかけの、標本や検査があったので、予防着を着ると、検査室へはいってしまった。

まだ少女じみた見習看護婦が、試験室でなにかしていて、

「お早うございます。」

と、寄って来ると、いつまでも傍《そば》を離れないで、義三の助手であるかのように、フラスコや試験管を洗ってくれたりした。

検査室は病院の洗濯場の滅菌室のうしろにあって、あたたかく明るかった。義三はいごこちがいいから、部屋の隅に、小さいタイプライタアののっている、計算台で、昼飯もすませてしまった。

午後から食堂に、集談会というのがあった。おもにインタアンの学生のために催される、まあ研究会で、その日は、X写線《レントゲン》の鑑別について、講師が招かれていた。

集談会が終ると、人々が散り、帰り支度の夕暮前、義三はいつもわびしい思いをする。たそがれの空気が、若い独身者をつつむのだ。

「なにをぼんやりしてるの?」

と、義三の肩さきに、民子のひびきのいい声が来て、

「今日は一度も、栗田さんに会わなかったわね。どこにもぐっていたの?」

「検査室にいたんですよ。血沈《けっちん》測定や、ファン氏試験《ファンデンベルグ》で、黄疸《おうだん》を調べたりして、あとは、洗濯場で遊んでいたようなものだった。」

「まさか、洗濯機械と遊んでいたわけでもないでしょう。あなたはいいわね、誰とでも気軽に遊べて……。病院じゅうが知合いみたいね。」

「どういう意味……?」

「なんの意味もないわ。栗田さんは誰にも好かれるんだもの。」

と、民子はなにかじれったいように言って、

「寒い空ね。お酒を少うし飲まない……?」

白っぽい色あいの、あたたかそうなオウヴァ・コオトに手を通しながら、民子は義三を誘った。

「飲むのはいいが、ゲルピンだよ。」

「いいわよ。おごるわ。」

「女のひとにお酒を誘われて、しかも、いつもおごられるの、悲惨だな。」

義三の本心だった。

「そんな風に考えないものよ。」

と、民子は調子よく言った。

酒場の女友だち

民子は学生時代から、煙草も吸い、酒も飲んだ。

しかし、決して度を過ごして酔うことはなく、目のなかが明るんで、言葉がなめらかになると、もうどんなにすすめられても、盃《さかずき》を重ねなかった。

男ならばいい酒だから、女だって、いい酒なのかもしれない。

民子は身なりも気持もさっぱりと清潔で、ものわかりのいい明快さがあって、義三はつきあいよかった。

資産家の末娘だった。兄たちも豊かに暮していた。民子は新劇の愛好家かと思うと、歌舞伎の通でもあって、義三のように、仕事以外の時間をもてあますということはなかった。

「栗田さん、新宿まで出ていらっしゃいね。」

と、民子は笑いながら言った。義三も笑って、

「お送りいたしますよ。」

街はクリスマス・セエルと歳暮売り出しで、けばけばしい店飾りと、こわれるような騒音だった。正月の松飾りも歩く邪魔になった。

「借金もない、取る金もない、僕ら貧乏人には、暮れなんて用がないのに……。」

と、義三は人にもまれながら、

「昔から、正月飾りを、こんなに早くしたものかしら……?」

「そうじゃないわ。もっと押し迫って、歳《とし》の市《いち》の後でしたものでしょう。このごろは、婦人雑誌の新年号と同じだわ。」

「あわただしい上にも、あわただしくて、いやだなあ。」

横町の小料理屋は、民子のなじみらしく、店の人と気楽に話した。

白い徳利と盃が運ばれた時、

「兄のお友だちで、ここのマダム……。」

と、民子は若い女を紹介した。

黒いセエタアのよく似合う、細く眉をつくり、唇を花形に塗った、美しいひとに、義三は少し固いあいさつをした。

民子は、義三の盃に酒を満たして、

「栗田さん、二月からどうなさるおつもり……？」

五月の国家試験の準備として、二月から、インタアンは解除されるのだった。

「どうするか、まだはっきり考えてない。」

「私は邪魔にされなければ、やはり病院に通っていたいの。当直室にこもりたいくらいだわ。その方が勉強出来るし、わからないところは、先生に聞くことも出来るし、参考書もたくさんあるし、実際に患者をみることも出来るし……。」

「仰せの通りだね。」

「一人で家にいたって、勉強は出来ないから……。」

「僕なんか病院に近いんだし、いっしょに勉強しましょうか。」

と、義三も同感した。

「まったく、国家試験に落ちたりして、もう一年インタアンに残されることになると、僕はみじめだからな。」

民子は目をさかしげに動かしながら、

「栗田さんが落ちることはないけれど、落ちたって、参ることはないわ。伯父さんが、素適な病院を建ててらっしゃるんだもの。あんなに、きれいな病院なら、私だって働いてみたいくらいよ。」

「君でも、そう思うのかなあ。」

と、義三は意外そうだったが、

「僕は僕なりの生活を、自分で踏み出したいと思ってるんだが……。」

民子はさんご色に塗った爪の、形のいい手をひらひらさせて、

「あなたは贅沢なんでしょう。でなければ、はにかんでいるんだわ。いったいあなたは、どんな生活を望んでいるの？」

「贅沢というわけじゃないんだ。まあ、町医にはなりたくないんだ。大きい病院につとめて、多くの知己も持ちたいし、見聞もひろめたいし、遠い旅にも出てみたいんだ……。もともと僕は医者の伯父にすすめられて、医者になったんで、自分には不向きかもしれないんだ。」

と、義三は自分の心をしらべるような調子で話した。

「国家試験のあとも、大学の研究室に帰るという君が、僕はうらやましいんだよ。」

「そうかしら……？　私だって、学校のプロフェッサアになろうとも、なれるとも思っていないのよ。ちっちゃい医院を建ててもらって、開業するつもりなのよ。あなたは遠い旅と言ったけれど、私も学問の空気のなかを、少しさまよってみたいのでしょう。そのあいだに、私のような者でも、なんとか思ってくれる人があれば、結婚するわ。ほんとよ。」

と、目《ま》ぶたを伏せて、ゆっくり盃を唇に持って行った。

「それより私、あなたがつまらない結婚をしたら、がっかりするわ。」

「なぜ……？」

「あなただって、好意を持った女の子が、くだらない男のもちものになったら、失望しない……？　同じことよ。私、あなたを好きよ。いいお友だちだと思っているのよ。」

酔って言うのだろうかと、義三は民子を見た。

民子はすました横顔で、三本目の銚子《ちょうし》を耳のそばで振ってみて、さっさと二人前の海苔茶漬《のりちゃづ》けを註文していた。

「いいお友だち……。いいお友だちだわ。」

と、民子は姉ぶったしぐさで、最後の酒をついでくれた。

義三はもっと酔ってみたい気持だった。民子は義三の酒にも強いのを知っていながら、あっさり切り上げてしまった。

そとへ出ると、冷たい風があった。

「いまの店のマダム、美人だったでしょう。」

と、民子はふと星空をながめた。

「もとは、もっと美人だったの。」

「美人だけど、僕は好きなタイプじゃないな。」

「装飾的愛人にはいいじゃないの？」

「へええ、なるほど……？」

「あの人、兄のなくなったお友だちの奥さんで、つまり未亡人なの。兄は昔からあの人が好きで、あの人が結婚してから、今の嫂《ねえ》さんをもらったのよ。あの人が未亡人になると、兄はまた動揺して、あの人の生活の相談にのったり、今の店をはじめてからは、どんどん変ってゆくあの人に、心を痛めたりしてるの。私はあの人を見ていても、女のあわれさは感じないわ。気の毒なのは、嫂さんの方よ。人妻なんて、終身懲役みたいなものかもしれないわ。」

「しかし、君も結婚したそうなこと、言ったじゃないか。」

新宿駅の長い地下道で、

「心一つというけれど、その心がいろいろのことを考えるんですもの。面倒くさくって、私は体だけで暮した方がいいとも思うわ。」

と、つぶやきながら、民子は人の流れに押されたという風に、身を寄せて来ると、

「なぜ、あなたをあそこへ連れて行ったか、おわかりになる……？　あの女の人がいつも、私を男の子みたいだって言うのよ。だから、女らしいところを見せたかったのよ。」

と、軽く笑って、

「私はここよ。」

と立ちどまった。

「さよなら。」

民子は人の流れのなかに義三を残したまま、八王子、立川行きの乗り場へ、階段をあがって行ってしまった。

小さい歯

昨日民子が病院で、夕方まで義三に会わないのを気にしたように、義三も今日、民子の病院へ出て来ないのが気にかかった。

几帳面な民子が時間におくれて来ることはないので、昨夜かぜをひいて休んだのかしらと、義三は考えた。

この日、義三は小児科の医長の助手をつとめた。いつも民子が好んでする役だったので、義三が代った。

ひる近く、ねんねこにくるんだ幼子《おさなご》を抱いて、あのふさ子が診察室へはいって来た。

「あっ。」

と、義三は声を出した。

ふさ子が幼子をベッドに寝かせると、看護婦といっしょに予診をした。

子供は体温が四十度、意識溷濁《こんだく》、外見も重態だったが、胸部の捻髪音《ねんぱつおん》から、肺炎とわかるのだった。

ふさ子は病児を一心に見つめていた。

義三はなんにも言えなかった。

医長がカルテを見て、聴診すると、

「手おくれになってるじゃないか。ペニシリンだって、きかない時もあるんだよ。いつから、こんなだったの？」

と、ふさ子を叱るように、突っ放すように言った。義三にはひどく冷たく聞えた。

「昨日から、熱があって、せきをしていました。」

ふさ子のしめった声はふるえていた。

「昨日？　もっと前から、かぜだろうが……。」

ペニシリンを注射し、ズルファ・ピリジンの四時間ごとの投与を、医長はてきぱきと注意した。

ふさ子はだいじそうに幼子を抱くと、おびえた、あわれな、すがりつく、しかしきらめく視線を義三にちらっと向けて、診察室を出て行った。

「助かりますか。」

と、義三は思わず医長に聞いた。

「昔はだめだったんだ。しかし、ペニシリンとピリジンの併用で、薄紙をはぐようによくなるんだがね。」

と、医長は次の患者の体をみながら言った。

「君のお知合い……？」

「栗田さんが、夏、川から助けた子ですね。」

看護婦の一人がおぼえていた。

「そうか。いけないよ、あんな小さい子を、二度も死地にさまよわせては……。しかし、栗田君とは縁があるんだね。」

小さい患者の泣きわめくなかで、医長は義三の顔を見て、ふと笑いかけた。

しかし、義三は笑えなかった。

幼子の様子がただならないのは、義三にもよくわかった。

その夜、義三は病院を出る時、薬局に頼んで、ペニシリンと強心剤の注射をわけてもらった。

民子がいてくれたらと、義三は思った。

義三は帰りがけに、ふさ子の弟を見舞う決心をしたのだが、なおためらいがある。それを民子に打ち消してもらいたかった。

民子がいれば、きっと適切な進言をしてくれるだろう。

義三は病院を出てから、またもどると、今度は医局へ行って看護婦にたずねた。

「肺炎に、芥子《からし》の湿布は、効果があるんでしょう。」

「はあ、うちの先生は、きくようにおっしゃってます。」

「どうするの？　教えて下さい。」

「茶さじ一杯の芥子に、倍量のメリケン粉を、熱湯でねって、和紙にのばして、患部に貼《は》って、赤く反応が出たら、取るんです。一分くらいで、反応が出ますわ。」

「ありがとう。」

外は冷えていて、昨夜と同じように空が冴《さ》え、風も出ていた。

足もとの川は暗い水の面に、ところどころ灯の色をゆらめかせていた。

工場の流す薄黄色い液が、マンホオルから、湯気を立てて、川へ入りこんでいた。

かなり大きな紙袋が、地を這《は》うような風にあおられて来て、義三のズボンにひたりと取りついたと思うと、かさっと落ちた。

伯父の病院の普請場のあたりは、まったく暗かった。

義三はさぐるように石段をあがり、少し動悸《どうき》が早くなった。

木材や石材の置かれたあいだを通り抜けて、灯のもれる小屋に近づいた。

「今晩は……。」

「誰……?」

なかでふさ子がそう言ったまま、立って来るけはいはなかった。

義三は戸に手をかけて動かした。

ふさ子は戸を細目にあけた。

「ああ、先生!」

ふさ子は子を抱いていた。

義三は夜風が家のなかにはいるのを避けて、素早く身を入れた。

「先生、この子をどうすればいいのでしょう。」

小屋のなかは思ったより暖く、部屋には、子供の苦しそうな喘鳴《ぜんめい》にみたされていた。

「あれから、よくないんですか。」

「はい。なんだか、だんだん苦しそうで、こうして抱いていると、少し楽なんじゃないかと思うんです。」

「やはり寝かせておかなくては、いけないでしょうね。」

「先生、お上りになって、診ていただけますか。」

と、ふさ子は膝を突いて、義三を見つめた。

「ええ、そのつもりで来たのです。しかし、僕はまだ医者じゃないんです。学生です。栗田と言います。」

義三は靴を脱いで、赤茶けた畳に坐った。

子供は寝かせておいたらしく、きたない蒲団に火燵《こたつ》がはいっていた。

ふさ子は静かに子供をおろすと、義三の処置を待つように、一心な目をしていた。

子供の様子は、昼間よりも悪かった。

鼻の下から口のまわりが、薄白くチアノオゼをおこしていた。鼻翼呼吸で、ときどきぷうっと吐く息が、頬をふくらませるのだった。脈は百以上数えられた。

義三はこれまで医者になる道を歩いて来て、初めて自分の手のなかにある、一つの生命のために、きびしい緊張をおぼえた。

義三はポケットから小型注射器を出して、

「お鍋でね、煮沸《しゃふつ》消毒して下さい。スプウンがあったらいっしょに……。」

と、ふさ子に渡した。

ふさ子は七輪《しちりん》の火に鍋をかけた。

炭火はよくおきていて、間もなく鍋のなかに、かたかたと器物の触れ合う音を立てはじめた。

「粉薬は、時間通りに飲みましたか。」

「上手に飲んでくれないんです。」

と、ふさ子はやるせなさそうに言った。

義三は指頭消毒器のアルコオル綿で、指先きを拭き、注射器を取り上げ、ビタカンフルを打ち、ペニシリンを打った。

スプウンで、幼子の唇をあけてみた。舌は厚い白苔《はくたい》でおおわれ、これではなにも通るまいと思われた。

口のなかに、なにかがあった。そのなにか白いものは呼吸とともに、口のなかを廻っていた。

義三はスプウンの先きで、その異物をすくい取った。

それは小さい歯であった。

「歯が抜けていました。」

「歯ですの……？　可哀想に、ずいぶん苦しいんですわ。歯ぎしりをしていましたけれど、歯が抜けてしまうなんて……。」

「抜ける歯だったのでしょう。」

と、義三は慰めるように言って、ふさ子に小さい歯を渡した。

ふさ子は涙ぐんで、その歯を掌にのせて、いじってみた。

二人がだまると、幼子の喘鳴が部屋いっぱいにひろがるのだった。

「あの、この子の様子を、しばらく見ていて下さらないでしょうか。民生委員保護では、お医者さんを簡単にお願い出来ないんです。手続きが後でも、診ていただけるのは、病院だけなんですの。」

「ええ、僕も、そのつもりで来たんですから、見ています。あまり工合が悪かったら、当直の先生を僕が頼んで来ます。」

二人は低い声で話し合った。

「このお子さん、ふだんから呼吸器が弱いんでしょう。」

「はい。小児喘息《ぜんそく》だって、言われたことがあります。かぜをひくと、すぐ、ぜえぜえ言います。」

「日本芥子ありますか。」

「芥子？　ありません。」

病児の様子がひどく悪いので、ふさ子を使いには出せなかった。

義三は咽《のど》がかわいた。

「お湯を僕に一杯……。」

そして、七輪の火の上に、鍋で湯気を立てておいた。

病人は致死期の苦しみをつづけていた。

脈搏《みやくはく》もみだれて来て、呼吸もシャイネストック、そして義三が三本目のビタカンフルの針を抜く時、弾力のなくなった皮膚が針について来るように感じた。

そのあと、落鳥のようにすみやかな死が来た。

幼子は二、三度大きくうなずくように、頭を動かし、口のあたりの白さが、たちまち顔一面にひろがって、呼吸が静かに消えた。脈の止まった時、義三は時計を見た。

八時五分前だった。

霜を踏んで

病院の宿直の医師を頼んで来なければ、死亡確認も死亡診断書も出来ないと、義三は思って、

「すぐもどります。」

と、ふさ子を残して、表へ出た。

義三は寒さだけではなく、ふるえていた。

ふさ子の嘆きのそばに、いたたまれない気もした。

当直室にいた若い医者は、気軽に義三といっしょに来てくれた。

「医療保護も、一日二十五円にしかあたらないから、町医《まちい》はみてくれないことがあるし、つい手おくれにしがちなんだよ。いくら新薬だって、機をはずすと、ききめがなくなるからね。」

と、医師は言った。

小屋にはいると、医師はふさ子にはなにも聞かないで、死んだ子の眼瞼《がんけん》反応を見、心臓部に聴診器をあてただけだった。静かに頭を下げて帰って行った。

「ありがとうございました。」

と、ふさ子は義三に礼を言ってから、

「この子が、冷たくなって来ましたわ。どうしてやったらいいのでしょう。」

わずかのうちに、白蠟《はくろう》の人形のように変った死児を、ふさ子はじっと見た。

義三はふさ子に脱脂綿をもらうと、子供の顔を消毒した。鼻の穴や口に、軽く綿をふくませた。ふさ子は湯気を立てていた鍋の湯を、洗面器にあけると、タオルで子供の体を拭いた。淡い青みを帯びた蠟色の脚《あし》のあいだに、チュウリップのつぼみほどの男があった。

ふさ子はときどきすすり泣きながら、小ざっぱりした肌着や下穿《したば》きを、行李《こうり》から出して、着かえさせた。

「母の時は、畳に寝せましたの。坊やも、こんなに小さくて、こんなに寒いのに、そうしなければいけないんでしょうか。」

「このまま、蒲団に寝かせといていいでしょう。」

ふさ子は北枕《きたまくら》に直す時、火燵を義三の方に寄せて、

「おいやでなかったら、あたたまって下さい。」

「ありがとう。」

ふさ子が自分に頼っているとわかると、義三もふさ子を一人ぎりで通夜させるのは、残酷な気がした。

煙草好きの彼は、何時間か忘れていた煙草に火をつけて、もう一度時計を見た。だいぶん夜がふけていた。

「お母ちゃんが、迎えに来たのね。」

ふさ子は生きている子にするように、夜着の裾を死んだ子の足に巻いてやると、

「あんまりかなしくて、私はどうするの？」

と叫んで、ふいと外へ出て行った。

小走りに遠のいてゆく、ふさ子の足音を聞きながら、義三は自分の処置にあやまりがなかったか、もっと早く当直の医師を呼んで来ればよかったかなどと、小さい心臓のとまるまでのことを、空しく思いかえしてみた。前にやはり小さい子が急性肺炎で死ぬのに立ち合ったけれども、その時の義三は責任のある医者ではなかった。今夜は責任がある。

それにしても、ふさ子はこれからどうするのだろう。そう思うことは、自分がふさ子にこんなに近づいてしまって、どうするのだろうという思いになって、義三の心を波立たせた。霜をさくさくと踏んでもどって来る、ふさ子の足音が遠くから、長いあいだのことのように思われた。

ふさ子は外の寒気で頬を赤くし、目をきらきらとうるませていた。

死んだ子の枕もとに線香をつけて、ふさ子が拝んでいると、

「お待ち遠さま……。」

と、元気のいい若者の声がして、上りかまちに、二人前のそばが置かれた。

そのわずかのことで、部屋の空気がやわらいだように感じられた。

「あたたかいうちに……。」

と、ふさ子はすすめた。

悲しみに打たれていながら、ふさ子のいろいろと気を使っているらしいのが、義三はいじらしかった。

ふさ子は義三のそばに来て坐ると、割箸《わりばし》を取りあげて、

「なぜこんなに、お世話になってしまったんでしょうか。」

「僕はなにも役に立たなかったじゃありませんか。」

「こうしていただくことが、たいへんなことなんですわ。夏は命を助けていただいて、今は死水をとっていただいて、しあわせな子ですわ。」

義三も少し打ちとけて来て、ここに新築中の病院が、伯父のものであることを話した。

「よかったら、伯父のところで、働いてみませんか。」

「私はなにも出来ません。それにお隣りの人たちと、今まで助け合って来ましたから、私ひとりよい場所に浮び上るのは……。」

と言うと、ふさ子は急にあわてて、

「ああ。お隣りに、坊やの死んだことを、まだしらせてませんわ。」

「お隣りの人は、どういう人なんですか。」

「女のきょうだいが、三人います。兄さんは胸がわるくて、療養所へ行っています。みんな行

きどころに困ってるんですわ。」

　義三もあいさつに迷って、

「立退き料は、いくらくらい欲しいんでしょう。」

「私たち、そんなことは言えないんです。よその屋敷の焼けあとに、勝手に小屋を立てて、住んでしまったんですもの。ただお隣りの人が、頑張ってねって言うんです。ですから、私だけ病院に拾われることになれば、あの人たち、私を恨みますわ。」

　膝や背のあたりに、痛いような寒気が迫った。

「あなたは少し休んだらどうですか。僕が起きていてあげますから……。」

「はい。先生がさっき、思いがけなく来て下さった時、坊やがあんなに悪いのに、どうしてか、死ぬほど眠かったんです。でも、今は眠くありませんわ。」

「眠くなくても、疲れているでしょう。ちょっとでも寝なさい。僕はときどき病院で、宿直をやりますから、眠らないことは平気ですよ。」

「母が死ぬという時も、どうしてか、私はとても眠かったんです。」

　ふさ子は顔を伏せると、

「こわいわ。いろいろなことを考えると、とてもこわい……。」

と言って、それなり黙ってしまった。

　義三は所在なく、煙草を吸いつづけていた。

やがてふさ子が身じろぎもせず、眠ってしまった。

なにかかけてやりたいと思っても、死んだ子の夜着を取るほかには、なにも見あたらなかった。

義三はオウヴァを脱いで、白く細いうなじの際《きわ》までかけてやった。自分は七輪を引き寄せたが、それくらいのことでは寒さがしのげなかった。

どこかで犬が凍るように鳴いた。

ふさ子は大きく動くと、義三の方に寝顔を向けた。

疲れきった寝顔に、義三は不安を感じて、左手の甲をふさ子の唇近くまで持っていった。ふさ子の呼吸がふれると、義三は火に近づいたように、手をひっこめた。

ふさ子が目をさましたら、義三は思いきって、

「愛している。」

と言おう。しかし、ふさ子が眠っているので、そんなことを思えるのでもあるようだった。

その明くる朝

ふさ子の小屋を出た時は、明るい朝の日のなかであった。

いつの間にか、義三もうとうとするうちに、明け方の眠りの深い癖で、そのまま熟睡してしまったものらしい。

用ありげに出入りする隣家の若い女たちや、洗面器に湯を取ってくれるふさ子に、義三はきまりが悪かった。

また、ふさ子が目をさましたら、

「愛している。」

と言おうなどと思いながら、自分が眠ってしまったのでは、なにもならない。

しかし、一人の弟が死んで、ひとりぽっちになった娘に、医者として来た自分が、愛していると言うなど、とんでもない話だ。眠ってよかったのか。

湯をこぼさぬように、顔を洗うと、左のこめかみに指がふれるたび、打ちつけたような痛みが感じられた。

たくましい魚の歯に似た霜柱が、義三の靴の下で、ぎしぎし音を立てた。

「このまま、病院へいらっしゃるんですの？」

「そう。」

外まで送って来た、ふさ子の言葉のなかに、すがりつくようなさびしさを感じ取りはしたものの、義三には、ふさ子をなぐさめるすべもなくて、

「後で、病院へ死亡診断書を取りにいらっしゃい。」

やさしく言ったが、冷たい事務だ。

「はい。」

「もし、僕で出来ることがあったら、なんでも言って下さい。夕方からは大和寮――知ってますね、この川ぞいの新しいアパアト、そこに帰っています。」

「はい。どうもいろいろ……。」

ふさ子も昨夜からの礼を言おうとして言えなかった。

七輪の上で、やっと湯気をふき出した温い飯も、義三に食べてもらいたいものだった。

義三がいづらいように立ってしまったので、ふさ子はおろおろしていた。

義三がもっといてくれれば、ふさ子は頼《よ》りかかった気持でいられる。

父の知れぬ子ではあっても、ふさ子が少女の身で育てて来た弟が死んだ。その空虚な孤独は、さびしいと言うよりもこわい。今はなにかにすがりつきたい。

義三が去って行ったら、この人のことばかり思うにちがいない。ふさ子の心に、ほかの支《ささ》えはなかった。

川岸の道におりるところで、義三は振り向いた。

「では……。」

「御飯も……。」

と、ふさ子は言いかかって、またとぎれた。

朝御飯も食べさせずに帰すという、それだけのことにも、義三に離れてゆかれる心細さがこもるのだった。

ふと見合わせた目に、二人はまぶしくてまごつくような、永い時を感じた。

ああ、またこの目だと、義三は胸を刺しつらぬかれる光りに、今朝は濡れた温かさがあった。目を伏せた義三の足もとに、葉をすべて落した菊が、臙脂色《えんじいろ》の花をつけていた。

「残菊《ざんぎく》ですね。」

昔、月暦《げつれき》の十月五日に残菊を愛《め》でる宴が催された。義三はそんなことをおぼえていた。今は十二月だが、旧の十月五日とはいつごろだろうか。「残菊」という言葉は、ふさ子にわからなかった。

義三は川に沿って歩き出して、しばらくすると、偏頭痛の上に、肩がひどく張って来て、これからの病院の一日が、重荷のように思われた。

川向うに低く立ちならんだ家々の前には、共同水道らしいたまり場で、たらいを寄せて、洗濯をしているかみさんたちや、手指で口をすすいでいる女の姿が見られた。男の影はどこにもない。その一こまにも、年の暮れらしいものがあった。

たった一人になったふさ子を、あのままにしておくことは、いかにも無慙《むざん》だと、義三は思った。しかし、ふさ子の人生を、自分の運命に誘い寄せることは、朝の理性で考えると、まだ今はむずかしい。

伯父の病院で働いてみないかとすすめても、

「私はなにも出来ません。」

と言う、ふさ子の美しい瞳と、病院が建つと東京へ出られるのが楽しくて歌をうたう、桃子の美しい声とが、義三の胸底に浮んでは消えた。

義三のつとめる病院を、伯父は無料診療所のように思いこんでいるが、そうではなかった。健康保険、また生活保護者の診察券を持って来る人が、場所がらよそより多いのだった。貧しい人たちの出入りがはげしいために、病院はS医大の附属病院でありながら、大きい建物全体に、よごれが目立っていた。

朝陽《あさひ》を受けた三階の、小児科病棟の窓から、いろいろなものが干されていた。

義三がはいって行った時は、朝の掃除を終ったばかりで、清潔な静かさがあった。

小児科の受附けの少女、その人も見習看護婦の一人だが、義三はふさ子の弟のカルテをさがしてもらった。

昨夜診てもらった医師に、死亡診断書を頼んでおこうと思った。

行き過ぎる義三を、少女は呼びとめて、

「その人、民生委員の手続きを出していないんです。早くしてもらわないと、それなりになる人が多くて、整理に困るんです。後で持って来るからと言って、病気がよくなると、もう来やしないんですわ。」

と、手きびしかった。

「よし、わかった。死んでしまったんだよ。」

と、義三も不機嫌に返した。

インフルエンザ

医務室には、インタアンの仲間が二三人と医者が寄り集まって、雑談をしていた。

「お早う。」

「栗田君、顔色が悪いんじゃないか。」

と、二三人がほとんど同時に言った。

「そうかな。偏頭痛がするんだ。」

「流感だよ。きっと、患者のがうつるんだ。井上さんも多分、やられてるんじゃないのかな。」

君とさんとで、男女をわけ現わすのが、いつからか、彼ら仲間のしきたりになっていた。

そう言われて、義三は民子のことが気にかかった。

義三は予防着をつけ、一人で食堂に行って、熱い牛乳を飲んだ。

食堂を出て来ると、わずかの時間のうちに、病院のどの廊下にも、見知らぬ患者が集まって来ていた。

小児科はその日、殊《こと》にいそがしかった。患者のほとんどが同じ型のはやり風邪で、春秋を流行期とするはしかも、二三人はあった。正午過ぎまで、次ぎから次ぎへ小さい患者たちはとぎれなかった。

義三は昨日と同じように、医長の助手をしていたが、診察がいそがしくなるにつれ、仕事の快感に似た気持の昂揚《こうよう》に、頭の痛むのも忘れた。

ふさ子が死亡診断書を取りに来たと、看護婦にしらせられても、義三は手をはなして、受附けに出てゆくひまもなかった。

眉の濃い面長《おもなが》な医長は、聴診器を耳につけながら、

「あの子、いけなかったのか、可哀想に……。手おくれと、喘息かなにか、既往症があったようだが。」

と言って、義三を振り向いた。それでしまいだった。

午後の二時に、義三はようやく食堂に落ちつくと、朝の疲れよりも、さらに深い疲れが、全身にあった。脚も重く、腰はだるい。背なかに鈍痛があった。手は新聞を支えているだけでも、肩に重みが加わった。

昨夜、ふさ子の家でそば一ぱい、今朝、病院で牛乳一本、それだけなのに、食慾は全くなかった。

義三は一刻も早く帰って、自分の部屋で横になりたいと思いながら、結局、四時の回診まで、病院にいた。

自分の体がつらい時でも、義三は小さいわがままな患者にはやさしくて親切だった。

また今朝からは、心の底が人なつかしくなごんでいて、もののいのちがいとしかった。

――井上民子は、今日も病院に来なかった。

義三は夕暮れの道に出ると、思わず背を円め、肩をすくめるほどの、寒気を感じた。

ふさ子の小屋の前を通る時は、膝がしらががくつくようで、

「いくじなしめ。これくらいの体のつらさ、あの子の心のつらさにくらべたら、なんでもないんだぞ。」

と、自分に言ってみたが、一晩ぐっすり寝て、明日ふさ子をたずねた方がいいと思い直した。

そして、筆の穂先きほどの洩《も》れ灯《び》を目にとめながら、足早に通り過ぎた。

昨日から帰らなかった、寒々とした部屋の電燈をつけると、蒲団を引き出して、なにをするのものういままに、着ていたものは脱ぎ散らし、下着の上に弁慶格子《ごうし》の単衣《ひとえ》を着ると、倒れるようにころがった。

まず眠ること、眠りたいと、あせるうちに、歯と歯とがたがたかみ合うような、悪感におそわれた。

かけ蒲団が羽ばたく鳥をつつんでいるように動いた。

やがて悪感がとまると、発熱が義三の意識を奪い、うつらうつら浅い眠りをくぐり、それをくぐり抜けると、不安におびやかされた。

「栗田さん、将棋ささない！　なんだ、もう寝ちゃったのか。」

と、隣室の大学生の声を聞いた時、義三は心細くて、その青年を呼ぼうとしたが、相手はすぐに行ってしまった。

義三はまた浅い眠りのなかで、部屋の畳も壁も天井も、ふくれあがって来て、自分が押しつぶされそうだった。その圧迫感から、早くのがれなければと身をもがくと、はっと気がついて、息苦しかった。しかし、沈むように寝入ってしまった。

明くる日は、風も暖く晴れていた。

大和寮からは、冬休みになった学生たちが、誘い合わせたように帰郷して行った。

義三の部屋の前の女子大学生も、

「栗田さん。」

と、顔をのぞかせて、

「あら、おやすみ……？　行って来ます。」

楽しそうな声を残すと、真新しいボストン・バッグをさげて、階段をおりて行った。

ひる近く、寮の管理人の妻が、栗田の部屋にはいって来たのだが、

「あら、よく眠っている。いびきをかいて……。」

と、つけっ放しの電燈を、ちょっと眉をひそめて消しただけで出てしまった。

もし、その人に少し医学の知識があって、注意深く聞けば、それがいびきではなく、肺が病菌におかされて、悲鳴をあげているのだとわかっただろう。

待っていた

病院では井上民子が、ダアクグリインのセエタアの色を、白い上っぱりの下にのぞかせて、てきぱきと医長の仕事を手つだっていた。

民子は鼻カタルだったのか、鼻の下が赤く荒れていた。

「栗田君も風邪にやられたらしいな。昨日、いやな顔色をしていたっけ……。」

と、医長は民子に言った。

「そうですか。」

「昨日の君の代りに、助手をやってくれたんだが。」

「そうですか。」

民子はわざと無感動に答えながら、病院の帰りに、義三を見舞う心づもりをした。

医長は眉がかゆいのか、指先きでこすって、

「医者の技術よりも、もう新薬のおかげだね。死亡は少い、病気は悪化しない。老人の肺炎も助かる。しかしね狭くて痩せた土地に、人ばかりふえる日本で、老人の寿命が延びるというのも、国の悩みを増すかもしれないんだ。幼児と老人の死亡率の高いのは、日本の救いじゃないのか。妙な矛盾さ。僕はときどき考えてみるんだ。医学というものが、全く発達しなくて、人間が天然自然に死んでゆく時代は、どうだったか。」

「天然自然に死んでゆくとは、どういうことですの。医学では考えられませんわ。」

「ふむ。しかし、不老不死の医学はないよ。つまり、人間の一切の病気がなくなるのが、医学の究極の理想だろうな。原始に、どこまでかさかのぼると、そんな時代があったのか。医者が理想に向って戦うほど、病気の数はふえるんじゃないか。」

「病気がなくなっても、戦争がありますわ。」

「二つともなくならないわけかね。予防医学という言葉から借りたのか、予防戦争などと言うのは、われわれから見ると、けしからんことだ。」

「新薬で生かされる人と、原子爆弾で殺される人と、どちらが多いんでしょう。」

「原子爆弾の将来の殺人数を推定するのは、なに学かね。天文学か哲学かもしれんよ。君ひとつ数えてみて、学位論文にしたら……。」

と、医長はちょっと苦い笑いをもらして、

「しかし、人間の病気というものを、哲学的に解くと、どういうことになるんだろう。――昨日もね、栗田がこの夏、人命救助をした、あの子がね、あえなく死亡したんだ。手おくれさ。ペニシリンも効果がなかった。栗田君は診に行ったもんだから、いくらか責任を感じてるさ。栗田君が通りがかりにでも、手おくれになる前に、あの子の家へ寄ったとすれば、あの子は簡単に助かっていた。そういう意味では栗田君に、責任でない、責任があるかもしれない。神ならぬ身の知るよしもない責任だ。医者は家の近くを通っただけで、なかの病人がわかる神じゃないからね。その家をのぞいてみるという偶然がなくて、栗田君に二度の人命救助をさせなかったのさ。そうかと言って、あの貧困で無知な娘が、病院に来そびれて手おくれにしたのも、娘一人の責任かどうかね。」

「はあ……？　あの子、死んだんですか。」

民子はマスクをはずして、手を洗いながら、たった二日休んだ間に、そんなこともあったのかと思った。

「流感のお供で、はしかもぽつぽつ出て、昨日と今日で六七人になるかな。極寒に向うころには珍らしいんだが、はしかも、ちょっと疑わしい時、ペニシリンを打っておくと、効果がある。オウレオ・マイシンは、肺炎に偉力を示すね。」

「オウレオ・マイシンが……。」

「薬局に来てますよ。もっと安くつくれないと、高くてね。」

「どのくらいしますの？」

「市販だと、一錠、二百五十円くらいにつくかね。二錠ずつ、四時間おきに、六回も用いれば、肺炎なら、まあいいだろう。アンギイナのひどいのに使ったけど、よかったね。」

「十錠ほど、わけていただけますかしら。」

「誰か肺炎なの？」

「いいえ。持っていたいんですの。先生のおっしゃったように、神ならぬ身の知るよしもない責任が、どこにあるかしれませんもの。」

「それはそうだ。しかし、君も新薬が好きだね。前にもなにか買いこんだっけ……。」

医長は民子のそばに寄って来て、手を円く円く洗った。

小児科の入院児のサイド・テエブルの上には、小さい鉢植えのクリスマス・ツリイが飾られ、縫いぐるみの真白い小熊や絵具の生き生きした乗りもののおもちゃなどが、それぞれ置かれ、病室の競争のようになってるのも、昨日今日の回診では目立った。

病院でも、今日はクリスマス・イヴらしい御馳走を、なにか出すそうだった。

「クリスマスなど、僕が子供の時分には、カトリックの信者の家にしかなかったものだが、戦後はむやみにさかんだ。近ごろの子供は、正月よりクリスマスをよろこんでるんじゃないかな。まるで、キリストそこのけのお祭騒ぎだ。」

と、医長は笑った。

午後からも、急患が来て、あわただしく日暮れになった。医長も疲れた目つきだった。

「こう風邪ばやりでは、開業医の往診はたいへんだろうな。僕も帰ると、御近所を二、三軒廻らねばならん。」

民子はナイロンの化粧袋から、クリイムや小さい櫛《くし》を出して、ショオト・ヘヤアの形をととのえたり、手にもクリイムをすりこんで、病院を出た。

商店のない、わびしい川ぞいの道をさけて、駅の通りに出た。

民子は義三の休みを、たいしたことと思っていなかったから、貧しい義三のクリスマス・イヴを、なにかで楽しくしたいと考えたのだ。

町は福引きつきの歳暮売り出しで、白玉一等、緑二等、桃色三等、赤玉四等、ときどき当りが出るらしく、じゃらんじゃらんの鐘が鳴っていた。せまい通りに、オウト三輪でも走って来ると、人波が揺れ動いた。

民子はパン屋で、白い食パン一斤とバタを半ポンド、肉屋でハムと卵とマヨネエズなど、また八百屋《やおや》に寄って、レタアスと小さいカリフラワアも買った。

兄夫婦の家にいて、ふだん食事の支度をしたことのない民子は、食料品を買うと、女らしいよろこびで、なんとなく浮き浮きした。

義三のアパアトまで一駅だが、民子は乗ることにした。クリスマスを目あてに開いた、小さいダンス・ホオルから、ジャズがホウムにも聞えて来た。毎夕の騒音のなかに、これだけはレコオドでないらしい。

附近に焼けあとの空地も多い、大和寮の前に立つと、灯のついた窓もなく、ひっそりと無人のようだった。

民子の鳴らすベルで、中年の女が、暗い廊下をいそがしそうに出て来た。

「栗田さん、いらっしゃいますか。」

「ええ、お二階の左側、二部屋目です。なんですか、お加減が悪いようです。」

そのひとは煮ものでもしているのか、ろくろく民子の顔も見ずに、奥へひっこんでしまった。

まだ明りもつけていない義三の部屋をノックしたが、答えないので、

「栗田さん、私よ。」

と、民子が扉をあけると、

「ああ、待っていたんだ、僕は……。」

暗いなかから、ひどく気負いこんだような調子で、義三がはっきり呼んだ。

女らしく

民子はただならぬけはいを感じて、ハイヒイルを脱ぎ、部屋に上ると、電燈のスイッチをひねった。

げっそり憔悴《しょうすい》して、目を閉じた、義三の顔が浮び出た。

「栗田さん、どうしたの。」

民子は顔を近づけ、それだけで重態と感じられた。右の手袋を脱ぐと、額に手をあてがった。

「まあ。たいへんな熱、困ったわね。栗田さん、あなたきっと無理をしたのね。馬鹿だわ、医者のくせに……。」

義三は昏睡《こんすい》しているようだ。

「待っていた。」と呼んだのも、無意識のうわごとかもしれなかった。

しかし、それどころではない。買いもの包みとハンドバッグをいっしょに、片隅へ片づけると、民子はかいがいしく立った。

そして、民子がハイヒイルに片足を入れかけたところへ、下の主婦が火おこしに火花を散らして持って来た。

「ああ、よかったわ、ありがとう。なにか湯気を立たせるものを、拝借させて下さい。御近所に、すぐ来てくれるお医者さんがあったら、至急呼んでいただきたいの。」

「はい。」

しかし、主婦はゆっくり火を火鉢に移しながら、

「昨日の夕方、帰るなり寝てしまって、様子がわからないし、よくいびきを立てて眠ってるから、眠り薬のせいかと思いました。御当人が卵でも、お医者さんですから……。」

「いびきじゃありません。肺呼吸の苦しい音です。たちの悪い風邪です。肺炎症状ですわ。医者を早く呼んで下さい。」

「はい。」

主婦は民子の勢いに気押されて、いそいで行った。

階下の電話が民子に聞えて来て、医者は往診に出ているらしい。民子は自分たちの病院の当直医を頼もうかと思ったが、主婦も電話で催促しているので、しばらく町医を待つ気になった。

民子は注意深くカアテンをひき、階下から水を持って来て、オウレオ・マイシンの白い錠剤を出すと、義三の頰を指でつついた。

病院の薬局からゆずり受けて来たばかりの薬が、こんなに早く役立つとは思いがけなかった。医学以上の運命の奇蹟《きせき》だ。神のひきあわせだ。

自分がもう一日二日病院を休んでいたら、医長から義三が風邪らしいと聞かなかったら、この人とクリスマス・イヴを楽しもうと思わなかったら、もしかするとこの人も……。

神のひきあわせは、愛の秘蹟ではないかしら……。クリスマス・イヴに……？　もっと花やかな場所へ行くあてもあったけれど、この人のことが気にかかった。

「栗田さん、栗田さん。」

義三は酔いどれのように、散逸した視線ながら、

「ああ、井上さんか……。」

「私とわかったのね。このお薬を飲んでちょうだい。あなた病気なのよ。」

民子は母か姉のように、白い錠剤を、義三の乾いた唇に近づけた。

義三は山羊みたいに唇だけを動かして、民子の指先きから、錠剤をふくんだ。

そうした義三の素直なしぐさに、民子はなお女らしいやさしさで、義三の頭に手をかけると、首を少し横に向かせた。

「吸いのみがないけど、飲めるわね。いいこと……?」

と、コップの水をさし寄せた。

義三は辛うじて水を飲み、すぐまた目を閉じた。民子を不安にする、荒い呼吸のうちに寝入ってしまった。

義三の横頬が少し水に濡れたのを、民子はいい匂《にお》いのする、麻のハンカチイフでぬぐった。

部屋があたたまって来た。民子は白茶色のオウヴァを脱ぐと、音を立てぬように動きながら、部屋を片づけた。

「お医者さんが来ると、みっともないわ。」

その医者は、小兵《こひょう》な相撲取りほどにふとっていた。

「戦前だったら、むずかしいことになったかもしれませんね。昭和十二三年ごろでしたが、やはり地方から出て来て、大学の卒業前に、肺炎でなくなった青年をおぼえています。岩みたいな青年でしたが、郷里の肉親も間に合わなかった。今はもうこれで……。」

と、白い油蠟《ゆろう》のペニシリンを注射器に移す、ものなれた手もとを民子は見まもっていた。

「お名前とお年は……？」

「栗田義三。桃栗三年の栗、田畑の田、源義経《みなもとよしつね》の義、一、二、三。二十三歳。」

「御名答で……。」

と、医者は民子の顔を見て、

「これからまだ、二三軒廻って帰りますから、一時間ほど後に、薬を取りに来て下さい。」

「オウレオ・マイシンの手持ち分だけ飲ませたいと、思っているのですけれど……。」

「なるほど、結構です。じゃあ、薬はいりませんね。」

と、医者は洗面器の湯で、手を洗いながら、

「明け方の空気の冷えが、病状を左右しますから、部屋の空気が激変しないように、気をつけて上げて下さい。」

「はい。」

「このところ、一日に三十二軒廻るのです。そのうちに新患が出る。工場なんか、毎日ちがう患者が待っていますよ。どうも、驚いたものです。」

医者の帰るスクウタアの音を聞きながら、民子は今夜この部屋にいようと決心した。初めて男の部屋に泊るのだけれど、医者として、あるいは看護としてと、自分にいいわけすると、民子はかえって顔が赤くなった。

民子は学生のころから、栗田を愛していた。しかし、理智的と見られ、聡明とさえ言われ、はっきりした性質で、みなからも中性的に扱われるから、自分の愛情を出すまいとつとめていた。また、清潔な美貌で、女好きのする栗田だと、自分をおさえていた。どうにか目立たぬように、女らしい愛情を始末したいとも考えるのだった。

そして、恋というものにたいする恐れもあった。所詮《しよせん》民子には、甘美な愛に恵まれることも、愛を貫けることもないような、予感におびえるからでもあった。

しかし今、意識を失い、嬰児《えいじ》のように眠っている義三を見ていると、民子の愛情はためらいも、さえぎるものもなく、流れ出るにまかせて、日ごろになく自由で幸福でさえあった。

ハイヒイルとサンダル

クリスマスの二十五日は、雨になった。

明くる日は日曜で、東南の風がきれいに空をぬぐい、白い昼の月がはっきりと見られた。

ふさ子はその日、足もとから鳥の立つように唐突な隣人の引越しの手伝いをしていた。

三人姉妹の一番上の伸子が、正当な権利のない場所にあまり頑張っていては、かえって損をすると、誰かから聞かされ、中のかな子はまとまった金が持ってみたくてたまらず、また、若い女がいつまでも掘立《ほったて》小屋暮しをしていたくない、言わば生活を切り変える望みもあって、十二月にはいると、立退き先きをさがしていたという。

殊《こと》にかな子は今の勤めの安月給にあきたりなかった。友だちの一人が、青梅《おうめ》線の福生《ふっさ》という町で、キャバレエのダンサアをしていて、いつも豪勢な様子を見せるのに娘らしく刺戟《しげき》されていた。その福生になら、あき部屋もあるという話に誘惑を感じた。

ふさ子の弟がなくなる二日ほど前に、姉妹はその町を見に行って、部屋もきめてしまった。姉妹でキャバレエのダンサアになるつもりらしかった。下の妹だけは、まだ十四だから、東京の赤羽《あかばね》にある親類に、引き取られることになった。

「ごめんね、ふさちゃん。お通夜や焼き場でくたびれてるのに、手つだわせちゃって……。」

と、上の伸子が言った。ふさ子は首を振ると、

「いいわ。かえって気がまぎれて……。じっとしているのはこわいの。ただ、あんまり急だし、あとがさびしくて……。」

「わかってる、わかってる。和坊に死なれたばかりのあんたを、ひとりにしてゆくの、私たちだってどんなに気がかりかしれないのよ。」

「ふさちゃんもいっしょに、キャバレエへ出てみない？」

と、かな子はふさ子の気を引くように、

「あの、カサブランカというホオルが、駅の近くに出来たわね。あそこのクリスマス・イヴに

は、T町あたりの奥さんやお嬢さんが、古めかしいイヴニングなんか着てね、まるでダンサアみたいに、お客から現金のチップを平気でもらったりしたんだって……。驚くでしょう。顔負けだわ。でも、ホオルじゃ大歓迎で、よろこんでるってさ。私もぱあっと暮してみたいわ。ふさちゃんみたいな美人が、パチンコの玉ばかり数えるの、つまんないじゃないの。ふさちゃんの目で、キャバレエにいてごらんなさい、ダイヤみたいにきらきらと隅の方まで光っちゃうわ。」

などとしゃべりながら、乏しい衣類を行李につめた。

「私は、ここに建つ病院で、働いてみないかって言われていたんだけれど……。」

ふさ子も今は、かくし立てなく言った。

「そりゃあ、いいわ。ふさちゃんは一人きりなんだし、私たちのおつきあいで、波しぶきに飛びこむこともないわ。」

と、こんどは上の伸子が、行李に縄《なわ》をかけながら顔を上げてよろこんでくれた。

千葉病院の事務を受け持っている人が、移転料として隣家と同じ額の小切手を、ふさ子のところへも、昨日とどけに来た。これも伸子たちがかけ合ってくれたものだ。弟の葬いの時で、ふさ子は助かった。

かな子は顔をしかめて、

「こんなきたない七輪や鍋も持って行くの?」

「あたりまえよ。行った先きで、すぐ買わなきゃならないもん。」

末娘は古ぼけた四角いカバンに、洋服や寝間着をつめて、学用品と履きものは風呂敷包みにしていた。

「お世話になりっ放しで、お別れするのね。」

と、ふさ子はしんみりして、

「お通夜の晩に、お坊さんが来て、びっくりしたのよ。かなちゃんが頼みに行ってくれたとわかった時は、ほんとうにうれしかったわ。」

「姉ちゃんが、お経もなしじゃ可哀想だ、お坊さんを呼んでおいでと言ったのよ。お寺で驚いたわ、あのお坊さん、新制中学の先生なんだもの。男の子ばかり四五人いて、奥さんは私たちよりきたない恰好してたわ。」

「お布施《ふせ》っていうの？　三百円じゃ少かったんじゃないかしら？」

「いいんでしょう。お膳のものを、あのお坊さん、おいしそうに食べてたわ。」

と、伸子はふさ子に答えた。

午後になると、末娘のゆき子を迎えに、親類の娘が来た。ゆき子と同い年くらいの少女だった。その少女も豊かな暮しとは見受けられなかった。

姉たちの荷物を運ぶ運送屋の車が来るまで、ゆき子はその子といっしょに、普請中の病院の庭で遊んでいた。

別れのさびしさは、三人姉妹のどの顔にも見えず、人の世の離合集散に悟り馴れてでもいるようであった。また、貧しさによごれた生活から飛び去る思いをしているのだろうか。

三人の姉妹が行ってしまった後の冬空は、なまめかしい夕映《ゆうば》えだった。大きい煙突から、薄黒い煙が遠く遠く流れていた。

ふさ子の心は、矢をつがえた弓づるのように、ぴんと張っていた。

弟が死んで、わずか三日のうちに、扇でもたたむように、ここの小屋暮しを閉じることになった。

義三のところへしらせに行って、あの人のそばで働かせてもらえるなら、これに越す幸福はない。

ふさ子は手や顔を丹念に洗って、小さい姫鏡台に向った。紅を塗ると、顔の感じがちがってしまう。つけては消し、消してはつけた。

クリイム色のセエタアの肩や胸の、ほこりをはたき出すように、とんとん叩いた。

小さく白布で結《ゆわ》かれた骨壺《こつつぼ》に、

「行ってくるわね。」

と、手を合わせると、裾短いトッパア・コオトに、赤く塗った木のサンダルで、ふさ子は川ぶちの道へおりた。

義三の寮は、ふさ子が民生委員の補助金を受ける日に、その前を必ず通るので、まだ建ちかけのころから知っていた。学生たちのキャッチ・ボオルの外《そ》れ球を拾って渡した日もあった。

受附けに出て来た女は、義三の部屋を教えて、つけ加えた。

「御病気で、ずっとお休みですよ。」

ふさ子はどきっとした。弟を殺した、おそろしい風邪がうつったのではないか。暗い胸騒ぎを感じた。

義三の部屋の扉は換気のために、二、三寸あけてあった。

ふさ子は、気をしずめようとして、扉口に立ちどまった。

小さい沓《くつ》ぬぎのコンクリイトに、茶色のスエドのハイヒイルの、きちんとそろっているのが見えた。

女のお客と知って、ふさ子はふとしぼんだ。

「ごめん下さい。」

その声はあまりに低かった。

ふさ子は扉のすきまに顔を寄せて、もう一度呼ぼうとしたが、グリインのセエタアを着た若い女が、寝ている義三に顔を重ねるようにして坐っているのを見ると、ついと離れた。

ふさ子の血の流れは一時止まり、さらに乱れ立った。なにをどう考えるゆとりもなく、ただ、来てはならないところへ来てしまったと思うのだった。

痩《や》せた手に

洗面器の湯に、明るい日の光りがさしこんでいた。

ひげ剃りクリイムは、民子のおくりものだった。

義三は新しいチュウブから押し出して、ちょっと匂いをかいでみた。

小判がたの鏡のなかに、義三は病後らしい自分の目を見た。ひげもこんなにのびたことはない。

瀬戸の円火鉢《まるひばち》には、小さい湯沸しから、煮え立つコオヒが匂っていた。

「簡単にしておいた方がいいことよ。」

民子の声は、母か姉のそれのようだった。

「うん。」

義三は口をつぐんで、ジレットを使いながら答えた。

「でも、手もとはしっかりしているわ。ふるえてあぶないのかと思った。」

「大丈夫だ、もう……。」

と、義三が振り向くと、民子の目は、ジレットの動きを、じっと見まもっているのだった。

しかし、義三は気にならなかった。

今日はもう新年の四日であった。

民子に看護されなければ、落した命だったろうかと、義三は考えてみる。

まさかとは思う。義三は医者だから、今日《こんにち》の医学を信じる。新しい治療法とその効果も知っている。

しかし、大きい病院のなかでさえ、人がふとしたことで死んだり、ふとしたことで生きたりするのも見ないではない。ほんとうに、ふとしたことがある。

第一、義三はふさ子の小さい弟を助けられなかったではないか。義三が死なせたわけではあるまいが、生かせられはしなかった。第二に、医者でありながら油断をして自分の命を危くした。

やはり、民子が生かせてくれたのかもしれない。そう思って、恩を感じるのがいい。

義三は病気の重い時のことは、なにもおぼえていなかった。それでいて、一生忘れられないほどの、苦痛の記憶が残っていた。

大晦日、元日と、年の改まる夜、義三はようやく人ごこちを取りもどしたのだった。寮の主婦の心づくしで、屠蘇《とそ》の祝いも受けた。雑煮もおいしく食べられた。

民子は、三十一日の夜おそく、自分の家へ帰って行った。しかし、元日の午前には、もう来てくれた。

二日、三日と、義三は元気づきながら、床のなかにいた。民子にまかせた気持に、あまえていた。

真白に糊《のり》のついた敷布のはしには、墨で井上と小さく書いてあった。

「井上……。」

と、義三は民子の姓を読んでみながら、

「これ、君の字？」

「そう。洗濯屋へ出すとき……。」

一枚きりのよごれた敷布を洗いかえるのに、民子が家から持って来てくれたのだ。

タオルの寝間着も新しかった。枕カバア、コップ、スイトピイ、まるで義三は民子のなかに寝ているようだった。

「ほんとによく気のつく方……。」

と、寮の主婦は民子をほめた。

「女医さんにしとくのは、もったいないですね。」

「医者はよく気がつかなくちゃだめだ。」

と、義三は言った。

義三の枕もとには、桃子からの手紙が三通たまっていた。病気だとは知らないから、どの手紙にも、

——早く帰っていらっしゃい。どうして早くお帰りにならないの？

と、同じことが書いてあった。

昨日受け取った手紙には、地方版の新聞から切り抜いた天気予報欄と、積雪量のグラフがはいっていた。グラフは桃子が書いたらしい。

天気予報欄は——十二月三十一日、北寄りの風晴れ、夕刻より煙霧あり。あす、一月一日、北寄りの風、うす曇り、午後雪。

雪国に生れて育った義三には、雪を恋う思いがあった。

幼い時から、しんと冷える冬の夜には、明日の雪を期待して眠ったものだ。

この冬の休みにも、雪を見に帰るつもりだった。そこへ思いがけなく大病をした。この調子で回復すれば、七草過ぎには、故郷の雪が見られるだろうか。

しかし、その前に、ふさ子——風にゆらめく火のような、ふさ子を見にゆかなければ……。

ふうっと心をそとにして、義三は剃った後のあごを、ぼんやりなでた。

その義三のうしろでは、コオヒの匂いに、パンの焼ける香ばしい匂いも加わった。

「ああ、さっぱりした。」

義三は丹前《たんぜん》の前を掻《か》き合わせて、民子の卓に坐った。

「足袋《たび》。足袋をはかないと冷えるわ。」

と、民子は言った。

「足袋なんて、しゃれたものはないんだ。」

「じゃあ、靴下でもいいわ。」

「少々、うるさがただな。」

義三は心にもないじょうだんを言って、素直に立ち上った。押入れをあけて、靴下をさがした。

押入れはきちんと整頓されていて、

「へえ?」

と、義三はおどろいた。靴下もきれいに洗って、一足ずつ小さい玉のように、まとめてあった。

「君が、みんなしてくれたの?」

「そうよ。退屈だったんですもの。あなたは、まる二日昏睡してたのよ。」

「ずいぶん、いろんなことを、してもらっちゃったんだな。もっと長く、二三カ月も昏睡してりゃよかった。蛇みたいに冬眠をね。そうすれば、こんなにきちんとした、小さい家が出来てたかもしれんね。」

「伯父さんの、大きい病院が建ちつつあるじゃないの?」

「僕はシンデレラ姫じゃないからな。」

と、義三はきげんよくたわむれて、この親身な女友だちと目を見合わせた。

ほのぼのと満足したような民子の目が、ふと義三の目を生真面目にした。

義三がスプウンを取り上げて、砂糖を入れようとした時、義三の手の上に、民子の手が重なった。

「あなた、痩せたわ。やっぱり大病だったのね。」

手首に指が巻かれた。

「痩せたね。ほら、親指と中指の爪が重なってしまうもの。民子さんの指は、すんなり長いけれど……。」

民子は指をゆるめた。

「君が来てくれなかったら、この年はあの世で迎えたかもしれんね。」

義三は実感をこめて言った。

民子はうれしそうな早口で、

「私がクリスマス・イヴに、初めてここへ来た時ね。あなたはほんとにひどかったわ。でも、私の顔を見るなり待っていたんだ、って叫んだことよ。」

「君に……？　全然、記憶がないな。」

と、義三は白い歯をパンにあてながら、もう一度民子の目を見た。

熱の苦しみで、夢うつつだったあいだ、義三はずっと誰かを待ちつづける心があったように、民子の言葉で思い出されるが、それはふさ子の手がほしかったのではないだろうか。

底の見えそうな川

「僕、明日あたり、外へ出てみたいな。大丈夫だろうな。」

民子という医師のゆるしをもとめるかのように、義三は言った。

「温くしてね。夜は無理よ。どこへ行きたいの?」

「足ならし……。」

ふさ子を見に行きたいと、義三は言いそびれた。

「七草過ぎに、郷里へも帰ってみたいんだ。」

「長野県。寒いんでしょう。」

と、民子は眉を曇らせた。

「粉雪が降ってるだろうな。国から積雪量のグラフを送って来た。五尺も積ってるかな。」

「スキイも出来るんでしょう。」

「そう。僕は雪の子供だから、今年も一度は雪のなかへ帰りたいな。」

「私も行ってみたいわ。」

「宿屋らしい宿屋はないし……。僕の家にお客が泊められるようだと、誘ってもいいが……。」

義三のなにげなさに、民子は気色を悪くしていた。

「いいわ。一人で帰って、風邪ひいて、もう一度苦しんでらっしゃい。」

民子は自分にも思いがけない言葉に、急に胸のなかが波立った。

義三を看護した、この七日か十日のあいだほど、民子は生き生きと満ち足りて過ごしたことはなかった。

民子の手のなかに、いのちをあずけて、みどり子のように無心であった義三が、いとしくてならなかった。

窓をあけたり、湯をわかしたり、つまらない用事の一つ一つも、みな義三のためであるのが、民子は楽しかった。

男女共学の大学のころも、民子は義三と馴れ親しんでいたが、義三の美貌がちやほやされることに、むしろ反撥する時が多かった。

「栗田さんは、クリイア過ぎていやだわ。私はもっと柔かい感じのする人が好きなの。」

と、女友だちと話したこともあった。

親しくても、遠くにおいた人だった。同じ病院にインタアンで来るようになってからも、そのへだたりは底に残っていた。

それが義三の病気で、ぐっと近くに来た。

「私の坊や。」

と言って、抱きたいほどになった。

しかし、病気が治ると、今目の前で、いつもながらの端正さで坐っている義三が、民子には不可解だった。また遠くにおかれた人のようだ。

それに、義三には愛人があるように思える。

千葉桃子の三通の手紙は枕もとにあって、かくす様子もないし、病気でかくせもしなかったのだが、民子は女の直観で、桃子が愛人のように思えてならなかった。

民子は愛を訴えたり、ねだったり出来ない女だった。自分の感情を見せまいとするうちに、もどかしさのあまり、自分の感情をおさえてしまおうとする。

義三が故郷の雪を見たいともらしただけで、民子は気色を悪くしたのに、義三はまた田舎の話をした。

「僕の田舎には、お餅をつきあげてしまわないで、半つきにして、くるみや、青ばたっていう大豆を入れる、豆餅があってね、ちょっとうまいんだ。おみやげに持って来るよ。」

そんなことをなごやかに言いながら、コオヒを飲み終った義三に、

「ずるいわねえ。」

と、民子は言った。

どうして義三がずるいのか。そんなことを言うつもりはなかったのに、口に出てしまった自分にうろたえて、民子は顔を染めた。

「ずるい……？　なぜ……？」

義三の目はやさしいが、ふと曇った。

「だって、おばあさんが孫に持って来るような、おみやげじゃないの……？　私、あなたからは、もっと素晴らしいものがほしいわ。」

義三は素直に笑った。

民子はなおじれったかった。いつものはっきりした調子にもどって、

「私はもう必要なさそうね。」

「医者としてはね……。」

「私、医者のつもりじゃないわ。」

「友だちとしては、ますます必要かもしれない。」

「帰るわ、私、映画でも見ようかしら。」

民子はコンパクトを出して、顔を直した。

義三がなんとか引き止めてくれることをねがったが、

「映画か。僕にはまだ、ちょっと無理だろうね。」

と、言っただけだった。

それでも立って、廊下の外まで送って来ようとするのを、

「結構よ。廊下の風も、あなたにはまだ早いわ。これはお医者としての忠言よ。」

と、民子はそんなことを言い、片手で軽く義三を押しもどすようにして、外から扉をしめると、気ぜわしげな足音を立てて、階段をおりた。

民子は胸がつまって、どこへ行こうという思案も浮ばなかった。

「忘れもの……。」

とでも言って、もう一度義三の部屋にもどり、義三の心に素直に触れてみたかった。

義三に愛人があってもいい。自分も義三の心のなかにいたい。それが一生にただ一度のことでもいい。そうすれば誰とでも結婚出来る。いい奥さんになれる。義三が昏睡しているうちに、接吻しておけばよかった。相手が知らなくとも、自分はうれしくて、今も満ち足りて帰れるだろう。——などと思うそばから、すべて空しい嘘のように思えた。

「好きよ。好きなのよ、あなたが……。でも、あなたは分らずやだわ。」

このつぶやきが、いちばん真実だった。

暮れから晴れつづきで、底の見えそうな川のそばを、民子は歩いていた。川は目のなかで、うるんで行った。

ゆくえ知れぬ

男ひとりの部屋に、民子の残して行ったものは、義三にもやりきれないさびしさであった。義三の顔立ちは、凛《りん》と張った名妓《めいぎ》と言われる女性の面影に、似通うところもあって、浅黒い皮膚や、若い精気を見せる、白い歯ならびなどにも、強気なものが感じられるのだが、義三は他人に気づかいを惜しまないで、自分をおさえる男だった。人を不機嫌にすることは、きらいだった。

民子を命の恩人だと思うほど、深く感謝しているのに、長いつきあいの間じゅう、ついぞ民子が見せたこともない、気むずかしさを置いて行ったのが、義三はたまらなかった。

義三は小判がたの鏡を伏せて、がっかりしたように寝床へもぐった。

「もっとさっぱりして、自分を見失わない人と思ったのに……。やはり、女の感情の突風を見せるのかな。」

と、心でつぶやいた。

「看病でつかれていたんだろう。あんまり女らしい心づかいをし過ぎて、そういう自分に反撥したのかな。」

義三は夕方前に眠って、八時ごろ目がさめてから、食事をしたので、夜ふけまで目が冴《さ》えていた。

前に友だちに借りて、読む折りのなかった、アルベエル・カミュの「ペスト」を思い出して読んでみた。しかし、額が重い。夜の冷えが顔や手の甲に嚙みつくようだ。

義三は本を閉じると、冷たい手を自分の腕に巻いて温めた。

二の腕に、ペニシリンの吸収されない、グリグリが二つあった。ビイ玉ほどのグリグリを、指先きでなでまわしていると、病院で数限りない患者に、素早く器用に注射をする、医長の手先きを思い出した。

いつも感心する玄人芸だが、今夜は、かえってそれも医者という職業の味気なさに思われる。

「このペニシリンは、民子さんが打ったのかな。」

と、義三は腕のグリグリをもみつづけた。

民子は注射の後を、よくもんでくれなかったのだ。もしかすると、男友だちの腕をもむことをためらったのだ。

男の腕をもむ手が、ふと止まった民子を想像すると、義三は胸がときめいた。

「女って、可哀想だなあ。」

と、義三は声に出した。

可哀想と言ったのは、いとしいという意味も、ありがたいという意味もあった。こまやかな心づくし、やわらかい温かさという意味もあった。こういう病みづかれの寒夜には、そばにいてほしいものを、義三は可哀想と言ったのだ。

桃子にも、ふさ子にも、民子にも、義三はそれを見た。

桃子は町を遊び歩いているよりも、義三の汚い部屋を見たがって、掃除してあげると言い、外で食事するよりも、義三の部屋で、パンとバタだけでも食べたがって。まさかこの娘がと、義三は思いがけなかった。

ふさ子も義三に、温い朝飯を食べて帰ってもらいたくて、おろおろした。まさかこの娘がと、義三は思いがけなかった。

民子までが、靴下を洗ったり、スイイトピイの花をかざったり、今朝通りだ。まさかこの女がと、やはり義三は思いがけなかった。

「可哀想に、そんなことしなくっても、いいじゃないか。女はなぜそんなことをしたがるんだ。」

義三はよく見ているが、なるべく見ないふりをしている。見るのがつらいような気もする。女のそんなところにつけこむのはいやだ。男のためにそんなことをしている時は、抱いたって逃げないかもしれない。

義三は女につきまとわれることが多くて、ぜいたくにながめる習わしがついているのだろうか。しかし、習わしをやぶれば、崩れて止まらないかとおそれる。女の感傷に溺れないのを、民子のようにずるいと言ったり、美貌でお高くとまっていると見られたりするが、それは義三の自尊心や警戒心ばかりではなく、むしろ義三の感傷の思いやりでもあった。

今日の民子のように、急にぷんぷんして帰るのは、たいてい女の嫉妬からだと、義三だって見当はつく。女の嫉妬ほどいやなものはないが、もし今日、民子の後を追って、嫉妬をなだめるようなことをすれば、いつの日か、民子は死ぬような嫉妬に苦しむことにならないだろうか。しかし、自分があの昏睡のまま、死んでしまったとしたら、ふさ子も、桃子も、民子も、また母も兄もなくなっている。義三の若い心も、いつかは確実に来る死に、ふとおびえた。いつかは遠い未来のこととはかぎらない。あの昏睡のままとすると、過去のことだ。

もし、あの時死んだとすると、自分の短い生涯で、一番親身に寄り添って、自分を愛してくれたのは、民子ということになる。もし、明日死ぬかもしれないとすると今日、民子の愛にむくいておけばよかったのか。

義三は眠ろうとすると、なお眠れなかった。ふさ子の幼い弟が死ぬとき、一本抜けた歯や、その死んだ子の足を夜着でつつむふさ子の姿や、あの刺すような目もとなどが、瞼の裏に浮んで来た。

「民子にそっけなくさせたのは、ふさ子だ。」

明日は町に出て、ふさ子に会おう。ふさ子に溺れてしまおう。義三はさまざまな思いを断ち切るように、ふさ子一つに思いを集めると、蒲団をひきかぶった。

明け方の深い眠りからさめた義三を、温い日ざしが待っていた。

義三はおそい朝飯をすませると、しばらくぶりで洋服に着かえて、町へ出かけた。

近年は東京の正月に、春のような日がある。その温い日ざしの、静かな川岸に、七八つの女の子がこっぽりの鈴を鳴らせて、霜どけ道を歩きわずらっていた。義三はひょいと抱き上げて、固い地面におろしてやった。

「きれいなおべべね。」

と、上機嫌《じようきげん》に言った。

そして、伯父の病院の工事場まで来ると、

「ほう!」

と、感嘆の声を上げた。

病院の敷地は、鉄網と白い板塀《いたべい》にかこまれていた。入口の三段ほどの石段は取り払われて、コンクリイト敷きの道が、ゆるい傾斜で玄関までつづいていた。

しかし、その前に立っていて、

「あっ。」

と、義三は叫んだ。

ふさ子の家がない。ふさ子のと隣りのと、二つのバラックが跡形もない。

かき消すように、風に吹き払われたように、そこは庭の隅の空地になっていた。

地ならしもすんで、葉の落ちたいちじくが、ステッキのような枝をのばしているだけだった。

ふさ子と別れるとき、足もとに臙脂《えんじ》の色を見た、あの残菊さえもなかった。

義三は膝から下の力が抜けていった。

「クリイン・ヒットへ行けば会える。」

と、商店の通りへ急いだ。

松飾りのある店々は、正月らしい静かさで、道幅が広くなったようだった。

それでも、肉屋と薬局の角では、ミシンの月賦販売屋が、道路にミシンを据えて、道行く人に呼びかけていた。

ミシンの頭に小さい輪かざりをつけ、ビラを配る女店員は、日本髪だった。

クリイン・ヒットは、客がいっぱい押し合っていた。

しかし、正面の玉売り場には、ふさ子でない少女が坐っていた。義三は中の玉売り場を見て歩いたが、どこにもふさ子はいなかった。

そのうちに来るだろうと思って、二十個の玉を買うと、

「お正月サアビスです。」

と、少女が言って、七個のおまけをくれた。

オウル十五の池袋という台に向って、義三は玉をはじいた。

小気味よくはいって、二三十分のあいだに、玉受けから玉がこぼれ落ちるほどになった。

ふさ子を待ちながら、ぼんやりやっていても、出る時は出るのかと、義三はおかしくなった。

またはいったが玉が出ないので、ガラス板を叩いてサインした。パチンコ台の上から、女の顔が出て、

「相すみません。打ち止めになりました。」

義三が玉を集めているうちに、最後の十五の玉が流れ出して来て、パチンコ台の前に、

（打ち止め）という木札がぶらさがった。

賞品交換所に行って、計算器に玉を入れると、二百以上あった。義三はピイスとポマアドをもらって、その青年にたずねた。

「吉本ふさ子さんは、こちらをよしたのでしょうか。」

青年は義三の顔を、きっと見て、

「よしたというんではないんです。休んでいるんです。」

「住所を御存じでしょうか。」

と、義三は思いきって言った。

青年はもう一度、鋭い視線で、

「ここの二階に来ることにはなってるんです。」

義三はパチンコ屋を出ると、その二階を見上げた。

パアマ、コオルド、サンと、窓ガラスの一こま一こまに、金字で書かれていた。

美容院らしいが、入口がないところをみると、前にはそうであって、金文字だけ残っているのかもしれない。

義三はぼんやりと立って、駅に吸いこまれたり、吐き出されたりしている、人の流れをながめていた。

ふさ子にはアパアトを教えておいたのに、弟の礼にも来ないで、どこに行っているのだろう。弟が死んだのだから、礼どころではないかもしれない。

雪の故郷に、義三は帰りたくなった。

もしかすると、桃子が案外、ふさ子やその隣人のゆくえも知っているのではなかろうかと、義三は思った。ふさ子の立退き料を払ったのは、桃子の父だったから。

故郷の雪

民子にだまって国へ帰っては、ふさ子が義三にあいさつもなく、どこかに行ってしまったのと同じだと考えて、義三は民子に電話をした。

民子はいなかった。

病院の方にも電話をかけてみたが、民子は出ていなかった。

義三は小さいボストン・バッグ一つで、寮を出た。

窓ぎわの席をしめて、冬景色をながめているうちに、ガラスは車内の温気で曇って来たが、義三は拭《ぬぐ》いもしなかった。やはり思いはふさ子につながっていた。

「こんなのが失恋というのかな。」

と、義三は自分をからかってみても、さびしいだけだった。

義三と向い合った老婆が、義三の代りのように、窓ガラスを拭いた。雪の景色が見えた。

老婆は唐突な素直さで、義三に蜜柑《みかん》をくれた。自分もきれいに筋を取りながら食べはじめた。

「あんさんは、どこまで行きなさるかね。」

あんさんとは、兄の意味か、あなたの意味か、このあたりでは聞かぬ言葉だった。

「Kです。」

「K……? じゃあ、やっぱりトンネルの向う……。私はNまで行きます。末っ子の嫁の、あんばいが悪くて、しばらく手伝いに行きます。」

老婆はそんなことを話した。

「雪国はたいへんだね。米より炭の方が、だいじだって言うから。」

トンネルにかかる下の駅で、しばらく汽車はとまっていた。

山も家も道も雪一色で、しんしんと静かであった。

汽車に乗っていては、寒さや冷たさは感じられないで、小さい駅の軒の氷柱《つらら》さえ、魅力のある装飾のように思えるのだった。

トンネルを幾つも通り抜けて、K駅は吹雪だった。

駅前のたった一軒の宿屋から、牛乳を売りに来ている人のいでたちは、ものものしかった。なかが毛皮の半長靴、耳をつつんだスキイ帽、厚い外套《がいとう》でふくれていた。

義三もプラットホウムに出ると、鼻や頬が刺されるように冷たくて、頭のしんまで寒気がさかのぼって、かえって風邪は抜けそうだった。

牛乳を売る男が、義三の肩に手をのばした。

「今もどったんか。しばらくだったね。」

小学校の幼なじみである。

「千葉さんのお嬢さんが、毎日、この汽車を迎えに来とったんだが……。義三さんがもどる言うてな。」

義三は雪も牛乳屋も、桃子が毎日寒い駅へ迎えに出てくれていたというのも、すべて故郷のなつかしさで、

「今日は朝から、この降りか。」

「いいや。ひるからだけれど、積るだろうな。」

「せっかく帰ったんだから、積ってくれないとね。」

「のんきなことを言うな。ホウムに立ってる身になってみろ。」

「遊びにいらっしゃい。」

駅から義三の家までは、この吹雪でも、オウヴァの襟を立てて、一走りすればいい。

義三が飛びこむと、土間が改造されていて、ちょっとおどろいた。板張りの新しい部屋に、ストオブが燃えている。そこには誰もいなかった。

「へええ。少し楽になったのかな。」

と、義三は家の暮しを思って、靴を脱いだ。

黙って上って、古い部屋の障子をあけると、母がぼんやりと火燵《こたつ》にあたっていた。

「ただ今。」

「ああ、おどろいた。義三かい。」

「おどろいたって、表のあくのが聞えなかったの？　用心が悪い。」

「用心はいいよ。浩一かと思っていた。」

「兄さん、どこかへ出かけてるの？」

「今日は始業式で、出かけたんだが、降らぬうちに、帰りそうなもんなのに、どこへ廻ったんだろう。お前の帰るのを、毎日待っていたんだよ。」

と、母は義三を目で火燵へ迎えながら、

「お前こそ、どうしたの？　暮れにも正月にも、手紙もよこさないで。」

「風邪をひいてたんです。」

と、義三は火燵にはいって、

「嫂さんは？」

「坊やを寝かせているんだよ。」

あらあらしく表の戸があいて、義三は久しぶりに兄の声を聞いた。

兄は義三の靴など目にはいらぬらしく、なにか外からの不機嫌を母にともなく、妻にともなく、吐き散らしながら上って来た。

いつも兄はこんな風なのかと、義三は首をすくめて、にやにやしていた。

「あんなちっぽけな小学校の勤めなんぞ、苦労はあるまいと思うだろうが、なかなか……。」

と、障子をあけて、思いがけなく義三を見ると、

「やあ、帰ってたのか。」

と、機嫌を直した。

頬が赤く雪焼けて、目の色がきつく見える。なにかで気を立てているらしい。

「ストオブのそばの方が温いよ。見てくれたか。」

と、義三を誘うように下りて行った。

「この部屋を思いきって作ったので、家じゅうが温くなった。いろりばかりじゃ、しのげんもの。赤ん坊がいるし……。今日はこれで、何度ぐらいだと思う？」

「さあ、零下――十度くらいかな。」

「十六七度だよ。お前、暮れのうち帰って来るかと思った。いそがしかったんか。」

義三は暮れから風邪で寝たことを話した。東京の流感のすさまじさも話した。

「それじゃお前、医者が東京を逃げ出しては、いかんじゃないか。」

「雪が見たかったから……。」

「ふむ。うちはとにかく、千葉の伯父さんとこへは、顔出しせんならんしね。もう、インタアンも終るだろうが、きめたか。」

「なにをです。」

「わかってるじゃないか。桃ちゃんが毎日迎えに来てるよ。」

「そうですってね。」

義三はふと頬を染めた。

「それについて、おふくろも僕も、ほとんど発言権がない、残念ながら……。」

「どうしてです。」

「伯父さんの世話でお前、大学も出たんじゃないか。」

「僕がこの家の者でなくなって、よその家の人になったような言い方は、いやですね。」

しかし、入口の戸が静かにあいて、スキイを抱えた桃子がはいって来たので、二人の話はとぎれた。

紺のスラックス、赤い帽子、赤いセエタア、赤い手袋、赤い靴下、その上を粉雪が彩色して、おとぎばなしのような、幼い姿だった。

「ああ、やっぱり来ていらしたのね、うれしい。」

と、桃子は安心したように言った。

向う向いて、スキイ靴を脱ぐのに手間取っているから、義三は立って行って、

「僕ね、死にそうな重い病気をしてたから……。」

「死にそうな……?」

桃子はどきっとして、

「おどかしちゃいやだわ。」

「ほんとうだ。」

「そう、それで、しらせて下さらなかったの?」

「もう元気さ。帰りは送って行ってあげられるよ。」

「そう。寒いんですよ。」

ストオブのそばに来ると、桃子の肩や膝の雪は、見る見るとけていった。

「夢ではないのね。義三さんにお会いすると、いつも夢のような気がするわ。」

と言う桃子の前髪に、雪の露が光っていた。

「叔母さまやお兄さまがいいとおっしゃって、義三さんにうちへ来ていただけると、とてもうれしいわ。今日、義三さんが帰っていらしたと言っても、お母さまなんか、私が嘘を言ってる

と思うにきまってるんですもの。もう毎日迎えに行くの、およしって、とめられたんですもの。今日は、そっと出て来たの。実在の人物を連れて帰れば、桃子の勝ちで威張れてよ。」

「そうなさい。」

と、兄が言った。

「義三には、僕のウインド・ヤッケとスキイを貸すよ。」

暗くならぬうちに、吹雪が強くならぬうちにと、二人はやがて雪のなかに滑り出した。

この駅まわりの町から、野原に出て、その先きの町にある桃子の家まで、半里はあった。果《は》てしない雪の海のようで、あちらこちらに、こんもり雪が高まって、灯の色の見える人の家は、幻かと思われた。

「ああ、いい気持だ。早く帰ればよかった。」

ヤッケのなかで、声がくぐもり、桃子にはとどかなかった。だいぶんたってから、

「楽しいでしょ。どこまでも行きたいけれど、もうすぐだわ。」

と、桃子の声が聞えた。

家が近くなると、桃子はよいしょ、よいしょ、と弾《はず》みをつけて、先きに行った。道があがり気味で、スキイは役に立たなかった。

義三のよくおぼえている、家の前の高いなつめの木も大きい椎《しい》の木も、雪をかむり、雪に半ば埋れていた。

雪よけのために張り出された、軒の下に立つと、なかで犬が吠えた。

玄関の大きな表戸は、上半分が障子になっていて、灯の色が明るかった。

「お母さまあ、お母さまあ。」

と、桃子がきれいな声で呼んでいる。

一人芝居

いつも桃子は、土蔵に近い六畳の部屋に、ひとりで寝ている。

机と椅子、洋服だんすとベッド、それだけでもう、六畳はせまかった。鏡は一つ壁にかけ、小さいのを一つ机の上においていた。

十四の夏から、ベッドでひとり寝るようになったのだった。それまではずっと、母の蒲団にはいっていた。

「お父さま、桃子にベッドを買って……。」

と、十四の時、桃子はとつぜん言って、父をおどろかせた。

東京に病院を持っていたころ、病室は無論ベッドだったが、桃子の父は自分たちがベッドで寝るのは好まなかった。ベッドの上の病人を、毎日診療しているからかもしれない。

「また東京に出て、病院を建てる時は、ベッドの部屋にしてあげるよ。」

と、父に言われても、桃子は承知しないで、

「今すぐにほしいの。」

「このうちでか。このうちには、どんなベッドがいいかな。」

桃子は西洋の少女小説の挿絵《さしえ》を父に見せて、

「こんなのがいいわ。」

「ふうん?」

と、父はあきれて、

「この本を見て、ベッドに寝たくなったのか。こんな飾りつきの大きなベッド、部屋いっぱいになるよ。」

小説の絵のようなベッドではなかったが、桃子はとにかくベッドを買ってもらった。

そして、桃子がひとり寝するようになってから、しばらくのあいだは母が毎晩、桃子の寝顔をのぞいたり、寝息をうかがったりしに来た。

「桃子もう寝たの?」

母はベッドのはしに腰をかけて、桃子の髪の毛にさわった。

「眠ったらしいわ。」

桃子は狸寝入りをしていて、くすぐったいようなよろこびだった。

その時の母の、つかれたようなやさしい表情が、好もしかった。

桃子の母はいくつになっても子供っぽい人で、わがままなところもあった。桃子はそんな母にたいして、そろそろ不満も感じ出していた。父を無条件に愛していた。

古めかしい田舎の家で、ピアノに向って、西洋の歌をうたう、派手で強気な母よりも、遠い村の患家を廻ったり、診察室でいそがしく患者を診ている父が、老けこんで来たらしく思えると、自分はまだこんなに小さいのにと、あまえてみたくなるのだった。しかし、若々しい母から子供扱いされると、なぜか桃子は小さい反抗をおぼえるのだった。

両親といっしょに暮して来ても、父が医者という職業のために、桃子はひとりでほっておかれることが多かった。幼い時から、よくひとりごとを言ったり、空想の相手をつくっておいて、一人二役の芝居をしながら遊んだりすることが好きだった。小鳥や犬を愛しているのも、ひとりごとの相手としてだった。

ベッドの上に横になったら、もっともっとたくさんの空想の相手が出来そうに思えた。一人芝居の相手に、西洋の天使や妖精《ようせい》が現われて来そうだった。

田舎の学校でも、都会風な桃子は、一人だけ特別扱いにされた。上級生から手紙をもらったり、おくりものを受けたりしても、桃子はなじめなかった。自分の空想のなかの友だちの方が、ずっと美しく、ずっと親しかった。

いつのまにか、成長してくるにつれて、しかし桃子はなにかをはっきりと愛したくなった。

なにかではない、誰かを……。

このごろは自分のうちに、父からさえも遠くなったところが出来たようで、毎日が頼りなく、なにか不安であった。

そんな時、桃子は従兄の義三と話をした。義三が東京にいても、桃子は話すことが出来た。自分ひとりで、義三になんでも訴えていればいいのだった。

自分のからだの変化のこと、母への微妙な不満のこと、学校でときどきさびしいこと、小鳥の巣をのぞいたこと、義三の夢を見たこと、

「義三さんは、私のことをなんでも知っていてくれるんだから……。」

という錯覚が、桃子にはあった。

義三が学校の休みで帰って来た時しか、桃子は会わないし、インタアンになってからは、なおたまにしか会わないのだが、義三は桃子に近くなって来るばかりだった。

だから、この正月も、今日は義三が帰って来ると思って、駅へ迎えに出て、あてがはずれると、桃子はただささびしいだけでなく、義三と話が通じないさびしさを感じた。

その次ぎの日はまた、

「今日はお帰りね？」

と、義三にたずねて、義三の答えを聞いたように思って、迎えにゆくのだった。

桃子は義三とうちへ帰る吹雪のなかで、

「私はなんでも義三さんに話してるのに、義三さんは死にそうな病気をしていて、なぜ話して下さらないの？」

と言ったものだった。手紙が書けなくても、自分に話す気になってくれれば、桃子は感じられそうに思う。

そういう風に、待ちぬいた義三の帰りだったから、桃子は義三を独占したかった。

桃子の一人芝居の相手が、今度は桃子を黙らせるほど、向うから話す役柄になってほしいのだった。

「ひどくつかれているようだね。」

と、桃子の父は義三を見て、

「こういう病み上りを、スキイに乗せるお嬢さんなんだからね。ちょっと来てごらん。」

と、義三を診察室に誘った。

「もう大丈夫なんですよ。雪にあたって、元気が出ちゃった。」

と、義三は言った。

「ビタミンでも打っといて下さい。」

診察室はストオブの火で温い。

父の荒れた指先きが、義三の腕の肉をつまみあげるのを、桃子は好奇心にかがやく目でながめていた。

義三の黒い毛がふさふさとした頭は、まるでほんとうの大人のように見える。

いったいなにを考えているのだろう。男の義三は、桃子のようなさびしさを感じないのだろうか。

「ぐっすり眠るんだね。二三日、こちらにいられるんだろう。」

と、桃子の父は注射器を消毒器のなかに入れた。

「もう眠ってしまうの？　つまらないの。」

と、桃子はすねるように、

「私はちっとも眠くないわ。」

患者のいない診察室のストオブの前で夜ふかしするのが、桃子は大好きだった。

「もう少し起きていて……。甘酒でも、温めて来ましょうか。」

「わしは結構だよ。」

「お父さまじゃないわ。」

「桃子、お前もお休み。」

と、父は軽くたしなめるように言った。

「眠くないわ。」

桃子はしかし、義三のなにか困惑したような目に出会った。

迎えに行って、顔を合わせた時も、義三はこんな目つきをした。

桃子は義三の困ったような表情が、好もしい魅力でもあり、わからない謎でもあって、もっと困らせてみたいという、いたずらっぽい、そしてじれったい、気持が起きるのだった。

義三の寝部屋も、母家《おもや》からは西側の桃子の部屋に近かった。

大きい土蔵の手前で、中庭のような空地に向い、冬のあいだは雨戸をあけないで、冷え冷えとしていた。

桃子は家に義三のいることだけで、眠れはしなかった。

「義三さんだって、眠れないでしょう。」

桃子はひとりごとを言った。

「でも、なにを考えてらっしゃるの?」

桃子は床を出て、義三のそばに行ってみたかった。義三はどんなに困った顔をするだろう。

しかし、行くことが出来ないのはなぜだろう。こんな時に、同性の友だちだったら、話して、話して、話しつかれてから眠るのに、義三はひっそりとなにを考えているのだろう。

吹雪もやんだらしく、静かだった。

胸もとに

「お寝坊さん、もう起きなさい。」

廊下の襖《ふすま》をいきなりあけて、桃子がはいって来ても、義三には見えなかった。

「いま、起きる……。なん時なの？」

「もう、おひるよ。」

「おひる？」

義三ははにかんだ。わざとおどけて、

「これはしまった。」

「昨夜、寝つけなかったんでしょう。」

「ううん、すぐ寝ちゃった。」

桃子は愛犬といっしょだった。義三の寝姿が動いたので、犬は低くうなった。

「これ、ルナ、だいじなお客さまを知らないの？」

と、桃子は犬を叱りながら、身近に来て坐るらしかった。

「手をのばしてごらんなさい。丹前を持って来たのよ。」

「電気をつけてくれない……?」

「停電なのよ。」

「昼か夜かわからない。ほっとかれたら、もっと眠ってたかもしれない。」

と、義三は寝床に半分起き上って、

「僕は洋服を着てしまうから、先きに行っていて……。」

「丹前を持って来たのよ。」

「うん、いい。」

「ルナ、あんたがうなったりするから、お客さまにきらわれたのよ。」

桃子はそんなことを言って、襖をあけひろげて出て行った。

義三はもっとおだやかな桃子であってほしかった。今朝の桃子は義三を不安にした。

桃子の出て行ったあとから、ぼんやりと白い光りが流れこんで、夕暮れのようだった。

義三が洋服に着かえて、廊下に出ると、荷造りされた大小の箱が、うずたかく積んであって、千葉家の東京に移る日も近いことを思わせた。

この家に義三の祖父母が生きていて、本家と呼ばれていた時分から、義三はたびたび遊びに来ていて、家のなかをよく知っていた。

濃い栗色に光った、大きい垂木《たるき》や柱、武骨な重い建具——伯父たちが疎開で帰って来る前は、畳にも天井にも、渋紙が貼ってあったものだ。

広い台所も壁も煤《すす》けて黒く、炉ばたには薪《まき》が積み重ねてあったものだ。

伯父たちが帰り、戦争がすむと、田舎家らしい土間も台所もなくなって、そこは白く明るい診察室に変り、座敷にはピアノや長椅子が置かれた。

しかし、義三が泊った奥の方は、昔のままだった。

その奥から広い廊下のつきあたりに、水道を引いて、洗面所をとりつけてある。桃子が円い湯沸しと竹の歯ブラシを持って、義三を待っていた。

濃いブルウに、ピンクロオズを配色につかった、ロマンチックな感じのカアデガンを着て、ブルウのスラックスだった。

広い額を出していた。細工もののように愛らしい唇に、今朝は口紅をつけて、目差しが熱かった。

義三はまぶしかった。暗い部屋から出て来た目には、ものの色がみどりがかって見えるほどの明るさだ。

吹雪が拭き清めたような青空と、新しい雪につつまれた山々が、洗面台の鏡に映っていた。

桃子は洗面器に湯を入れた。義三は少しくすぐったいようで、

「お湯なんかいらなかったのに……。」

「でも、石鹼《せっけん》がとけないわ。」

「石鹼なんかいらないよ。」

「私のもの、みないらないのね?」

義三は口のなかに歯ブラシを入れて、鏡のなかの桃子の目を見た。

「いい鏡でしょう、山が映って……。」

義三はうなずいた。

「今朝は、もっと、いいわ。」

桃子はそう言って、廊下を走って行った。

炉ばたを腰かけにして、大きい食卓をのせた上に、二人の食事が出ていた。

「僕たちだけ……?」

と、義三は言った。

「そうよ。晴れたから、道具屋さんが来ているの。お母さまたちは、後《あと》であがるんでしょう。」

「道具屋さん……?」

「お引越しで、整理するものがあるんでしょう。」

「へえ、なにか売るの?」

「昔からのいろんなものがあるでしょう。でも、お父さまとお母さまは、いつでも意見の合ったことがないの。結局、お父さまが敗《ま》けるんですから、初めからなにもおっしゃらなければいいのに、たいへんなの。」

と言いながら、桃子はみそ汁や御飯をつけてくれた。

義三は桃子の初々しいしぐさをながめていた。

「桃ちゃんも、朝御飯?」

「そうよ。待っていてあげたんですもの。お客さま一人じゃ、さびしいでしょう。」

とけそうにやわらかい葱《ねぎ》や、凍豆腐《しみどうふ》の煮つけに、義三は故郷の味を思い出した。

「いつ引越すの?」

「節分の前の日ですって……。」

「早いんだなあ。」

「節分を過ぎたら、いけないんですってよ。易《えき》――ほら、うらないっていうの?」

「易か。古風なんだね。誰がそんなことを言い出すの?」

「誰となく言い出すの。義三さんのお母さまなんかもおっしゃるわよ。」

「うちの母が……?」

「誰が教えてくれるともなく、いろいろ聞かされて、神のお告げのようになって来るから、不思議だわ。うちのお母さまは、無頓着《むとんじゃく》のくせに、なにか言われると、こわがるでしょう。お父さまはまあ反対しないので、いいと言う方に従ってらっしゃるのよ。」

「もっと暖くなってからだろうと思っていた。」

「私も、東京の学校の編入試験が、二月十日ころなの。早く行った方がいいわ。」

と、桃子は義三を見て、

「でも、今学期だけ、こちらの学校にいてもいいのよ。お父さまやお母さまと別に、少しのあいだ一人で暮してみるのは、魅力があるわ。」

「どんな魅力……?」

「毎日毎日、同じなの、退屈だわ。朝御飯をいただくと、すぐ困った時間が来るようなのよ。」

「困った時間がね……?」

「大人って、退屈しないのかしら……。」

誰かが呼んでいた。桃子は義三も誘った。

「あちらへいらっしゃらない? 歴史的な古道具とお母さまの取りくみが、おもしろいわ。」

「悪いこと言うね。」

藤色のストオルを肩にかけて、桃子の母が暗い部屋のなかで、いろいろながらくたにとりかこまれていた。

栗色の大きな味噌桶《みそおけ》、古風なぼんぼり、糸車、五客ずつそろった胴丸《どうまる》の手あぶり、お膳や皿小鉢、その色染《いろそ》んだ箱には、先祖がそれらの品々を買い求めた年月日を書き残していた。

「どう、お母さま……?」

と、桃子はからかった。

「宝の山だわ。お化けが出そうだわ。」

「先祖代々の生活……?」

母は桃子の方を見もしないで、

「桃子、お蔵の入口にあると思うの。お雛《ひな》さまを運んで来てちょうだい。」

と言いつけた。

義三も桃子に手伝うつもりで土蔵へ行った。

「冷たくて、妙な匂いでしょう。」

桃子は雛の箱を義三に渡した。どれも大きかった。一尺以上の内裏雛《だいりびな》だったから、五人ばやしの箱なぞは、小机ほどの大きさがあった。

何回か運んでから、

「もうおしまいね。」

と、二人は身近く立った。

義三はほの暗い土蔵のなかを見廻しながら、

「小さいころ、遊びに来て、いたずらをすると、ここへ入れると言われて、気味が悪かったのを、僕はおぼえているよ。」

「弱虫ね。」

そして桃子はきれいな声で、

「蔵のなかっていいわ。私は夏になると、ひとりでここへはいって、読書をしたり、眠ったりするのが大好きよ。」

「そう？」

「中二階にね、お客用のお蒲団があって、厚い土の窓をあけると、金網ごしに、きれいな日の光りがはいって来るの。すてきなの。」

「うむ。」

「東京の家には、こんな隠れ場所はないでしょう。一人で隠れていて、いろんなこと考えているの、楽しいわ。」

「この家はね、銀行で買って、二家族が住むんですって……。人手に渡ったら、もうこの蔵にもはいれないわ。私の楽しい空想を、ここに置き去りにしてゆくようで、可哀想だわ。私たちのいない後で、私の空想がこの蔵のなかを、蝶々のように飛んでいたらどうでしょう？」

「うむ。」

「ここにひとりで、私、なにを考えていたかごぞんじ……？」

桃子の流れるようなおしゃべりに、ただうなずくばかりの義三の胸もとへ、桃子はふいと頭をあてた。

「あなたはなにも話して下さらないのね。」

じれったそうに言った。

桃子はもう長いこと前から、こんな風に、義三の胸にあたまをあててみたいと思っていた。

桃子は義三の手が自分の頭を撫《な》でてくれることをのぞんだ。

それは義三が桃子を理解してくれたしるしとして、どんなに満足し、安心出来るかわからない。

しかし、義三はじっとしていた。

桃子はたちまち悲しくなった。

「あら、あなたたち……。」

不意に姿を見せた母の、軽くおどろいた声に、桃子は義三から離れて振り向いた。

二人をとがめてはいないが、伯母の複雑な微笑を見ると、義三はにがいものを飲むような思いがした。

花模様の羽織

道具屋が帰ってゆくと、家じゅうにもの憂げな感じがただよった。

診察室もひっそりしていた。看護婦がラジオを聞いているらしかった。

義三も所在なかった。この家の客ともつかず、家人ともつかず、妙な立場だった。

「節分前にお引越しだそうですね。」

と、義三は伯父に話しかけた。

「そう。雪の季節が、この土地を離れやすいんだよ。少し陽気がよくなると、痼疾《こしつ》に悩む患者が、遠いところから通って来たり、患家も多くなってね、捨ててゆけないし、切れ目がつけにくいんだよ。」

「一日も早く越してしまいたいわ。冷たくて、不自由で……。」

と、伯母は言いながら、義三の濃い目の色を見すえるようにして、

「義三さんも病院の建つのを見て、待っていてくれるんでしょう。」

「はあ。」

義三はまぶしかった。

「荷つくりのお手伝いしましょうか。」

「いいわ。あなたは桃子のお守りをしてちょうだい。桃子がスキイに誘っているんでしょう。」

その桃子は、先きにスキイをつけて待っていた。

義三も庭に出ると、日本の好もしいかすりの織物でもひろげるような、ヴァイオリンの曲が流れて来た。

「ラジオ?」

義三が顔を上げると、

「お母さまよ。お母さまがレコオドをおかけになったのよ。バルトオクよ。」

と言いながら、桃子は雪のかがやく道に出て行った。

町のなかは起伏が少く、狭い道であったが、町を出はずれると、丘と丘とのあいだに、ゆるやかな雪の谷間がのびのびとひろがって、設計したようなスロオプだった。

スキイが桃子を乗せて、ひとりでに走っていると見え、危げがなかった。

義三はいつも後から桃子を追ってすべった。

「幼稚園コオスでつまらないわ。朝からプランを立てて、山スキイをすればよかったわ。」

「こっちは怪しいよ。」

「義三さんの弱るのを見たかったわ。」

顔に日を受けて振りかえりながら、桃子は雪の斜面に半身を埋めて倒れた。雪がやわらかく、清々《すがすが》しいので、桃子はそうせずにはいられなかったのだろう。

義三がそばへ行くまでに、桃子は生き生きと起き上って、髪の毛についた雪を振り払った。

「桃ちゃん、君はここで暮していた方が、幸福かもしれないよ。」

「なぜ……？」

「東京では、こんな気分になれないよ。」

そう言って山を眺めている義三の横顔に、雪つぶてが飛んだ。

「こらっ。」

スロオプを流れる桃子を追って、義三のスキイも走った。

「幸福は、どこにだって見つかるわ。私に追いついて、つかまえて……。」

「そうじゃない。あのN町は、君も見たじゃないか。」

「あのごたごたした町、大好きだわ。」

と、桃子は声をはずませて、

「私の後ばかり滑ってるの、いやよ。先きに出てちょうだい。」

「うん、しかし、そろそろ帰らないと、またお母さんに笑われるよ。」

「お一人で、帰ってもいいわ。私はもう少しすべりたいの。」

「あまのじゃくだな。」

「また、あまのじゃく……？　上野で、動物園へ行った時、あまのじゃくって言われたわ。」

「素直じゃないんだね。」

「素直よ。私は素直よ。義三さんこそ、うわの空よ。」

「うわの空……。うわの空って、どんな空……。桃ちゃんが家の掃除をする時は、うわの空なんだろう。」

「ごまかしてもだめ。桃子が真剣なのに、うわの空になってはいけません。私とこうして遊んでいても、なにか考えていらっしゃるじゃないの？　なにか隠してらっしゃるわ。」

二人は滑ったり、止まったりしながら、桃子は義三の「死にそうな重い病気」の前後のことを、話して、話してとせがむので、義三はふさ子の弟の死のことや、ふさ子が桃子の親切を受けて病院で働きそうだったのに、急にどこかへ越してしまったことや、義三自身も重い病気から回復すると、自分の生き方をもう一度よく考えてみたくなったこと、そしてこの雪の故郷へ帰りたいと思ったことなどを、ぽつんぽつん話した。

義三は簡単に無表情に話しただけなのに、桃子は義三の顔を見つめて、

「ほんとうの話をして下さったのね。」

と言うと、生き生きと緊張した。

「でも、あの目の美しい人、どこへ行ってしまったのかしら……?」

「それがわからない。」

「私が東京へ行ったら、さがしてあげるわ。」

「いいよ、そんな。」

「いいえ、私がさがしてあげるわ。」

「なにを考えて、そんなこと言うの? 僕にはわからない。」

桃子は急にあざやかな姿勢で、帰り道に向って、一散にすべり出した。

「わかろうとして下さらないからよ。」

「でも、わからしてあげてよ。遠からずね……。」

町にはいると、すうっと日がかげった。西側に銀色の山々が迫っていた。

その日の夕飯はおそくなった。

桃子の母はなにか仕事に熱中すると、呼んでもなかなか来ないことがあった。

母はどこかの隅で、古い藍《あい》がめを見つけて、東京の友だちにみやげにすると言うと、丹念な荷造りをはじめた。母は和服を着たことがないが、きもの好きの友だちを思い出したのだ。そして食事のことなど忘れてしまっているようだった。

桃子は夕飯に母を待ちながら、義三の加勢をもとめて、

「お母さまを呼んで来て下さらない？　私じゃだめだわ。」

「しかし、僕は兄の家で待ってるでしょうから……。」

「いやよ、いやよ。」

と、桃子は義三の袖をつかまえて母のところへ引っぱって行って、

「お母さま、義三さんがおなかをすかせて、帰ってしまいそうだから、早く来てちょうだい。」

「そう？　それは一大事……。」

母はやっと荷造りの手をはなした。

義三は兄の家に帰るきっかけを失った。

桃子にすすめられて、風呂にもはいった。

「もう帰れないわ。湯ざめして、風邪をひきかえすから……。」

すり寄って来るような桃子の可憐《かれん》な愛情を、義三も振りきることは出来なかった。また、それがふるさとという安らぎもあった。

しかし、西側の部屋の寝床へゆくと、解放されたような感じがした。

義三は冷えた夜具のなかに、のびのびと体をのばした。

義三の少年のころ、ここに生きていた人たちが、冬ごもりの季節も、なにかといそがしく暮していたありさまが思い出される。年寄りたちは、次ぎから次ぎへと仕事をさがすようにして働いていたものだ。糸車を廻す女、荷縄《になわ》を編む老人、働くことに疲れたようでいて、働くことに安んじていた老人たちの面影が浮んで来る。

ふさ子もあれで必死に働いていたのだ。そのふさ子の家が跡形もなく取りかたづけられてしまった、病院の庭——義三はふさ子に会いたかった。

天井からさがっている電燈を消そうとして、義三は立ち上った。

その時、襖が五寸ほどあいて、赤い縞《しま》ネルの寝間着に、花模様の羽織を着て、毛糸のストオルを肩にかけた、幼女とも見える桃子が半身を入れた。

「眠れないの。私ね、いつも、もっとおそくまで起きていて、本を読んだり、編みものをしたりするのよ。義三さんがいらしてから、なにも出来なくなったの。」

と、立ったまま、

「話しに来てはいけない……？　もうしばらく、眠くなるまで……。」

「もう、たくさんお話したじゃないの。」

「ちっともお話しないわ。」

「明日にしよう。僕は眠いんだ。」

義三は電燈のスイッチに手をかけたままの姿勢で言った。

「君もおやすみよ。」

それ以上の甘えた言葉を、桃子の口から封じるように、義三は電燈を消すと、ぱっと寝床にはいってしまった。

静かに襖がしまった。そして、子供のように可愛い足音が遠ざかって行くのを聞いていると、義三は心をみだされるものがあって、手の甲に歯がたのつくほど噛みしめた。桃子を強く抱き崩すかわりだった。

天井で鼠《ねずみ》があばれていた。

手袋のなか

義三は伯母のピアノと歌声で目がさめた。うっとりとしながら、しばらく床を離れるのを惜んでいた。

伯母は今日は荷造りにもあきたのか、天気が悪くて寒いので見合わせたのか。

灰色の空で、また雪になりそうだった。

伯母の歌声がやんでから、義三は顔を洗って、茶の間へ出てゆくと、伯父と伯母とがいて、

「桃子は……?」

と、伯母に聞かれた。

「さあ。僕は起きたばかりで……。」と、気にもかけないで、伯父のそばから新聞を取り上げた。

「桃子は今朝、早く起きて、牛乳でパンを食べていたのよ。それから、山羊小屋に乾いた藁を敷いたりしていたんですけれどね……。」

伯母は義三を見て、

「昨日は義三さんといっしょに食べると言って、あなたの起きるのを待っていたでしょう。」

「はあ。寝坊して笑われました。」

三人で食事をはじめた。

桃子の座蒲団に、ルナがまるまって眠っていた。

桃子のいないことはさびしかった。

義三は桃子に会って、別れのあいさつをして、駅前の兄の家に帰って、明日は東京へ出るつもりだった。桃子に黙って帰るわけにはゆかない。

「どうしたんでしょう。部屋にもいなかったのよ。」

と言いながら、伯母はまた立って行ったが、しばらくしてもどると、

「スキイがありませんわ。桃子は出かけたらしいんだけれど、どこへ行ったんでしょう。」

と、気づかわしそうに言った。

しかし、家じゅうが桃子のことで騒ぎ出したのは、午後の一時過ぎてからだった。友だちの家へ電話をかけたりしたが、桃子はいなかった。義三の兄の家からも、来ないという返事だった。

伯母は義三をさぐるように見て、

「義三さん、あなた桃子になにかおっしゃりはしなかったの?」

義三ははっとした。

「いいえ。」

「そう?」

伯母は信じないようだった。

「こんな話はなかったの? いとこ同士で、結婚したくないとか、そんな風なこと……。」

「とんでもない。」

義三は生え際《はぎわ》まで赤くなった。

「第一、そんな話出ませんでした。」

と、あわてて打ち消した。

伯母は目の色をゆらめかせて、

「まさか桃子から、結婚してほしいとは言わないでしょうけれどね……。」

義三はうつ向いた。

「桃子はきっと、悲しい思いをしたのよ。」

と、伯母は言った。

「あの子は可愛い夢想家だけれど、もうそろそろ女ですから、感じは強いのよ。すぐぴんと来ますよ。」

伯母の勘のいいのにも、義三はおどろいていた。

「桃子はあなたが好きで好きでしかたがないのよ、きょうだいがなくて、一人ぽっちだから、義三さんのことばかり考えているのよ。私も早くあの子を、あなたに渡してしまいたいと思っているの。」

「しかし、僕は……。」

「しかし僕は、というところを、桃子に見せたんでしょう。」

義三は一言もなかった。

「桃子は美人じゃないけれど、気持は可愛い子よ。善意の娘だわ。」

「そうです。僕もわかっています。」

そして、義三はきっぱりと言った。

「僕、さがして来ます。スキイで出かけたんですから、町の人に聞けば、きっと見かけた人もあるでしょう。」

また粉雪が降り出していた。

義三はスキイをはきながらも、後の戸口から、「ばあ。」と桃子が来そうな気がしてならなかった。

ウインド・ヤッケを着て、ポケットから紺の毛糸の手袋を出した。指を入れると、紙のようなものがさわったので、振り落した。

細長くたたんだ便箋《びんせん》がこぼれ落ちた。

義三さま

東京へ行って来ます。話してしまうと、お父さまにもお母さまにも、きっと止められますから、黙って行きます。心配をかけることはいけないのでしょうけれど、いいことをしたいんですの。

ただ、いいことと言っておきます。

あなたが東京にお帰りの時は、私はこちらへ帰っているつもりです。お小使は少し持っています。麻布のあの宿に泊るか、あなたのお留守のお部屋に泊めていただくか（そうしたいけれど）、どちらにしても、お行儀よくしていますから、御心配なさらないで……。帰って来て、私が困るほど叱られないように、お父さまにもお母さまにも、特にお母さまには、あなたからよくお話しておいて下さいませ。

私は義三さんのお友だちよ。これからも長いお友だちのつもりよ。うるさいというお顔はなさらないでね。　桃子

義三は驚きに打たれた。そして、桃子の悲しみが身にしみて来た。

義三のうしろに立って、暗い顔をしている伯母に、その手紙を見せぬわけにはゆかない。しかし、どう説明すればいいのか。

桃子はふさ子をさがし出すつもりで、東京行きを思い立ったのにちがいない。それを義三のために出来る、最大の好意と信じて……。桃子らしい夢想、思春期の娘の冒険であろうか。

「さっぱりわからない。いいことをするって、なんなの?」

と、伯母は義三を怪しむように見た。

「とにかく、僕も直ぐ東京へ行って、桃子さんに会います。」

義三はそうとしか言えなかった。

「そうしてちょうだい。桃子が可愛いと言ってやってね。」

義三もいじらしさで胸がつまった。

奥から出て来た伯父の顔も見ないで、義三は雪の表に滑って出た。

クリイン・ヒット

ふさ子の隣りの家――とも言えない小屋を、取りこわして、取りかたづけるのには、冬の短い日でも、ものの半日とかからなかった。

伸子たちの三人の姉妹が引越して行ったあくる朝、二三人の人夫が来て、残酷にぶちこわすと、ひるにはもう千葉病院の普請場のたき火になってしまっていた。掘立てだから、土台らしいものもない。跡にはごみだけだ。

ふさ子はしみじみ心細くなった。

たき火をちょっと見ると、小屋のひと隅に身をちぢめた。

立退き料はもらっているのだし、自分の小屋が邪魔ものに思えて、いても立ってもいられなかった。また、隣りがなくなって、一つ残った小屋は、ひとしおみじめにきたならしく見える。

和男の病気、それから死で、ふさ子は一週間ほど、クリイン・ヒットを休んでいたが、暮れの二十八日に出てみた。

――玉売り、サアビス係り、二名募集、年齢二十五歳までの女性、高給優遇

と書いた紙が、入口のドアに貼ってあって、ふさ子はどきっとした。

「くびかしら……。」

しかし、店は相変らず繁昌《はんじよう》していて、ふさ子は顔を見せたとたんから、働かせられてしまった。

あの聞きなれた、玉の出る金属的な音が、頭にひびくと、ふさ子はかえって気がまぎれるようだった。

弟が死んで、ひとりになったことを話すと、

「そう？　可哀想に……。」

と、主婦はふさ子を見て、

「少し痩せたわね。住みこみで、夜も手つだってもらうことにして、そうね、五千円出すわ。食事つきで、特別いい条件でしょう？　どう？　二階の部屋においてあげるわ。」

暮れと正月の書きいれ時で、ふさ子は幸いだったのかもしれない。

押しせまって、荷物を運びこんだ。とにかく、人のそばで暮したかったのだ。

パチンコ屋の主婦は、ふさ子に与えた部屋をのぞきに来て、

「それ、なに？　お骨《こつ》じゃないの？」

と、大げさに眉をひそめた。

「お骨なんか持ちこまれちゃ、縁起が悪いわ、お正月前にね。あんたの家の墓はないの？　早く納めてしまいなさい。仏さまだって、浮ばれないわよ。」

白木綿《しろもめん》につつんだ骨壺に、ふさ子はあわてて風呂敷をかけた。

青山高樹《たかぎ》町の寺へ、ふさ子は母と墓まいりした記憶がある。弟が死んだ時も、ほんとうはその寺の坊さんを呼ばねばならなかったのだろう。

「それを納めてから、越して来てもらいたかったわね。」

と、主婦にくりかえして言われて、ふさ子は、もとの小屋へ帰ろうかと思ったが、いまごろはもう人夫がたたきこわして、たき火しているだろう。

「小さい子供ですから……。」

と、おどおどつぶやいた。

「子供だって、お骨はお骨だわよ。じゃ、まあ、お正月の三カ日すましたら、持っていらっしゃい。埋骨料ってのと、ほかにお寺さんへ、あんたの気持で、御供養料を包めばいいのよ。」

主婦はひとりできめて、そんなことまで教えてくれた。

近ごろ、クリイン・ヒットでは、中二階のような張出しをつくって、そこに小人数ながらバンドをのせていた。場内もひろげて、台数もふやした。

よるひる玉売り場に坐っていると、ふさ子は胸の悪くなるような時があった。

十一時に店をしめてから、店主の長男洋一が、百台あまりのパチンコ台に取りついて、玉を連続に打ち出して、機械の調子をしらべてまわった。

ふさ子は主婦などといっしょに、山のような玉を、油じんだ布切れで磨きあげるのだった。

仕事を終えて、自分の部屋へ行くのは、一時ごろになった。ふさ子はただ眠いだけだ。しかし、仕事のいそがしさ、つとめ時間の長さは、まだ辛抱出来た。賞品交換所に坐っている洋一が、急になれなれしく、わがもの顔なふるまいで、つきまとってくるのに、ふさ子はおじけづいた。どこかの大学を出ているというが、ふさ子は信じなかった。

移って来て三四日のうちに、ふさ子は住みこみになったのを後悔した。

お骨納めに出たら、そのままどこかへ行ってしまいたいとさえ思った。

正月の四日に、ふさ子は主婦にだけ、そっとことわった。

「お寺の帰りに、親類に寄るかもしれません。」

立ち寄るような親類などなかった。ふさ子の嘘だった。

ふさ子は一人歩きになれていない。この町まわりしか知らなかった。どこへも出てゆく折りがなく、世間を知らなかった。

千葉病院からの立退き料のあるうちに、ふさ子はオウヴァもほしかったし、ましな靴も買いたかったが、そんなものよりも、どこかもっと静かで、安心して働けるところへ移りたかった。もしゆるされるなら、洋裁とかタイプとかを、働きながら習えないかしらという、年ごろの女らしい夢もあったが、今のふさ子は、それだけ羽ばたく力もないようだった。

義三の姿は夜も昼も心を離れなかったが、ふさ子は自分から取りすがってゆくことなど、とうてい出来そうになかった。

義三が弟をみとり、いっしょに通夜をしてくれた、その深い親切と愛情とを思うたびに、いつも涙がうかぶほどだった。胸があたたまった。

義三の部屋に女の人がいたからといって、なぜ逃げ出して来たのか、二度と礼に行けなかったのが、ふさ子は自分が悪いことをしたようで、落ちつけなかった。それでなお義三と遠のいてゆくような思いだった。

ふさ子は自分がなんにも持っていないし、なんにも出来ないという、卑下した気持が強かった。みすぼらしい小屋の、みじめな暮しは、ふさ子の心を狭くしていた。

妙な町へ

ふさ子は寺で、ただひとり、長いお経を聞いた。長いように思われた。

母や弟の俗名が読まれたり、戒名が読まれたりすると、悲しさ、さびしさがこみ上げて来て、涙をハンカチでおさえた。

ただひとりでお骨を納めに来るなど、ずいぶん恥かしいことなのだろうと思ったが、寺の坊さんはそう不思議な顔もしなかった。

寺を出てから、新宿駅で立川行きの中央線に乗りかえた。隣りの姉妹が移って行った、福生という町へたずねてみるつもりだった。かな子に地図を書いてもらっていて、それが頼りだった。

立川で切符を買い改めて、青梅線のホウムで電車を待っていると、ふさ子は遠くへゆくように思われた。

目の前の大きな看板は、奥多摩山岳地方の案内図だった。

福生は立川から七つ目の駅だった。

三輛《りょう》連結のどの電車にも、アメリカ人が四五人は乗っていた。プウドルというショオト・ヘヤアで、けばけばしい洋装の女が、自分と同じくらいの年ごろなので、ふさ子は目をひかれた。プウドルというのは、犬の種類の名だと、ふさ子も知っていた。

福生でおりた時は、冬の暮れ早い日ざしが、うす暗く寒かった。

秩父や多摩の山々が雪を見せて、町をつつんでいるようだった。

ふさ子は道案内の紙をひらいて、駅から右に行き、踏切を左へ渡った。目じるしの清水という医院はすぐわかったが、心もとなくて、通りがかりの人に聞いてみないではいられなかった。

寒々と土の凍った畑のなかに、家が建ちかかっていて伸子とかな子の姉妹が間借りしている植木屋の離れも、その畑のなかだった。

伸子が障子をあけて迎えたとたんに、

「あっ。」

と、ふさ子は言って、まの悪さに赤くなった。

わずか十日ほどで、伸子もかな子もなんという変りようだろう。二人とも青色のズボンに、オレンジ色のセエタアを着ていたが、首筋の色が白くつやつやと光り、眉の形も変り、そのためか、眼も深くかがやいて見え、かな子の長すぎる鼻さえ美しく、あざやかに赤い唇から、白い歯がこぼれ、えんじ色のマニキュア・カラアに染めた爪も目立った。

けばけばしくて、ふさ子は気押された。

姉のうしろから、かな子はなつかしそうに、

「あら、珍客。早くお上んなさい。遠くておどろいた？　寒かったろう。」

と、相変らず、男の子みたいな言葉をまぜて、話しかけて来た。姉と同じように広い額に、ぱらりとかかった前髪の下で、人がちがったようにあざやかな表情だった。

「いいの？」

と、ふさ子が気おくれしながら、上ってみると、姉妹とも、湯上りらしかった。やけた畳の上に、赤いアルマイトの湯道具が、桃色のタオルをのせて、出しっぱなしになっていた。朱塗りの姫鏡台の前には、大小さまざまの化粧びんがならんでいた。

ふさ子の見おぼえがあるのは、火燵蒲団《こたつぶとん》ばかりだった。

「あけまして、おめでとう。いろいろお世話になりました。お店が休みで、来てみたくなったの。」

と、ふさ子が言うと、伸子はざっくばらんな調子で、

「おめでとう。世話になったのは、おたがいさまよ。ふさちゃん一人にして来ちゃって、さっきも、かなちゃんと、あんたの話してたんだわ。あんた、いつ見ても、美人だわ。すごい目ねえ。あすこに一人でいるの？　あの親切なお医者さんの卵の人、どうして……？」

ふさ子は赤くなってほほえんだ。

「私も、あすこは引越したの。クリイン・ヒットの二階にいるのよ。月給も上げてくれるらしいけど、夜がおそくて、それから、うるさくて、どこかへ行きたいわ。つまんない。和坊のいるうち、いまくらいお金があったらと思うわ。」

「あんた、あれくらいのお金、今はなんでもないわ。病院はまだなかなか、出来上りそうにないの？　ふさちゃん、病院で働かしてもらうんだったでしょう。」

「病院って、やっぱり、なにか看護婦さんのようなことが出来なければ、だめでしょう。私にはなんにも出来ないわ。」

かな子が煮えたぎったココアを入れて、白いパンに、チイズを切ってくれながら、

「泊ってらっしゃい。私たちはそろそろキャバレエに御出勤だからね。十二時には帰るわ。お蒲団に寝て、眠って待っていてよ。起すからね。夜じゅう話そう。朝はおそいから、大丈夫。おいしいおみやげ持って来てあげる。ハンバアグ・サンド……。」

ふさ子が答えにしぶっていると、姉の伸子も言った。

「いっしょに、キャバレエへ行けばいいわ。のぞいてごらんなさい。私たち、まだなれないから、ただぼんやりまわりといっしょにいるだけよ。でも、ちょっといいキャバレエよ。出かけて行って、町を歩いてごらんなさい。ずいぶん変っていて、こんなところも、日本にあるかと思うわ。かなちゃんは、日本からの脱出って言うのよ。東京のN町にいたんじゃ想像もつかないことさ。でもいいわよ。誰も知ってる人はいないし、習慣はちがうし、自由の空にふわふわ浮いてるみたいで、気楽だわ。ふさちゃんもここへ来てしまえばいい、気に入ったらね……。」

伸子とかな子とは出かけるのに、そのズボン姿の上に、おそろいのラクダ色のトッパアをひっかけた。ドレスはキャバレエに預けてあるということだった。

トッパアから、セエタア、ズボンまで、おそろいなのは、今の姉妹の生活感情をあらわしていると見ていいだろう。まだ新しい生活の入口だ。しかしそんなことは、ふさ子にはわからない。

ふさ子も好奇心にかられて、二人について町へ出た。

福生新町《ふっさしんまち》、ウェルカム――と、町の入口の上に、英語のアアチがつってあって、冷たい北風に、かたかたとわびしい音を立てていた。

竜や桜を刺繍《ししゅう》した繻子《しゅす》のガウン、イミテエションの首飾り、そんなものをおいた、スウヴェニイル・ショップが右側に二三軒ならび、左側には、黄色に塗った酒場、青い酒場、錆色《さびいろ》の酒場がつづき、みな木造の箱みたいな店で、酒場と酒場とのあいだは空地、裏は見渡す畑地、その向うには、いま空の色と暗くとけ合おうとしている、きびしい山脈があった。

畑のみちを、自転車に乗ってゆく、若い女があった。伸子たちのうしろから、ときどき高級車が来て、坂みちを走り去った。

坂の上に赤い塔が見え、桜の花型にネオンがついていた。伸子やかな子が踊る、キャバレエ・チェリイだった。ふさ子は胸がどきどきするようで、

「どんな人が踊りに来るの？」

「そりゃ、みんな将校ばかりよ。」

「いやなことはないの？」

「いやなことはないわ。チェリイは一番上品だし、ほかには柄の悪いところもあるらしいけれど、私たちは踊りの相手をするだけよ。九時ごろになると、東京からステイジ・ダンサアが来るのよ。アクロバットやストリップや……。」

と、伸子が言うと、かな子がつけ加えた。

「歩合《ぶあい》をもらうだけで、贅沢な生活は出来ないけれど、暮していけないこともないわ。どう、ふさちゃんも福生に来たら……？　フサにフッサじゃないの。本名のままで、ミス・フッサになれるわ。フッサは福が生れると書くから……。」

似た人を見て

チェリイは見つきも立派で、ホテルのような広い車寄せが出来ていた。

玄関の正面のクロオクには、ロオズ色のビロオドのカアテンが、重々しく垂《た》れていた。まだ客のはいる前らしく、きれいに片づいていた。

ホオルを突っきって、ダンサアの化粧部屋へ行くのだが、壁にはところどころストオブが燃え、大勢のボオイがなにか生き生きと、床をみがいたり、テエブルに花を運んだりしていた。

そうした雰囲気に、ふさ子はただ気をのまれてしまった。

「外国へ行ったようね。」

「そうよ。N町のごみごみしたのとはちがうでしょう。外国の離れ小島よ。」

「私帰るわ、帰って、あの部屋で待っているわ。」

「まあ、私たちの部屋を見ていらっしゃいよ。」

と、かな子はふさ子の腕をつかまえて、

「まだ時間もあるし、ふさちゃんが帰りたかったら、私が途中まで送ってゆくわよ。」

伸子も言った。

「いつもなら、私たちは裏の従業員出入り口から、出入りするのよ。今日は御案内だから……。私たちもね、はじめはこうやって、見物のつもりで、友だちにつれて来てもらったのよ。」

レディス・ルウムと書いてある部屋の前で、一人のボオイに出会って、かな子があいさつをした。

そのボオイはふと真直ぐに、ふさ子を見た。ふさ子はあの美しい目をあげた。ふさ子の胸が波立った。

ボオイの美貌は、義三に生きうつしだった。

大胆な、乱暴な、その青年の目から、ふさ子は目をそらすことが出来なかった。相手をきつく見返していた。

ボオイはすれっからしの調子で、

「この子、新しくはいったのかい。」

「いいえ、私たちのお客さまよ。」

と、伸子が答えた。

「ふうん。」

ボオイは鼻を鳴らし、手指の骨をぽきぽき打ち合わせて、向うへ行った。

ふさ子はかな子の腕に取りすがると、子供のように、

「私、帰るわ。」

「えっ？　どうかしたの。急に……？」

「いいわ、じゃあそこから出ましょう。でも、泊っていかなくては、だめよ。」

ワン・ドアのダンサア出入り口から外に出ると、このキャバレエが町の高みに立っているのが、ふさ子にもわかった。足もとの黒い畑から、冷たい風が吹きつけ、ちらちら灯の見える町から上って来る、自動車の数が増したようだ。ここは花やかな夜の幕開《あ》きらしい。

道の半分ほど送って来ると、

「電気は上のスイッチよ。お火燵《こた》、たどんが入れてあるけど、お炭も入れてね。眠って待っていてね。」

かな子のその言葉さえ、ふさ子はうわの空だった。かな子と歩いていることさえ、気がつかないほどだった。

部屋にもどって、火燵にあたっていても、義三に似た人を見ただけで、こんなにわくわくしてしまう自分の心が、ふさ子はかなしい驚きだった。

きたない川のよどんでいる、ごみごみした家のならぶごったかえしている町、義三も住んでいる町、また会えるかもしれない町を、離れてはならないと、ふさ子は思った。そう思うだけで、胸がどきどきした。

なつかしさにしめつけられるようだった。

伸子たちは十一時過ぎに帰った。出かける時よりも、もっと美しく妖《あや》しいなまめかしさを、身につけて来た。

円いパンのあいだにハンバアグ・ステエキのつまったのや、甘酸《あまずつぱ》い飲みものなどが、ふさ子の前にならべられた。

仲子は舶来煙草をすぱすぱ吹かしながら、

「ふさちゃん、来る気はない？　新しく建つキャバレエで、ダンサアを五十名募集しているのよ。ここでもいいわ。」

ふさ子はただ微笑していた。

「さっき、ふさちゃんをじいっと見たボオイがね、帰りに、紹介しろって言ったわ。すごい目だって……。あいつの方がすごいのよ。美男子でしょう。ダンサアのなかで、ひっかかってるのが、幾人もあるんだって……。」

ふさ子はわれにもなく頬を赤らめた。

寝床を二つつけ、ふさ子をなかにしてはいると、まだよくなれないキャバレエの事情、客たちのこと、仲間のダンサアのこと、この町のことなど、とめどなく話しつづけた。

あくる日のひる近く、ふさ子は二人に送られて町へ出た。

そのあたりの、にわか普請の小さい平屋の軒に、ひどく派手な女の干しものが目立った。扉も窓もひっそりとざした、昼の酒場が、ぽつんぽつんと続く通りは、どこの国の場末かしれなかった。

ふさ子はN町に帰ったら、既成品のオウヴァを買おうと思いながら、福生の駅に立っていた。

「また来てよね。元気でね。困ることがあったら、いつでもおいで。私たちは食えるんだから、遠慮はいらんよ。」

と、かな子は言った。

電車にあきるほど乗って、N駅でおりると、いろんな雑音の入りまざったここは、風さえ温いように、ふさ子はほっとした。

クリイン・ヒットに帰ると、息子の洋一が賞品交換所から立って来て、

「どこへ行ってたんだ。」

と、つめよった。

「お墓参りをして、友だちのところへ寄って、おそくなったから泊ったんです。」

「女の子の無断外泊は、心配するぜ。店もいそがしいんだ。」

「すみませんでした。」

一度部屋へ行ってからと、ふさ子が二階へ上りかけると、かなり強く腕を握られた。

「ちょっと顔を見せてごらん。嘘かほんとか……。」

と、洋一はふさ子のあごに手をかけて、上向かせた。

ふさ子は振り払って、階段をかけあがった。

スカアトをズボンにはきかえ、セエタアの肩に毛糸のスカアフをかけて、ふさ子は玉売り場

に坐った。

東京の雪

その日は朝から、どんよりと小暗く、東京も初雪になりそうだった。

しかし、ガラスの円い筒のようななかは、小さい火鉢だけでも、そう寒くなかった。

貸売りはかたくお断りします、と書いてあるのに、

「二十発貸してくれ。」

と頼む顔なじみもあった。子供を背にくくりつけた、買いもの帰りのおかみさんが、じゃらじゃら打ち出すのをふさ子が見ていると、盲の女あんまが来た。金を受け取るとき、指先がちょっと触れると、

「ああ、ふさちゃんもどったの？　よかった。あんたがいないと、私はさっぱり出ないのよ。」

ふさ子は盲のかんのいいのに驚いたが、その指先のかんのよさで、女あんまはパチンコの名人だった。

四時ごろが客のたてこむ絶頂のようだった。夕飯で交替をするために、ふさ子がガラスの塔を出たころから、客足がぐっと減った。

雪になった。

ふさ子が食事を終えて、玉売り場の少女と交替した。通勤で帰ってゆく少女は、

「今夜はひまよ。」

と、映画雑誌の新年号を、ふさ子に残して行った。

場内は潮の退いたように閑散だった。ふさ子はぼんやりと肩を落して、雑誌の写真をながめていた。

ふと目の前に人の気配がして、顔を上げると、赤いスキイ服の少女が立っていた。愛らしい姿に、ふさ子は目がさめた。雪とあざやかな反対色のようで、雪の精のようにも思われた。スキイに出かけるところだろうか。ここで人と待ち合わせるのだろうか。玉を買うために手を出すのを、ふさ子は待ったが、その少女は、ただふさ子をじいっとながめるばかりで、思いつめたように熱っぽい目のかがやきが、ふさ子にも不思議な緊張を伝えた。

少女は手提《てさ》げからノオトを出して、なにか書き出した。そのノオトの紙片に、金色の小さいシャアプ・ペンシルを添えて、小窓からさし入れた。唖《おし》なのだろうか。ふさ子はどきっとした。

千葉病院の桃子です。栗田さんのことで、あなたにお話したいことがあります。少しの間、外へお出になれませんか。ごいっしょしていただきたいの。

ふさ子は赤くなって、相手を見直した。ノオトをそのまま小窓からもどすと、

「参ります。」

と、短く言った。

小窓をしめ、小さい扉に鍵をしめ、金箱を持って、賞品交換所へ行った。さいわい、洋一ではなくて、髪を結いたての主婦が坐っていた。

「あのう、人が来ましたので、ちょっと外へ出たいんですけど……。」

ふさ子は声がふるえたが、主婦は金箱と鍵を受け取ると、

「ああ、行っておいでなさい。」

と、のんびり言った。

ふさ子はちょっと髪に櫛をあてて、トッパアを着た。入口でそとを見ている、桃子の後姿に近づいた。

桃子は傘を持っていなかった。毛糸の帽子に白い雪がとまっては消えた。ふさ子は木綿の黒い傘をひらくと、桃子にさしかけた。

「いいの。私は雪装束……。あなた濡れると冷たいでしょう。」

赤いサンダルをはいているふさ子は、このやさしい言葉にもはにかんだが、桃子のなにか純一な善意は伝わって来た。

「そこのシナ料理屋さんしか知らないのよ。あなたどこかごぞんじ……?」

と、桃子は振り向いた。ふさ子は首を振った。長いあいだこの気楽な町に住みながら、喫茶店にもそば屋にもはいったことがなかった。

「義三さんに一度つれて行ってもらったお店よ。そのとき、あなたをちょっと見て、印象的だったけれど、あなたはごぞんじなかったでしょう。」

桃子はそう言って、赤い短いのれんの下のガラス戸をあけた。

黄色い卓に向い合って、腰をおろすと、桃子はふさ子を見て、

「あなたが、こんなに早く、こんなにたやすく、見つかるなんて思わなかったのよ。大探偵の決心でしたわ。あなたがどこかへ雲がくれしたように、義三さんがおっしゃるから……。あなた、義三さんがたずねて行ったこと、ごぞんじなかったの？」

「いつでしょう。知りませんわ。」

「どこかへ行っていらしたの？」

「二日ほど、ちょっと出ていました。」

「ちょうどその時だったのね、義三さんがあなたのところへ行ったのは……。」

と、桃子はひとりごとのように言うと、しばらく口ごもっていたが、

「私と義三さんとは、いとこなの。いとこなのよ。義三さんは暮れに病気をしていて、一昨日やっと信州に帰って来て、あなたがいないって、悲しがって、私なんかうるさがられるばかりなの……。もうどこへも行かずに、義三さんを待っていてあげて下さらない……？　それがね、

いちばんいいことだと、私は思うの。」

指先きでマッチの箱を、さまざまにいじりながら、あたたかく愛らしい目で、ふさ子を見つめた。

ふさ子は顔にも胸にも火が燃えるようで、

「あの方、それで、どこに……?」

「もうね、多分、東京へ帰りかけているでしょう。もうすぐ、お会いになれてよ。」

「あなたは、どうなさいますの。」

「私は、あなたをさがしに来たんですもの。もう帰ります。でも、病院もね、間もなく越して来るんですのよ。だから、もとのところに住んでいらしても、かまわなかったのに……。あなたのおうち、なくなったのね。あなたお一人きりなんですって……?」

ふさ子はうなずいて、桃子の目を見た。おたがいにまぶしそうだったが、おたがいに熱いものを感じた。

「どこへも行かずに、義三さんを待っていてあげてね。そうでないと、私がお会いしたこと、むだですもの。私が滑稽なことになってしまうわ。」

と、一心に念を押すと、

「おなかがすいたわ。あなたもめしあがらない。」

ふさ子は気がつくと、掌が汗でしめっていた。なんと礼を言えばいいのかと思いながら、言葉もみつからないし、わっと泣き出しそうだった。

上野駅から

義三は汽車を待って、一時間近く、駅前の家にいた。

母は義三がもう東京へ帰ると言うのに、

「おどろいたねえ。とつぜん来て、とつぜん帰るの？」

と、うろたえるようだった。

「千葉に二晩泊っただけで、うちでは一晩も泊らずにかい？」

「急用が出来たんです。」

「うちでも一晩は寝て行ってほしいね。うちへはいるなり、千葉の桃ちゃんにつれてゆかれてしまって……。」

と、母はさびしい顔で義三を見た。

「急用だから、しかたがない。」

桃子のことは母に言えなかった。かくしておくこともないのだが、なんと説明していいかわからなかった。母にわかるように説明は出来そうでなかった。また、説明したくもなかった。

義三自身にだって、桃子の気持がたしかにわかっているのかどうか、疑わしかった。

「急な病人でもあって、東京から電話がかかったのかい。」

と、母はたずねた。

「僕はまだ医者じゃありませんよ。」

「だって、病院で、患者さんは診ているんだろう。」

「手つだいですよ。見習いですよ。」

義三はつっけんどんに答えた。

近ごろ自分で診た患者と言えば、ふさ子の弟の和男だろうが、死なせてしまった。それも小児科の医長が診たのだし、死亡診断書も病院の医師が書いたのだが、義三はふさ子の小屋へ出向いて、小さい弟の命を助けようとしたのだから、自分の患者を自分が死なせたような思いが、つきまとうのだった。ふさ子を愛しているせいだろうか。

「桃ちゃんは送りに来ないの？」

と、母はあやしんだ。

「はあ、この雪ですから……。」

「だって、もっと大降りの雪のなかを、迎えに来たじゃないの？　毎日のように迎えに出ていたよ。」

「しかし……。」

「桃ちゃんと、なにか気まずいことがあったんじゃないの？」

「そうでもない。」

と、義三はあいまいに答えた。

桃子が義三のアパアトの部屋にいてくれればいいと、義三はねがった。桃子がうろうろしていることを思うと、気が気でなかった。

――うるさいというお顔はなさらないでね。

と、桃子は今朝、手袋のなかの置き手紙に書いて行ったが、昨夜、義三は「うるさいという顔」を、あからさまにしたつもりはないものの、桃子にはそう読み取られて、それがどんなに娘ごころを傷つけたろう。

桃子が義三のために、ふさ子をさがし出そうと思い立って、東京へ飛び出して行ったのは、その傷を自分で癒そうとする、桃子の必死の行動なのだろうか。しかし、義三は桃子にそんなことをさせたくはなかった。

桃子の純な善意であったとしても、桃子にふさ子を見つけてもらったりしては、ふさ子がなお義三から逃げ去ってしまいそうなおそれも感じられた。

汽車は雪のなかを走っていた。日が暮れて、高崎を過ぎても、降りやまなかった。

「これじゃ、東京も雪だな。」

と、義三はつぶやいて、その雪のなかでどうしているか、桃子がいじらしくてならなかった。

桃子は義三にさびしい顔を見せまいとして、飛び出して行ったとも思われた。

義三が上野駅に着いたのは、夜の十一時近かった。桃子に会って、安心したいという思いしかなくなっていた。駅におりると、すぐに公衆電話をさがした。

第一にアパアトへ電話をしたが、桃子は来ていなかった。麻布の宿の江の村の番号を、一度電話帳でたしかめてから、ダイヤルを廻した。自動式の電話のコオル・サインが消えると、

「もし、もし……。」

「義三さんね。」

と、いきなり桃子の声がして、

「えっ？」

と義三は明るく、

「よくわかるね。おどろいたね。」

「どこにいらっしゃるの……？　上野……？」

「……。」

「上野でしょう。今お着きになったのね。」

「ああ……。」

義三は言葉が出ない。宿屋の電話なのに、取りつぎもなく、どうしていきなり桃子が出たのだろうか。公衆電話がかかったら、すぐ桃子の部屋へつなぐように頼んでおいたのだろうか。

あるいは、帳場の交換台の前に坐って、義三の電話を待ちこがれていたのだろうか。

「よくあたるでしょう。」

「ああ。こわいような勘《かん》だね。」

「そうよ。直観よ。」

「とにかく、安心した。」

「いまね、うちへ電話をかけたところだったのよ。」

「うちって、長野の？」

「そうよ。」

「叱られただろう。」

「叱られたようなものね。いま、ここのうちの方と遊んでいたのよ。」

「のんきだねえ。東京へ飛び出して、ずいぶん心配したよ。」

「うれしいわ。」

と、桃子はひとこと言って、間をおいて、

「のんきではないのよ。東京へ来た目的を達したから……。お役目を果したから……。」

義三は、どきっとした。

「私、あの方に会ってよ。あのお店の二階にいるんですって……。あなたがお店へいらした時、ちょっと留守にしてらしただけなのよ。あの方のことというと、あなたが思い過ごしなさるのよ。」

桃子の大人っぽい言い方に、義三は顔を赤らめたが、ふさ子もいたのかと思った。

「父の病院へいらっしゃるように、おすすめしておいたわ。あの方のことというと、あなたもううわの空だから、よけいな心配をなさるんだわ。」

と、桃子は大人っぽくくりかえした。その言い方で、義三は桃子が身近に感じられて、胸のうちが熱くなった。桃子がいとしかった。

「じゃあ、これから、そっちへ行くよ。」

と、電話を切ろうとすると、

「だめよ、だめよ。」

こんどは子供っぽい調子で、桃子のかぶりを振っているのが、義三は目に見えて来た。

「いらしては、だめよ。いらっしゃらなくてもいいのよ。」

「どうして……?」

「あなたがすぐ電話をかけて下さっただけで、うれしいわ。このごろで、一番今が、うれしいわ。」

桃子の声はほんとうに晴れ晴れとして、うれしげに弾《はず》んでいるようだった。この夜ふけに、宿屋へ娘をたずねて行って泊るのはおだやかでないと、義三は思い直した。

「じゃあね、明日の朝行きましょう。伯母さんと、桃ちゃんに会う約束をして来たんだ。」

そして伯母に、桃子が可愛いと言ってやってほしいと、頼まれたのを思い出していた。

「いらしては、だめよ。」

「だから、明日の朝……。」

「私、明日は、早く帰るの。学校が始まるんですもの。お母さまとの約束なんか、どうでもいいわ。」

桃子はむきになって言っている。

義三は少し気楽にからかうように、

「さびしかないの?」

「さびしいのよ。だから、ここのおうちの方のお部屋に寝させていただくの。」

「ふうん。」

「雪が降っているでしょう。静かで……。まるで、東京にいるようじゃないわ。」

桃子はなかなか電話を切ろうとしなかったが、義三は外に待っている人影も感じられるし、

「では、とにかく、おやすみ。」

「とにかくなんていやよ。」

「おやすみ。」

「こんどは、もうじきお目にかかれるわね。それから、明日、あの方に……。」

と、桃子は言いかけたのをやめて、

「おやすみなさい。」

ショオト・ヘヤア

義三は電話のボックスを出ると、大いそぎで山の手線に乗った。終車の早い社線におくれそうな時間だった。

雪は東京の町にも降りしきっていた。もう十センチほども積っただろうか、雪明りの感じが、東京ではめずらしかった。

社線の終車もこんでいた。長いこと発車せずに、国鉄からおりる人をつめこんで走り出した。それでもN駅に着くまでに、だいぶんすいて、N駅でおりた人はわずかだった。うしろの車に乗っていた義三が、階段をおりた時には、改札の駅員もひっこんでしまっているほど、しいんと雪の夜だった。

白い道が一すじ、両側の商店は戸をとざし、ゲエム・センタアと呼ばれるあたりも静かだった。

義三はクリイン・ヒットの前に立った。ネオンは消えていたが、二階はまだ明るかった。そこにふさ子がいるという。

さっきの電話の桃子ほど、ふさ子も勘がいいなら、そしてふさ子も義三を待っていてくれるなら、二階の窓があきそうなものだ。しかし、義三はふさ子を呼んでみることも出来なかった。桃子はふさ子に会ったというが、二人でいったいなにを話したのだろう。義三はふと微笑が浮んだ。でも、微笑どころではないのかもしれない。

義三はクリイン・ヒットの方を振りかえり振りかえり歩いた。傘を持たなかったので、オウヴァの襟を手で掻《か》き合わせるようにした。

どすんと義三にぶっつかった者があった。体をかわして、踏みとどまった。

「なんでえ、気をつけろ。」

「失礼。」

と、義三は言って、気がつくと、いつもはそこに、「易断」と書いた紙火屋《かみほや》をおいて、易者の卓がある場所だった。ジャンパア姿の若者が三四人立ちはだかっていた。

たかりだ。そう感じると、この場をうまくはずしたいと、義三はとっさに考えた。

「おい、クリイン・ヒットの二階を見上げて、お前、人にぶっつかるほどぼんやりするのは、どういうわけだい。あの二階に、どんな美人がいるんだい。」

と、ぶっつかった男がからんで来た。

この駅の盛り場には不良がいて、ときどきパトロオルに追われるが、人目のない時には、いやがらせを言ってゆすると、義三も話には聞いていた。

義三は取られる金はないが、ふさ子のことを指すらしいいやみが気にかかった。

若者は義三を細い横町へつれこもうとするのか、押し迫って来た。義三は自分から先きに立って、横町へはいると見せかけると、さっと身をひるがえして、いっさんに駈け出した。ばらばらと後を追って来る若者たちも、雪の足もとの悪さに、たちまちおくれてしまった。

「雪みちはこっちのものだ。子供の時からね。」

と、義三は声に出して笑った。

明日の朝、桃子に会って話したら、きっとよろこぶだろう。

しかし、義三は眠り過ぎた。雨の降っているような、雪解のしたたりの音を聞いた。日の光りがさして、町は明るくざわついていた。

江の村へ電話をかけると、やはり桃子は立った後だった。

「しまった。」

と義三はつぶやいて、自分に誠意が足りないのかと悔まれた。

朝の一番の電車で出かけたところで、桃子が汽車に乗った後かもしれない。しかし、ふさ子をさがすために東京へ飛び出して来た桃子と、桃子に会いにゆくはずで朝寝をした自分とでは、誠意に大きいちがいがあるように思われた。

義三は桃子の母に電話をかけようかと、しばらく考えていた。母が桃子を義三に渡したがっているのを思うとそれもためらわれた。

義三は歯の抜けたような気持で病院に出た。インタアンも今月きりだ。しめくくりをつけておきたい勉強もあった。五月の試験までは、どうせうっとうしい。

病院は相変らずに、とめどない病人を迎えたり出したりしていた。

年が改まってから初めて会う仲間に、

「おめでとう。」とか、

「肺炎にかかったそうだね。」

とか言われた。

民子も来ていた。いつものことながら、きれいに手入れしたショオト・ヘヤアに予防着の白が似合って、民子だけはもう学生ではなく、女医のように板についていた。義三の姿を見ると、民子はなお女医らしく、はきはきと振舞った。

「正月から急に貫禄がついたね。医者らしくなった。」

と、義三が気安く言うと、民子は向う向いて、

「そうよ。女はすぐなにになるんです。らしくね……。」

「らしくは、悪かった。」

「らしく、でたくさんよ。あなたの看病をさせていただいたおかげで、医者らしくなれたのかもしれないわ。」

あれは、医者らしくではなかったと、義三は思って、返す言葉もない。

義三は休暇と病気とで、気がゆるんだのか、予防着をつけても、医長の助手として、患者の予診をはじめると子供のはにかみに似た気おくれを感じた。

民子のとりすました様子も気にかかった。

義三は検査室へおりて行った。

この小部屋の、フラスコ、試験管、アルコオルや石炭酸の匂い、染色液の色などが、義三の心を静かにしてくれるようだった。

明るいガラス窓についた実験卓に向って、義三は腰をおろした。

煮沸《しゃふつ》する音、時を刻む秒針、おしゃべりをしている若い看護婦たちなど、いつもの通りだった。

義三は格別実験を好んでいるわけではない。臨床的ないろいろな検査法を、文字の上で覚えるより、この部屋で頭へ入れてしまう方が、確かに思えるからだった。

もし国家試験に落ちて、もう一年伯父の援助を受けることなど、義三には堪えられなかった。どうしても試験には及第しなければならない。

桃子のことがなくても、義三は伯父の病院につとめる気はなかった。東京と言っても、この片隅の庶民の町に、伯父がプチ・ブルジョア趣味の病院を新築したことにも、義三はむしろ反《はん》撥《ぱつ》を感じていた。

義三はうしろに民子の声を聞いた。

「細菌ではなく、蛋白《たんぱく》なの。」

と、看護婦に言っていたが、義三にも話しかけた。

「いつお帰りになったの。」

その言葉ひとつで、民子がずうっと義三のことを考えていたのが知れる。さっきとはちがった調子だった。

義三は振りかえって、民子を見上げた。

「昨夜。」

「お早かったのね。もっと長いだろうと思っていたわ。田舎の方が静かで、勉強出来るんじゃないの？」

「僕はだれちゃってだめだ。東京でないと……。」

「豆餅《まめもち》のおみやげはどうなったの？」

「あっ。」

と義三は思い出して、

「忘れちゃった。あわてて飛び出したんで……。ただの餅なら、少し持って来た。」

「誠意がないから忘れるのよ。」

こんどは民子から、誠意を問題にされた。

「自分のうちから、なにをそんなにあわてて飛び出すことがあるの？　故郷の雪が見たいって、病後に無理して帰ったんでしょう。」

義三は答えなかった。民子は話を変えた。

「私、去年の試験問題を調べておいたわ。参考になるでしょう。後でね。」

「そう。」

と義三は立ち上って、

「昼飯に行かない？」

食堂へ行っても、民子はその話をつづけた。

「二、三、四、あと三月ね。それを考えると、やはり女は心細くて、度胸がないわ。」

「民子さんでもそうかな。僕なんか、もう一年くりかえしは出来ないから、考えると憂鬱になるだけだが……。」

「これが最後の試験なんでしょうけれど、思い出してみると、小学校から、なん年、試験におびえて来たんでしょう。インタアン制で、また試験が一つふえたのね。インタアン制をきらうの、もっともなことだわ。ここでは問題になっていないけれど、病院によっては、反対して騒いでいる学生も多いのね。」

「まあしかし、及第と落第と、その時勝負できまる試験は、まだいいのかもしれないね。これがすむと、じめじめぐずぐずとした長い試験さ。試験問題も試験官も、それから試験の時日も、はっきりしないんだ。」

食後の雑談のひとときを、歯科のインタアンの原がいつものように中心になって、仲間をおもしろく笑わせていた。その話声は義三たちのところへも聞えて来た。

原は義三や民子と同じ年の二十三という若さでありながら、三十にも見えるところがあった。手先きが器用なので、歯科をえらんだのかもしれないが、なにをさせても器用で、殊に賭けごとは、勝負運も強いというのか、麻雀《マージャン》、競馬、競輪などでもうけて、自慢話が絶えなかった。株も少しは買っているらしい。学生と思えないほど派手だった。

明るい顔立ちだが、冷たい目もとや皮肉な口もとに、年齢のわからない頽廃《たいはい》の美しさがあった。原のとりとめないおしゃべりが、潑剌《はつらつ》な機智と豊富な話題と聞えて、人々は魅力を感じるようだった。原は知らぬということがなかった。

「原さん、パチンコはどうです。」

と、誰かがたずねると、

「パチンコ……？　あれは低級なものですがね、しかし馬鹿馬鹿しいようで、ちょっとむずかしいんだ。店の人間が機械を調節しちゃうからね、今日よく出た台も、明日はてんで出ないし、人のよく出す台も、自分の手の力に合わないしね。だから台数の多い店の方がいいんですよ。偶然をつかむチャンス、いや偶然の必然を見つけるチャンスが、多いというわけ……。」

「それで、クリイン・ヒットに行くんだね。」

「あすこには玉売りに、美少女がいる。むしろ出ない方が、玉を買うチャンスが多いわけだ。」

原は胸を反《そ》って笑った。

「あの子が、歯の治療にでも来るといいんだが、あいにくと、きれいな歯ならびでね。虫歯もないんでしょうな。」

ふさ子のことを言われて、義三はつい原の方を見た。

「おもしろい人ね。医者にするのは惜しいわ。」

と、民子は義三にささやいた。

「いや、ああいうのが社交上手で、医者としても成功するんだろう。手も器用だから、歯の矯《きょう》正《せい》だけじゃなく、目の形を直したり、鼻を高くしたり、美容医学の大家になるかもしれないよ。」

食堂の黒板には、試験勉強で休みになる、インタアンの学生のために、今月の研究会や講義のスケデュウルが書き出されていた。それを義三が見ていると、民子もちょっとながめたが、気がなさそうに、

「このごろね、うちへ帰って勉強しようと思っても、少しも頭が働かないの。なさけない気持でいると、嫂さんが麻雀のおぼえ立てで、私を誘うんですの。兄が留守勝ちでしょう。いやいや麻雀牌《パイ》をかきまわしているうちに、しまいには、それをやっているあいだだけ、なにも考えずにすむものですから、三度に一度は、私からも言い出すようになるの。」

「民子さんなんかでも、そんなことがあるのかなあ。」

と、義三はつぶやきながらうつ向いた。こんなに張りのない民子を見たことがない。義三は桃子ばかりでなく、民子もひどく傷つけたのだと思った。

「君はなんでもきちんとして、はきはきと片づけてゆく人だと思って、敬意を表していたんだよ。」

「そんなに見えるの？　見せかけよ。私は男の人がうらやましいわ。女なんて、つくづくいやだわ。」

そして、目のふちにはにかみを浮べて、

「女に生れてよかったと思ったのは、一週間ほどしかなかったわ。」

と、投げ出すように言うと、義三を離れて行った。

義三は病院を出る時、それとなくさがしたけれど、民子はいなかった。

終りのないように

義三がアパアトの二階へ上って行くと、義三の部屋の壁にぴったり吸いつくようにして、ふさ子が廊下に立っていた。

「ああ。」

ふさ子の真剣な目が火矢《ひや》のように、義三の胸を刺した。

「びっくりなさいましたの？　すみません。」

と、ふさ子は顔を赤らめて、泣き出しそうに見えた。

「いや、そうじゃない。」

義三はどぎまぎした。

「君が来るとは思っていなかったから……。」

「すみません。あのままお礼にもうかがわないで……。」

「いや、そうじゃない。僕の方から行きたかったんだ。来てもらって……。」

そのよろこびを、義三は顔に現わした。

「雪があるのに、寒い廊下に立ってないで、部屋へはいってればよかった。」

ふさ子は、かすかに首を振った。

義三は追いこむようにふさ子を部屋へ入れると、火種をもらいに行った。

「お客さまだから、御飯は後で……。」

と言うと、主婦は問いかえした。

「お客さま……？　いつ見えたんです。」

火おこしの火を瀬戸の円火鉢にあけて、炭をつぎ足す義三の手つきを見ながら、

「私の方が、上手そうです。」

と、ふさ子は義三の手から、火箸《ひばし》を取り上げた。

「君は火をおこすことが上手なの？」

「あら、女ですもの。」

火鉢の上にかぶさった、ふさ子の姿には、少しも不幸な感じがなかった。楽しそうに温く見えた。

「寒くなかった？　待ったの？」

と、義三はやさしく言った。

「いいえ。お風呂の帰りなんです。夜になると、出にくいから、ちょっとお寄りしたんです。」

やや長めの髪を、襟足《えりあし》をあげて、無造作にたばねただけの、なんの化粧もない、生地の姿だけの美しさだった。

ふさ子は横頬を見せて、軽く火を吹いていた。幸福の火を吹きおこしているようだった。吹くたびに、形のいい耳もほの明るく息づくようだ。つぼめて突き出す唇が愛らしく義三を誘うようだ。

義三は桃子と民子とのために、むしろ消極的な反省、やや自虐的な悔恨で、縮かんだ気持がたちまちふくらみ、未来の自信がわいた。人なみの試験など、どうしておそれていたのか。

しかし、楽に言葉が出なかった。

ふさ子が息を休めて言った。

「昨夜、桃子さんとおっしゃる方にお会いしました。……もったいないと思いましたわ。なぜあの方に、あんなに言っていただくのか、私にはわかりませんわ。」

ふさ子の顔の下で、ぱちぱちと炭火がはねた。ふさ子は顔をおこした。義三はその火で煙草をつけた。

「あの方が遠いところから、どうして私なんかをさがしに来て下さったんでしょう。」

「あの子は僕のいとこでね、僕のために来てくれたんだろう。」

「どうしてでしょう。」

ふさ子は湯上りの手を火鉢にかざした。いかにも安心しきっているようにも見えた。

「病院で働けるように、伯父に頼んでくれたのも、桃子だよ。」

「私のこと……？　もとのところにいてもかまわなかったのにと、言って下さいましたわ。」

「あのままでいてもよかったんだ。」

「店へ移ってから、いやなことばっかり……。」

「僕も一度たずねて行って、家がなくなってるのに、びっくりした。」

「ひとりきりになったら、さびしかったんです。それに私、先生の伯父さんのお邪魔になって、先生に悪いと思いましたの。立派な病院の蔭《かげ》に、いたたまれなくて……。」

義三はうなずいた。

「私も引越す前に、一度、思いきって先生をおたずねしたんですけれど、おやすみになっていらして、どなたかいて……。」

と、ふさ子の肩がかたくなった。

「病気だったんだよ。君の弟さんと同じようなかぜをひいてね。」

「まあ？　和坊のがうつりましたの？」

「そうじゃない。しかし君は、その誰かいた人に、なにも言わずに帰ってしまったの？」

ふさ子は赤くなって、

「ええ、黙って……。」

「馬鹿だね、君は……。」

そう言って、義三はふさ子の手を軽く打つようなはずみに引き寄せた。

「待って、待って……。」

と言いながら、ふさ子は力なく義三の胸になだれ落ちた。

義三はあの病気の時を思い出すと、ふさ子との隔てが不意に崩れたのだ。熱に意識を失いながらも、会いたかったらしい娘を、真近に見たのだ。

ふさ子が「誰かいた」という、その民子がアパアトの部屋へはいって来た時、

「ああ、待っていたんだ、僕は……。」

と、義三がうわごとで呼んだのは、民子のことではなくて、ふさ子を夢うつつに待ちつづけていたのだった。

「待っていたんだよ。」

と、義三は今改めて言った。ふさ子は確実に義三の腕のなかにいた。

帰ろうとして立ち上るとふさ子はよろめいた。義三が支えた。

「送って行こう。」

「だめです。あの辺にいらしたらいけませんわ。たちの悪い人がいるんですもの。送っていただいて、見られたりしたら、きっと、ずいぶんひどいことを言われるわ。」

昨夜、ふさ子のいる二階を見上げていた後で、不良にからまれたことを、義三は思い出した。

「先生、その鏡を見せていただけません？」

と、ふさ子が言った。

「どうするの？」

「今どんな顔しているか、ちょっと見たいんです。まるで私、子供のころのような気がするんですもの。」

そんなことを言って、自分の眼や唇を、鏡のなかにのぞいてみているふさ子が、義三はなおいとしかった。

小判型の鏡を右手に持たせたまま、もう一度口づけた。

「僕は学生なんだから、もう先生なんて言わないんだよ。」

「はい。」

そしてふさ子はまた義三の腕に重みをかけたが、

「もう帰ります。また来ますわ。来てもよろしいの？」

ふさ子は離れて立つと、なんと思ったか、トッパアの胸もとをちょっとひろげて、

「これ、今日初めてなんです。似合う色かどうかと思って……。」

と、淡い石竹色のセエタアを見せた。

「きれいな色だね。」

「そうですか。ああ、それから先生にお願いがあるんです。」

「なに……？」

「これ、預かっていただきたいんです。」

と、ふさ子はポケットから、ナイロンのすべすべした札入れを出して、義三の掌の上においた。

「私には大事なもの……。でも、むだに使ってしまいそうで、心配なんですの。」

「お金だね。ずいぶんはいってるらしいね。」

義三はふさ子の愛の表現におどろいた。

ふさ子は義三のアパアトが見えなくなると、そっと掌で唇をおさえながら歩いた。義三の口づけのあとを、寒い夜風にもあてないように、また自分の指の腹に唇をあてて、かすかに動かしてみては、思い出すようにした。

あの部屋にもっといればよかった。なぜ帰るのだろう。ずっとずっと終りのないように、義三のそばにいたかった。でも、そういう自分を恥かしいとも、空恐ろしいとも思った。

ふさ子は夢のなかの人のように、町を通っていて、美容院のなかから、クリイン・ヒットのマダムに見られたことも気づかなかった。マダムはちょうど、結い上って、さし出された手鏡を合わせ鏡にのぞくと、灯のともった町を、ふさ子の来るのが映った。

(長いお湯だこと。)と、マダムは舌打ちして、

(そうだ、あの娘に足袋《たび》を買って来てもらおう。味噌も切れていたんだ。)

美容院の女主人がマダムにおせじを言って、

「Tにもこんど、お店をお出しになったんですって。」

「ええ、今日が開店なんですわ。だから、これから出かけて、今夜は向う泊りなんです。」

「御繁昌で結構ですわ。両方では、おいそがしいですね。」

「こちらは、息子にまかせるつもりなんです。調子がついていますから、私がいなくても……。」

「あのう、お二階はやはり拝借出来ませんかしら……。」

「だめなの。下の部屋がせまいから、結局二階にいろんなものをおくようになるでしょう。それに、身寄りのない娘を置いてやっているのよ。つい先きごろまで、民生委員の世話になっていた娘よ。下で働いてるの。」

「目のきれいな、美人の……。」

「ええ、そう……。」

「お人助けですわねえ。」

「新制を出るとね、就職し得るものと見なして、民生保護はなくなるんですって、無理よねえ。あんな年じゃあひとりでやれ、身内も養えって言うのは……。だから自殺したり、パンパンになったりするのがあるわけよ。」

「それじゃあ、拝借出来ませんのね。場所がいいし、もとが美容院でしたし……。」

「建てたらいいじゃないの。国庫のお金が借りられて、いい家が建つわ。」

「申しこんであるんですけれど、なかなか当らないんですわ。」

この町通りも建て直った家の方が多いが、この店は美容院と言うのもひどいバラックで、ただ安いのが取柄だった。前々から、クリイン・ヒットの二階をねらっていた。

マダムがもどって来て叱られても、ふさ子はうわの空だったが、用事を頼まれるとほっとして、町の雑沓《ざっとう》のなかにまぎれこんで行った。

「客がこんでるのに、入口の売り場をあけちゃ、だめじゃないか。」

と息子は母親につっかかった。

「私の足袋を買いにやったのさ。Tの開店に行くからね。いいかい、私は今夜いないんだから、戸じまりと火の元を注意してね。」

「うるさいな。」

息子はじろっと母を見た。

夜のおそれ

夜の十一時に、クリイン・ヒットは表のガラス戸を半分しめて、カアテンをひく。それを合図に客が帰ると、ここも一時に閑散になってしまうのだった。

小さいパチンコ屋だと、そのまま寝て、あくる朝、開店の支度をすればすむだろうが、クリイン・ヒットでは、店に働く人たちが、それぞれ受持ちの後かたづけをしてから帰る。

息子の洋一はパチンコ台を調べて廻る。

その日よく出た台や、まるで出なかった台の前に立って、自分で玉を打ちながら、故障を直したり、調節したりする。

その打ち方も、さすがに手なれて早く、あざやかなものだった。この時だけは、洋一も別人のように見える。

一人で打つものだから、玉の音も際立ってひびくのだった。

後に残って、玉を拭いていたゲエム係りも、

「あんなに出ると、気持がいいわね。よそのお店へ稼ぎにゆけば、大したものね。」

「同業者だから、仲間の店は荒せないでしょうね。でも、よその店なら、ああはゆかないかもしれないわ。うちの台は、毎日あの人の手にかかって、あの人には、生きものみたいなものだから……。機械だって、つまり使用人よ。」

「私たちのように……？」

「機械の方が、よくいうことを聞くわよ。調節の名人だっていう話よ。あれで、毎日、お客の顔色を見ていて、ちょうどいいほど、出るようにするんでしょう。」

「そんなにうまく調節出来るものかしら……。機械を出るようにしたって、お客が下手なら出ないじゃないの？」

「税金の決定が近づいて来たから、正月が過ぎたら、あまり出さないようにとかなんとか、おかみさんがぼそぼそ言ってたわ。」

などと話し合っていた。ふさ子もそばに来て、

「手つだうわ。」

「冷たいのよ。手の先きが痛いわ。昼間、温かだったので、夜は冷えこむのね。」

と、一人のゲエム係りは言いながら、ふさ子を見上げて、

「あら、ふさちゃん、温かそうな顔をしてるわ。ふさちゃんの目は、火が燃えているようね。」

ふさ子は目を伏せた。

「うれしそうね。なにかあったの？」

しかし、玉を拭き終って、ゲエム係りの娘たちも帰ってしまった。ふさ子は入口のガラス戸に錠をかけ、外の電燈を消した。

「裏口もしめて、お茶を沸かしてくれないか。」

と、洋一はまだ玉を弾きながら、ふさ子に言いつけた。

「おかみさんは……？　まだでしょう。」

「帰らないよ。」

ふさ子ははっとしたが、呑みこめないようで、

「どうしてですの？」

「帰らないんだ、今夜は……。」

洋一の声はつんつんして、高飛車《たかびしや》なひびきがあった。

「裏口もしめますの？」

と、ふさ子はおびえたように言った。

「あたりまえじゃないか。戸じまりを気をつけろって、言い残して行ったんだ。」

「どこへいらしたんですの？」

「Tの新店の開店さ。当分、向うの店に泊りこみだろう。」

T町にも店が出来るとは、ふさ子も知っていたが、それが今日とは聞いていなかった。ふさ

子は義三のアパアトに行って、マダムが店の者に話した時にいなかったのだ。

まして、今夜、洋一と二人きりになるなどとは思いがけなかった。

洋一と二人きりで取り残されたことが、ふさ子にはまったく不意の出来ごとだった。ふさ子は不安におびえて、胸苦《むなぐる》しくなった。

なにが不安で、どう危険なのか、ふさ子にはそれほどはっきりはしない。しかし、本能的なおそれがあった。異常なおそれがあった。二人で夜をすごし、朝を迎えることに、潔癖な厭悪《えんお》があった。自分でも堪《た》えられないし、義三のためにも、そんなことがあってはならないと思えた。

「なにしてるんだい。すんだらいっしょに、お茶を飲もうよ。」

と、洋一はまた振りかえって、声をかけた。

「寒いからシナそばでも、いっしょに食べようか。焼豚のわんたんはどうだ。」

そして、洋一は五六歩ふさ子に近づいて来た。ふさ子は眉をすくめて、きらきら洋一を見た。

洋一はたじろいで、

「凄い目だねえ。なにをお祈りしてるのか、思いつめた目だねえ。」

と、横向いて、近くの台に指をかけた。ちんじゃらじゃらと、玉が出た。

ふさ子はふっと勝手に出ると、流しの隅にうずたかくたまっていた茶がらを、外のごみ捨て場に持ち出した。星が冴えていた。

しばらくじっと立って、洋一の玉を打つ音を聞いていたが、外から裏口の戸をそっとしめた。頭に手をあてて、髪を掻き上げると、そこから忍び足に離れて、路次の軒下を小走りに駆け出した。

寮の十二時

義三の寮は学生ばかりで、今はまだ学期始めの、のんびりした空気だった。麻雀の牌をかきまぜる音、単調なクラリネット、若い女の笑い声などが聞えていた。ふさ子が帰って行った後で、義三はおそい夕飯をすませたが、なにを食べたのか、ものの味もわからなかった。勉強も手につかなかった。借りた雑誌の小説を読んでみても、頭にはいらなかった。

町を激しく歩きまわりたいようでもあり、だれかと止め度なくしゃべり散らしたい夜のようでもあったが、じっと坐っていた。

ふさ子のナイロンの札入れが、膝《ひざ》の上にあった。

「いくらはいっているんだろう。」

金を預けるのに、ふさ子はいくらとも言わなかった。義三もいくらとは聞かなかった。妙なことだ。

義三は数えてみたい誘惑もあったが、気がとがめた。おたがいの信頼を汚すことのように思えた。

金を預けたり、預かったりするのからして、妙なことだった。ふさ子がとっさに出したので、義三もふっと受け取ってしまったのだが、後で考えると、愛の不思議な表現だった。

「これで、あの子が住家《すみか》を失った金だ。掘立小屋だったにしても……。」

いどころのないふさ子が、ナイロンの札入れになって、義三の膝の上にいるような気がした。

義三は煙草を何本も吸いつづけていた。

ドアにノックの音がして、はいって来たのは、一年下の医学生だった。

「いいですか、お邪魔しても……。」

「どうぞ。」

と、義三も明るく迎えた。話相手のほしいところだった。

この学生も間もなく、義三のようにインタアンになる。大学も同じなので、ときどき話しに来る。

「しばらくでしたね。」

「暮れから病気したり、それに僕もちょっと国へ帰っていたから……。」

「そろそろ試験勉強ですか。」

「そうなんだけど、僕は病院が休みになってからでないと、本気になれないから……。まあ、それを口実にしてるんですよ。」

「もう直《す》ぐ休みですね。いいな。」

「出席を取られない、自由があるだけですよ。」

「インタアンは、今の病院だけで……?」

「今の病院には、あらゆる科がありますからね。ないのは精神科だけ……。僕は内科に一番長くいたな。この後、精神病科で、M病院へ行くことになってるんです。それがすむと休みです。」

「初めっから、インタアンのスケデュウルはきまってるんですか。」

「だいたいきまってると言えるな。方々の学校のインタアンが、廻り燈籠《どうろう》のように歩いてるんですよ。最初、精神病科を振り出しにする人もあるし、僕のように最後に残す人もあるし、保健所から始める人もあるでしょうね。」

「インタアン制にたいする反対も強いですね、学生のあいだに……。」

「とにかく一年のびるんだから……。僕らのような貧民には、つらいことはつらいですね。試験も一つふえたわけだし……。」

「じっさい経験なさって、栗田さんはどうでした。」

「経験したということでは、僕なんか、学校の基礎学よりも、インタアンの臨床の方が面白かったし、身についたですね。ノオトを取らないで、試験も臨床の方が多いんだから、インタアンはあった方が、いいじゃないですか。戦前だって、学校を出て直ぐに脈を取ることは出来なかったでしょう。」

「しかし、インタアンに行く先き、つまり病院によって、ずいぶん勉強の差が出来ないですか。」

「さあね？　インタアンは学生で、三分の一くらいは医者、つまり社会人で、患者を通して、僕らもいろいろなものを見たな。つまり、医者としての哲学というほどのことはなくても、心構えの問題にも、触れることがあってね。インタアンのあいだに、懐疑や否定に突きあたって、医者をやめる人もあっていいわけですね。」

「やめた人がありましたか。」

「僕は知らないけど……。」

と、義三は言葉をにごして、

「科学と人情との度合いだって、むずかしいことがありそうだな。インタアンのあいだに、誘惑もあろうし、堕落もしようし……。」

「女のことが多いでしょうね。」

「女のことには限りませんよ。」

義三は顔を赤らめそうだった。

「去年の国家試験は、だいぶむずかしかったようですが、今年はどうなんでしょう。」

「どうなんでしょう。去年は、三分の二くらい通ったというから、今年もだいたいその線じゃないんですか。」

「三分の二ですか。大学を出たのに、国家試験に落ちて、医者になれない三分の一はどうなるんです。厭世的《えんせい》だなあ。試験なんて、頭に物尺《ものさし》をあてられるようで、いやですねえ。物尺よりも、試験の方が不正確で、偶然が働くんだ。」

「不正確で偶然が働くから、落ちたって、自分で救えるとも言えますよ。」

と、義三は突き放して、

「試験も一つの目標として、あっていいと、僕は考えるな。僕のような人間は、試験でもないと、なかなか勉強しないから……。」

「栗田さんは自信があるから、うらやましいな。」

「もし落ちれば、人一倍みじめな人間は、自信を持つほかはないんだ。」

医学生はちょっと下向いていてから、

「栗田さん、すみませんが、少しお金を貸していただけないでしょうか。」

と、口ごもって、

「うちから直ぐ送ると言って来てたんですが、学期始めでいろいろ……。」

義三はこつんとものに突きあたったようだった。医学生がそのつもりで来たのなら、なぜ早く切り出さなかったのだろう。今まで話相手にされていたのが、いやになった。

「金については、僕は自信を持ったためしがないんでねえ。」

と、義三は苦笑いして言った。

医学生は恥かしそうになにか言った。義三は相手よりもさらに、恥かしそうに、ことわりを言った。義三はほんとうに金を持っていなかった。近づく試験のための参考書も買いあぐねていた。

しかし、ふさ子の札入れは義三のふところにあった。

さっき義三が札入れをふところにしまうのを、医学生は見たのだろうか。あるいは、ふさ子が金を預けて行った時に、立ち聞きでもしていたのだろうか。医学生がまさかそんなにずるい、いやな人間とは思えなかったが、ふさ子の札入れがあるために、義三は盗んだものでもかくしているような気がした。

医学生と義三とはおたがいのばつの悪さを紛らわそうとするかのように、近ごろの映画やスポオツの話をだらだらとつづけた。

階下の時計が、ゆっくりと一定の間をおいて鳴り出すと、

「や、十二時ですか。話しこんでしまって……。」

と、医学生は時計が残りの数を打っているうちに、立ち上った。

「おやすみなさい。」

「おやすみ。」

医学生はスリッパをひっかけて、扉の外に出たが、もう一度顔をのぞかせると、声をひそめて呼んだ。

「栗田さん、お客さまじゃないんですか。どなたかいられますよ。」

「えっ？」

義三は扉から首を出した。

ふさ子だった。ふさ子が顔をそむけるようにして、廊下に立っていた。

電話を借りて

あくる日も晴れて、暖い日だった。

義三はその朝の光りにつつまれて、川ぞいの道を病院の方へ歩きながら、頭のなかは、いま別れて、部屋に残して来た、ふさ子のことでいっぱいだった。

この道まで送って来ると言ってきかないのを、

「だめ、だめ、かくれてなくちゃ……。」

と、部屋のなかに押しこめた。ふさ子はまた扉を細めにあけて、片目だけのぞかせながら呼んだ。

「先生、あのう……。」

義三は振りかえって、廊下をもどった。

「なに？」

「このお部屋を絶対に出てはいけませんの？」

「出ない方がいいね。」

「そうですか。」

と、ふさ子は片目をうるませて、目《ま》ぶたとその下の頬を赤らめた。義三は気がついた。

「ごめん、ごめん、それはしかたがないよ。その時は出なさい。」

道を歩きながら思い出してもおかしく、ふさ子が可愛くてならなかった。

昨夜は十二時過ぎで、階下の主婦も寝入っていたから、夜具を借りることも出来なかった。

一枚しかない敷きを横にして、足の出るところは、座蒲団をつぎ足した。二枚の掛けはやはり横に、重ねてずらせ、義三のオウヴァやふさ子のトッパアなどものせた。

「私は起きています。」

と、ふさ子は小さく言った。

「だめだめ、和坊のお通夜の時も、ふさちゃんは眠ってしまったじゃないか。」

「あの時は、悲しくて悲しくて、つかれてしまったんですもの。今夜はちがいますわ。いくら起きていたって、あきませんわ。眠るのが勿体ないくらい……。」

しかし、ふさ子は義三を信頼しきって、安心しているのか、明りを消すと、間もなく寝入った。スカアトも靴下もはいたままだった。

義三は生れて初めて、肉親でない女性と、ちかぢかとやすんだ。いつまでも寝つかれなかった。

ふさ子はクリイン・ヒットへはもう帰らないつもりで、マダムが店にいる時に、わずかな荷物を取りに行くと言っていた。ふさ子が頼《たよ》って来てくれたのは、義三もうれしかった。ほかに身を寄せるところがないのも、いじらしかった。

しかし、さっき帰って行ったばかりのふさ子が、同じ夜の十二時に、また寮へ来るなど、義三はまったく思いがけなかった。ふさ子について、もうそれだけの責任が出来ているのかと、義三は驚きもあった。ふさ子の燃えるような美しい目に惹かれ、頼りなげな女らしさに誘われ、ふさ子を愛してしまったが、義三のふところへ飛びこんで来たことは、あまりに早過ぎるようだった。

自分さえ桃子の父の世話になっているのに、ふさ子と二人の生活がはじまったら、どうすればいいだろう。

間もなく、桃子も東京に出て来る。ふさ子と二人で寮にいる義三を、桃子はなんと見るだろう。ふさ子のことを伯父の病院に頼むにしても、その前から二人でいては、あまりに虫がよ過ぎはしないか。伯父も伯母も、義三をゆるさないだろう。また、義三自身の潔癖も、男の自尊心も、それをゆるさないだろう。

義三の愛のよろこびには、迷いの影もあった。

その日は病院でも、義三はぼやぼやしていた。しかし一方では、早く仕事を終えて、一人で所在なく義三を待っている、ふさ子のところへ帰りたくてならなかった。

義三はもう自由でなかった。胸はよろこびにふくらんでいるが、咽にはなにかつまっているようだった。いつもより早い帰り支度をしていると、小児科の医長に呼びつけられた。今はこの医長に、義三はなじみが深い。

義三が医局にはいって行くと、医長は義三の仲間に取りかこまれて、きびきびした目でほほえみながら、

「栗田君は、飲める方だろう。」

と、いきなり言った。

「今夜は君たちの送別会をするんだよ。明日からは、今までのように会えなくなるからね。」

どの顔も楽しそうだった。そのなかには民子もいた。もう一人、女のインタアンがいた。

義三は困惑を顔に出すまいとした。帰れないとなると、寮の部屋に一人坐っているふさ子の姿が、なお強く浮んだ。

二台のタクシイに乗って、三十分足らずで、渋谷のにぎやかな通りから小路へはいって、ち

ょっとした料理屋へあがった。先きに電話で頼んであったとみえて、部屋には小宴会の支度が整っていた。

義三はビイルと酒をちゃんぽんに、続けさまに飲まされた。料理も運ばれて、みんなが落ちつくと、義三はじっとしていられなかった。帳場の電話を借りに、そっと立った。寮の主婦に、

「会があって、おそくなります。部屋にいる人に、そう言って下さい。」

と頼んだ。

「部屋にいる人って、お名前はないいんですか。」

と、主婦はからかうように、

「電話に出てもらいますか。」

「いいや、いいです。そう言っといて下さい。」

「栗田さん……。部屋にいる人、今夜も泊るんですか。大丈夫?」

「大丈夫って、なにが……?　小母さん、蒲団があったら、二三日貸して下さい。」

「お蒲団ですって……?　あなた、寮の規則、知ってるでしょう。」

「知ってますよ。知ってるけど、お願いしたいんだ。行きどころのない子だから、二三日だけ……。迷惑はかけません。」

「しかたのない人ね。」

「お願いします。それから、僕の夕飯を食べさせといて下さい。」

「はい、はい。」

主婦は笑って、舌を出しているかもしれない。

義三は電話を切ったとたんに、自己嫌悪に落ちた。ふさ子を見下したような、よそよそしい言い方をなぜしたのだろう。つまらない男のみえかはにかみだろうか。なぜふさ子を電話口に呼び出してもらわなかったのだろう。

医長の席では、もう酒が働き出したとみえて、にぎやかな談笑の声が聞えた。義三が襖に手をかけると、出合い頭《がしら》に民子が出て来た。

民子も少し飲まされたのか、三日月型の眉をつり上げるようにして、うるんだ目で義三をにらんだ。

「あなたは妙よ。一日じゅうそわそわしていたでしょう。今夜は素直に酔わなきゃ、だめよ。」

そして義三の手をつかまえて、

「酔わなきゃだめよ。」

義三の席の料理はなくなっていて、酒を飲めない学生の前に移されていた。

「僕の可愛い子が家出したな。」

と、義三が言うと、

「飲む奴に食わせるのは勿体ないよ。」

「君を頼って行ったんだから、大事にしてやってくれよ。」

「ああ、可愛くって食べてしまいたいよ。」

と、その学生は串カツを口に入れた。

義三のコップや盃には、しきりなく酒がつがれた。

「ひどいことになったなあ。」

と言いながら、義三は飲むにつれて、昨夜からの緊張が解放されるのを感じた。胸がひらけて、ロマンチックになり、大胆になった。まだ少女らしい、そして野育ちのふさ子を、自分の好きなように仕立ててゆく夢を描いた。教養を与えるのも楽しみだ。

まわりの誰も彼も調子づいて、楽しげにしゃべっていた。はじめからはしゃいでいた一人が、唱歌を歌い出した。思いがけなく古い、武島羽衣の「花」だった。それが、「サンタ・ルチア」になり、「浜辺の歌」になり、やがて黒田節になって、立って踊る者が出た。

いつの間にか、民子が義三の左隣りに来ていて、離れなかった。右にいる学生は、飲むと陰気になるらしく、人間の虚しさについて、しつっこく掻き口説いて、義三にからんで来た。義三は顔にかかったくもの巣でも払うように、掌で撫でまわしていた。

「なにか幸福で、夢ごこちの人に、そんなことを言うのはお門ちがいよ。」

と、民子は義三の前に胸を乗り出して、その学生の相手になった。

「あなたの虚無なんか、情熱の不足だけよ。みなといっしょに歌が歌えないだけよ。」

「いっしょに歌が歌えないだけでも、立派な虚無じゃないか。」

「虚無上戸《じょうご》ってわけ……？　泣き上戸にもなれないの？」
「ああ、なれないね。飲んで泣けるような世のなかにしてもらいたいよ。」
その料理屋を出ると、学生たちだけで別の酒場へ行った。一軒ではすまなかった。そして、
義三はいつか民子と二人きりになっていた。

しかたのない人

ルウム・ライトの消えた車のなかで、民子は義三の顔をのぞきこむようにして、

「しかたのない人ねえ。」

と、やさしい嘆きをこめて言った。

義三はなま酔いで、

「よっぽどしかたのない人間らしいな。さっきも、そう言われた。」

「だれに……？」

「だれだか忘れちゃった。」

「ごまかしてはだめよ。だれだかおっしゃい。」

「いいよ。僕は一人で帰れるよ。」

「そんなに酔っていて、大丈夫？　私のいとこは線路に落ちて、怪我をしたわ。送って上げるわ。私の可愛い患者だったんですもの。」

民子の感情がふっと義三の胸を通った。

「今夜はね、僕を待ってる娘がいるんだ。」

と、義三は言った。

「だから、君に送ってもらうわけにはゆかないんだ。」

「へええ？」

と、民子は毒気を抜かれたように、しかし信じられないように、小首をかしげて、

「栗田さんを待っている娘って、だれでしょう。あの病院の桃子さんて方……？」

「桃ちゃん……？　君に桃ちゃんの話をしたことがあったのかね？　これは驚いた。」

「ほら、あたったでしょう。」

「桃ちゃんは、いい子さ。僕は可愛い、いや、向うが僕を可愛いと言うのか、僕には美しい心さ。しかし、いとこだ。きょうだいみたいなものだ。もし僕が人生に難破しても、かたわになっても、最後に僕を救ってくれるのは、あの子だな。そんな時でも、僕を可哀想だからというんじゃなく、あの子自身の楽しく温い夢につつんでくれてね……。」

「いい気なものだわ。」

「いや、桃ちゃんは僕を、いい気なものだなんて思わない。いずれ君にも会ってもらうよ。」

と、義三は言いながら、ふさ子をさがし、雪のなかを東京へ飛び出して来てくれた桃子、東京で義三に会うのを避けるように、昨日の朝早く田舎へ帰って行った桃子、そのいとこの気持が、寮で待つふさ子の気持といっしょに、義三の酔った頭に思い浮ぶと、

「しかし待っているのは、桃ちゃんじゃないんだ。君もおぼえてるよ。去年の夏、川に落ちたのを助けた子の姉だ。その弟は、暮れに死なせてしまったけど、姉が行き場がなくなって、僕のところへ来ているんだよ。」

「ああ、そう……?」

民子は感心したように言うと、しばらく表情をなくして黙っていた。

「あなたを好きなのね。あなたもその人が好きなのね。」

義三はうなずいた。

「あなたは今夜、とてもいい人だわ。正直で素直で、いつも少し酔っていらした方がいいのね。」

と、民子は窓から町をうかがって、国鉄の駅に近づくと、

「ちょっと、私をその駅でおろしてちょうだい。」

「僕がおりる。」

「いいの、あなたは……。」

民子はさっさと運転手に、Nまでのおよその料金を払うと、車を止めさせた。

「栗田さん、さっきの約束を忘れないでね。」

「なにを約束したの？　おぼえていない。」

「しかたのない人ねえ。」

義三はもう一度その言葉を聞いた。

「明日から新しい病院よ。M駅で九時に待っているわ。最初の日だけは、あんまり遅刻しないで行きましょうね。あなた御自分で、僕は学生なんだって、気焔《きえん》をあげてたから……。」

小型タクシイのドアが大きく開いたのを、民子は思いきり強く押しもどしながら、すっきりと、

「さようなら。」

義三は一人で車に揺られて行くうちに、ひどく酔いが出た。

寮の階段でよろめき、踊り場の壁にぶっつかって、部屋にたどりついた。

ふさ子が入口に出迎えて、

「どうなさったの……？」

「おそくなって、心配した？」

「あんまりおそいんですもの。私やはり……。」

「やっぱり、どうしたの？」

「私がこうしているの、悪いことじゃないかしら、御迷惑じゃないかしらと思いましたの。悲

しかったわ。」

「そんなことはない。好きな人がそばにいて、なにが悪い。」

義三はふさ子の肩につかまって、靴を振りもぐように脱いだ。

「酔ってらっしゃるのね。お酒をお飲みになるの?」

「今日はね、しかたがないんだ。明日から病院を変るんで、今までの病院の送別会だから、ごめんよ。」

「あら、いいんですわ。」

義三はオウヴァと重ねたまま上着を脱ぐと、ズボンをずり落して、へたばってしまった。下着のまま蒲団に這《は》いこんだ。

ふさ子は涙をためながら、義三の脱ぎ散らしたものをたたんだ。

美しい目の涙は宝石のようにきらめいた。

義三は垂れ下る目ぶたで、無理にまたたいて、

「寝ないの?」

「寝ます。おやすみなさい。」

ふさ子は義三の枕もとに手を突いて、さっき夜具といっしょに主婦が貸してくれた、地味な寝間着に、部屋の隅で着かえながら、夕飯を運んでくれた時、主婦に聞かせられた意見、ここでは寮生以外の人を泊めるのは禁じられていること、「栗田さんはこれからという人」である

こと、また栗田さんは、伯父というよりも、いいなずけのいとこの補助を受けていることなどを、また思い出した。電燈を消すと、一方の寝床におそるおそるはいって、声を殺して泣きじゃくった。

　こんな風にしてはいられない。無理なことなのだ。ふさ子はひとりぼっちなさびしい気持に追いやられた。義三の胸もとにじっと頭を埋めて目をつむりたいが、その夜具の端に指を触れることも出来なかった。しかし、貧しく頼りなく育ったふさ子には、義三の酔いで荒い寝息を聞いているだけでも、勿体ないような幸福もあった。

　朝になって、義三がふっと目をさますと、隣りの寝床はきれいにたたまれていた。

　ふさ子は小判型の鏡を、机の上に立てかけて、両手でしきりに顔をこすっていた。昨夜クリイン・ヒットの裏口から出たままなので、化粧品がなにもなかった。

　義三は水が飲みたく、煙草もほしく、

「今、なん時……?」

「八時少し過ぎです。」

「そいつあいけない。」

九時にM駅で民子と待ち合わせる約束を、義三は思い出してはね起きた。

　今日初めてゆく病院なので、ひげも剃《そ》りたかった。あまりむさくるしいのはいやだった。義三が支度をいそいでいるうちに、ふさ子が階下から食事を運んで来た。寮の主婦の好意らしく、簡素な朝飯が二人分になっていた。

しかし、義三は昨夜の酒が胃の底に残っているようで、食慾はなかった。食事をしている時間もなかった。

「今日から病院が変ったばかりで、時間におくれられない。君ひとりで食べてね。」

「おなかがおすきになりますわ。」

「ううん、こんなことはよくあるんだ。」

と、義三はそわそわ靴をはいて、

「今日は早く帰って来るよ。」

と、ふさ子を抱き寄せたが、ふさ子は悲しげな顔をした。ふさ子がどんなにさびしいか、義三はよくわからなかった。

義三があたふたと階段をおりると、

「これ、お忘れもの。」

と、ふさ子が弁当の包みを持って追って来た。

「ああ、ありがとう。」

ふさ子は小走りについて歩いた。

「こうして私、お待ちしていていいのかしら……。」

「早く帰るよ。帰って、下の小母さんにもよく頼む。千葉の伯父ももう越して来て、病院も開くし……。」

私線から国鉄、また私線に乗りかえて、M駅におりると、民子がキャメルのオウヴァを着て待っていた。

「おそいのねえ。三台待ったわ。十五分の遅刻よ。」

「ごめん、ごめん。」

民子はその後はなにも言わないで、さっさと歩き出した。

踏切を渡ると、正面に「東京都立M病院」と立札があった。広い敷地のなかに、灰色の病棟《びょうとう》が幾棟《むね》もつづいていた。

民子は先きに立って、受附けの小窓にかがむと、なにか言っていた。

その第一日は、見学するだけのようにして終った。

頭をそこなって、社会からはみ出した人が、こんなにいるものかとおどろくほど、外来も多かった。

ここでは病人よりも、つき添って来ている人の方が悲しそうに見受けられた。

冬の日のまだ落ちぬうちに、義三は民子と帰りながら、この人に、いっそのこと、ある期間、ふさ子を預かってもらえないかしらと考えたりした。

ある期間とは、義三が国家試験に合格して、月給を取れるようになるまでなのだが、それはあまりにも虫がよ過ぎる。

義三はひとりで恥じたが、それならどうすればいいのだろう。人のいない、おとぎばなしのような国に、ふさ子をつれて行って住みたかった。

民子は昨夜のことも、ふさ子のことも、ふっつり口に出さなかった。

「私はバスの方が、歩かないですむの。」

と、民子はM駅であっさり別れのあいさつをした。

昨夜からの民子は、表面義三にたいする感情を割りきって、友だちの椅子に腰を落ちつけているように見えた。

古い写真

朝飯を二人分にしてくれたのに、義三はその主婦の好意もわからないかのように、あわただしく出て行ってしまった。

後に残されて、二人分の朝飯をながめていると、ふさ子は咽を通りそうになかった。少しは食べるにしても、義三の分に手がついていなければ、主婦はなんと思うだろう。

「二人分、食べられないわ。」

両方に少しずつ箸をつけておけば、ていさいがつくろえるだろか。

こんなことにまで気兼ねしなければならないのが、ふさ子はなさけなかった。あの掘立小屋では、どんなにみじめでつらくても、こんなことにおどおどはしなかった。

義三の分と自分の分と、二つの椀のふたを取って、さめた味噌汁をすすると、ふさ子は泣きそうになった。

（あのひとは、昨夜も今朝も、ここの食事をしなかった。）

自分が来たからかしらと、ふさ子は思い過ごした。

「栗田さん、速達ですよ。」

と、寮の主婦がノックして言った。

「速達」と聞いて、ふさ子はどきっとした。自分がここへ来ていることに関係がありそうな気がする。

受け取ると、桃子からの葉書だった。読んでは悪いと思いながら、ふさ子は見ないではいられなかった。

私は元気で帰りました。明後日、荷物の一部を送り出しますので、そちらの家のお留守居をお願いしたいそうです。いろいろお手数で、試験のお勉強のおじゃまになりはしないかと、私は心配しています。

あの方どうなさって？　よろしくおっしゃってね。お目にかかれる日を楽しみにしています。

先日はあんなことになって、今月のものをお渡し出来ませんでしたので、別便でお送りいたします。

桃子

「あの方」とは、自分のことだろうと、ふさ子はすぐにわかった。渡せなくて送ったというのは、お金のことにちがいない。

ふさ子はここに来るまで、義三をもうすっかり一人前の医者と思いこんでいた。生活の苦労も、勉強の重荷もない人のように考えていた。

「いけなかったわ。」

と、ふさ子はつぶやいた。

今夜、義三がもどったら、よく話して、店へ帰ってみよう。あの店でなくても、どこかで働きながら待っていよう。義三のところへ身を寄せたのは、軽はずみだったと知った。貧しく育ち、弟を抱えて苦しんだふさ子は、義三が桃子の家の補助を受けているらしいことが、強くひびいた。

ふさ子は桃子の葉書を義三の机の上に置くと、ぼんやり坐った。

ふさ子の持ちものはなんにもなく、六畳一間では、なにをしなければということもない。よごしてまるめてある、義三の靴下が目につくくらいのものだ。ふさ子はその靴下や、昨日下から借りた敷布を持って、洗い場へおりて行った。

昨日も今日も天気なので、洗い場には、主婦も洗濯だらいを持ち出していた。

主婦はふさ子を不思議そうに見て、

「あなた、洗濯石鹸がおありなの？」

「はい。」

「それは、顔を洗う石鹸でしょう。」

「ええ、でも少しですから……。」

「それ、敷布でしょう。一晩使っただけで洗うの？」

と、主婦はふさ子の顔をさぐるように言った。ふさ子は困惑した。今日帰るとも打ち明けられない。主婦はそっぽを向いて、自分のものを洗い出した。

「おいくつ？」

しばらくして、主婦はぽつんとたずねた。

ふさ子は答えなかった。

「あなたはこの辺の方……？」

「ええ。」

「おうちの方、あなたがここに来てるの、御存じなの？」

「いいえ、だれもいませんから……。私ひとりです。」

「ひとり……？　ひとりって、親もきょうだいもないんですか。」

主婦は半ば疑わしげに、半ばいたましげに、ふさ子を見つめた。

「栗田さんときょうだいのようね。どこか似ているのよ。」

ふさ子の沈んだ気持は、その思いがけない言葉で、ほっと明るんだ。

二人で洗濯ものを、二階の物干場へ持って行った。

青い空に白い月があって、肌にしみる日の暖かさだった。

黒い男帯のような川に巻かれて、ごちゃごちゃした町がある。低い町の屋根の向うに、駅のプラットホウムが見え、そこのベンチに坐ったり立ったりしている人が、遠い舞台の上のことのようにながめられた。

新築の千葉病院——薄紫色に塗り上げられた建物が、町と不調和な美しさで立っていた。

「あれ、病院ですってね。きれいね。」

と、主婦はふさ子に話しかけた。

「あたりを見おろしているわ。」

主婦はそれがむしろ得意らしく、

「栗田さんの御親戚だっていうじゃありませんか。栗田さんも国家試験さえ通れば、あの病院でなさるんでしょう。今の勉強が、一番大事な時ですね。」

洗濯ものの少いふさ子は、そっと主婦のそばを離れた。

部屋にもどると、畳の上に、古い写真が落ちていた。

「あら、どうしたのかしら……。」

ふさ子が掃除をして出る時は、紙屑一つ落ちていなかったはずだ。

いぶかしい思いで、ふさ子は写真を拾い上げた。

まだふさ子の父も生きていたころ写したもので、ふさ子はおかっぱの髪も長く、両親のあいだに、自然な形で立っていた。

どんな時に写したのか、よく思い出せないが、この小さい写真は、空襲にも焼けないで残り、そのころの幸福な姿は、いつ見ても楽しく、ふさ子は大事に持ち歩いていたものだった。肌身離さずというものだった。

一昨夜義三に預けた財布のなかに入れておいた。

あれは預けたなりなのに、この写真だけが畳の上に落ちていたのは、不思議だった。

通り魔

ふさ子の目は義三の机の上に走った。

片袖に三段の抽出《ひきだ》し、真中に大きい抽出しのついた、がっしりした机だった。簡単な本立てに、医学書やノオト、別に辞書と七八冊の文学書などが積み重ねられ、その上に小判型の鏡が伏せてあった。

ふさ子の赤いナイロンの財布も、しばらく机の上に置かれていたのを、昨日の朝、

「ここへしまっておこうね。」

と、義三が真中の抽出しに入れるのを、ふさ子も見た。

その抽出しが二寸ほどあいている。

ふさ子は薄気味の悪い予感で、それを広く抜いてみた。

抽出しの手もとに、ふさ子の財布はチャックを引かれて、口をあけていた。

「あっ。」

やはり、なかみがなくなっていた。

ふさ子は顔色を失って、部屋のなかを見廻した。

ドアの鍵穴には、内側から鍵がさしこんだままになっていた。

しめるのを忘れたのだ。洗濯をしていたちょっとの間に、誰かがこの部屋にはいったのだ。

ふさ子は狼狽《ろうばい》して、廊下に出た。人影はなく、どの部屋も静かだった。

ふさ子は駈けおりて、管理人の部屋へ、

「泥棒……。泥棒がはいったんです。」

と、訴えた。

「なに？　泥棒だって？　栗田さんの部屋にかね？」

と、管理人は老眼鏡をはずして、ふさ子を見た。

「ええ、ええ、そうです。」

「なにがなくなったの?」

「お金です。」

「お金? いくら……?」

「二万五千円ほど……。」

「二万五千円……? 大金じゃないか。」

と、管理人はおどろいて、

「どうして、そんな大金を……。栗田さんのかね?」

「いえ、私のです。」

管理人は怪しむように、

「あんたの……?」

「ええ。お洗濯をしている間に、なくなったんです。」

管理人は信じないらしく、

「おかしいな。思いちがいじゃないのかね。」

「いいえ、これに入れてあったんです。からになっています。」

と、ふさ子は財布を見せた。いかにも貧乏な女の子の持ちもので、管理人はじろじろ見て、

「それにはいってたの？」

「写真といっしょに入れてあったのです。写真だけ、部屋に落ちていたんです、机の抽出しが少しあいてるんです。誰かがはいったんです。」

「誰かと言ったって、私がここにいて、女房は今使いに出たばかりだけれど、そのほかには、人の出入りはなかったよ。今日は、寮の人は、みんな出て行ったはずだし……。」

「でも……。」

「おかしいな。部屋をあけっぱなしにしておいたのかね。」

「鍵はかけなかったんです。」

管理人は不承不承《ふしょうぶしょう》に立って、廊下へ出て来た。

廊下の壁には、各部屋の在室を示す名札が、かけならべてあった。その木の札はみな裏返しになって、朱字が出ているようだったが、一つだけ返されないのがあった。

「おや。戸波さん、休んでいるのかな。」

と、管理人はその学生の部屋の前へ行って、扉のノブを動かし、名を呼んでみた。

「いない。この人は札を返すのを忘れたんだ。寮には誰もいないし、外からはいった人もないのに、不思議だな。この寮ではね、お金がなくなるなんて面倒は、起ったことがないんだがな。」

「でも、なくなったんです。」

「扉をしめておかなかったのは、まずかったね。誰かが部屋へはいったのは、確かなんですか。」

と言いながら、管理人はふさ子といっしょに、栗田の部屋へ上ってきた。

ふさ子の説明を一通り聞くと、

「妙だなあ。そのお金を、栗田さんが持って出たんじゃないの?」

「そんなことありません。」

「栗田さんがあんたのお金を預かったと、知ってる人がはいったとしても……。心あたりはありますか。」

「いいえ。」

「心あたりを、こっちから聞きたいような事件だ。この窓からだって、上れはしないし……。」

窓も日光を入れるために、明けひろげてあった。

その窓の外は、せまい道路をへだてて、隣家の塀があり、子供が遊んでいて、犬小屋に茶色の犬がつないであった。

「調べてあげたいけど、第一、あんたが寮の人でないのが困るんだ。いるべきでない人がいたことになって、問題だ。寮としては、警察の手を借りたくないしね。ここでなくなったと言えば、寮のみんなが不快な思いをするだけではすまないんだ。娘さんを泊めておいたとなると、栗田さんばかりじゃなく、この私も立場を失うな。栗田さんが帰ったら、なんとか相談してみう。」

管理人はふさ子に同情してくれるよりも、ふさ子の金を紛失したと言うことが、ひどく迷惑そうな口吻《こうふん》だった。ふさ子を半分は疑い、半分は嘲《あざけ》っているとも受け取れた。管理人が下に行くと、ふさ子は気が抜けたように、しょんぼりしてしまった。

盗難を訴えに勢いこんで行ったのだが、管理人のじゃけんな態度で、勢いは挫《くじ》けてしまった。

ふさ子にしてみれば、取られた金は、住いを失った代償だから、たいへんな金である。

しかし、ふさ子は二万三万という金を、自分で持ったことはなかった。義三に預けたのも、一つは不安からだった。持っていると落ちつかない。また自分には大金と思うけれども、自分のものとして実感があやふやだった。

それよりも、この金を義三の伯父、あの桃子の家から取ったということが、ふさ子の心を責めていた。

そして今、その金を失ったことよりも、姿のない者に部屋をおそわれたことに、ふさ子は怯《おび》えた。目に見えない敵に、足をさらわれたようで、不気味だった。

ふさ子は扉に鍵をかけ、窓のガラス戸もしめた。しばらくは石になったように、机の前に坐っていた。

義三の鉛筆と紙を借りて書いた。

ありがとうございました。私はここにいてはなりません。この三日のうれしかったことは忘れません。かなしい時には、帰ってまいります。桃子さんにくれぐれもよろしく……。

涙があふれて紙の上に落ち、ふさ子はその涙のつぶを指先でつぶした。今が一番かなしい時のように思われた。

寒椿《かんつばき》

義三はM病院を出て、民子に別れると、はっと息をついたが、

「ああ、秘密を持つっていやなものだ。」

と、ひとりでつぶやいた。

ふさ子が寮に来ていることは、民子には秘密ではないが、今日の民子が、ふさ子のことはなんにも言わないで、気ぶりにも出さないでいると、義三は民子にたいして秘密を持っているかのように、ぎこちなくなった。

誰にたいしても、固くなっているような自分を感じた。ふさ子が寮に来てから、急に世間の目を気にしている自分がいやになった。

「なにが悪い。なにも恥じることはない。」

義三は自分を叱りつけ、励ますように言った。自分がこんなに弱く腑甲斐《ふがい》なく、生涯の大事な時に立って、こんなにとまどうとは考えていなかった。真直ぐ自分のふところへ飛びこんで来たふさ子にくらべて、なんということだろう。

いざという時になにも出来ない、貧しい若さがみじめに思われた。

しかし、電車にゆられていると、ふさ子にこうもしてやりたい、ああもしてやりたいという望みが、胸いっぱいにせつなく浮んだ。

とにかく、ふさ子のいやがるパチンコ屋には帰せない。ゆるされるならば、桃子たちが病院に越して来るまで、ふさ子を寮におきたかった。

しかし、一つ部屋に寝起きして、今夜も昨夜のように踏みとどまれるだろうか。ふさ子はもうなん度かじっと抱かれたのだから、拒みはすまい。義三は胸がふるえた。

でも、踏み越えたら、ふさ子はどうなるのだろう。その後で、ふさ子を伯父の病院に頼むのは、桃子にたいしても、あまり恥知らずだ。また、ふさ子は異常なショックを受けて、性質が素直に育たないかもしれない。ふさ子はやさしく見守って、教育し直さなければならない。

義三はNで電車をおりると、さぐるようにズボンのポケットに手を入れて、わずかの金をしらべてみた。

菓子屋のきれいなショウ・ケエスに誘われてはいった。このごろの新しく出来た店だった。

布のつまみ細工のような和菓子を買った。

ショウ・ケエスの上には、水仙の花が生けてあった。

女店員が小さい紙包みを器用につくる手もとへ、

「そのお菓子、なんて名前……？」

と、義三はたずねた。

「これはみんな、ねりきりでございます。お包みしたのは寒椿です。」

「そう、寒椿……？」

義三は小さい夢を手にしたように、微笑を浮べて店を出た。風立って来た。

「冬の風って、急に吹くから、きらい。」

すれちがう若い女が、つれにそう言うと、風に背を向けて、オウヴァの襟を立てた。

義三は星の出ているのを見た。糸目の切れたたこが、電線にひっかかって、かさかさ音を立てていた。

川ぞいの道を冷たい風に吹かれて、足が早くなった。

「栗田さん、お帰んなさい。」

と、管理人が夫婦で玄関へ立って来て、

「待っていたんですよ。」

そして、ふさ子の金のなくなった話をした。

「栗田さん、ほんとにお金を預かったんですか。いくら預かったんですか。」

と、主婦はたたみかけて来た。

「いくらか、調べてみませんでしたが……。」

「いくらか知らないで、金を預かる人がありますか。宿屋の貴重品袋じゃあるまいし……。あの人はね、二万五千円くらいと言うんですけれど、そんな大金を持っていそうにないわ。」

「いや、そうかもしれない。厚みがあった。あの人の家の立退き料ですから……。」

管理人は不機嫌に、

「栗田さん、どうします。これが栗田さんのお金なら、表立ててもいいんですが、あの人では、思いちがいもあるかもしれないし、不注意でなくされたかもしれないし……。」

「あったことは確かですが……。」

「栗田さん、財布のなかを調べてみたんですか。」

「いや。」

義三はふさ子のことが気にかかって、

「とにかく、ちょっと待って下さい。」

と、二階に上った。

部屋は暗く、ふさ子はいなかった。ふさ子の書きおきが机の上にあった。

「しまった。」

義三は駈けおりると、

「あの子が、どこへ行ったか知りませんか。なん時ごろに出て行ったんです。」

と、管理人に嚙みつくように言ったが、返事も待たずに、表へ飛び出した。

クリイン・ヒットまで、ほとんど走りつづけた。妙につっけんどんな息子に、義三がせかせかとふさ子のことをたずねても、

「知りませんね。店はやめたんだから……。」

と、そっけない答えだった。

太ったマダムも不機嫌だった。

「今日、ちょっと来ましたがね。ああいう子は強情で、片意地ですよ。人の親切がわからなくて、世話になった恩というものを知りません。せっかく引き止めても、振りきって行くんですよ。」

ガラスの塔のなかの玉売り娘にも、義三はたずねてみて、ふさ子がわずかの荷物を売り払って、どこかへ行ってしまったということを聞いた。

義三は力が抜けて、足がだるくなった。

取り返しのつかない過失を犯したと思った。一人の娘の一生を滅ぼすことになるかもしれない。言いようのない悔恨の底から、ふさ子にたいする愛情がこみ上げて来た。

ふさ子はどこへ行ったのだろう。

義三は近所のパチンコ屋や盛り場の喫茶店などを、血眼《ちまなこ》になってのぞいて歩いた。ふさ子がその辺の店に口をもとめていないだろうか。

義三に残した短い手紙に、ふさ子は金のことを一言も書いていない。そう気がつくと、ふさ子のあの短い別れの言葉が、どんなにかなしいものかと、義三はなおよくわかった。

あの大切な金をなくしたら、ふさ子はわずかの荷物を売ったところで、いくらにもならなかっただろう。それもやはり義三の責任ではないのか。管理人の話を聞いただけでは、まったく通り魔のように、つかみどころのない盗難で、留守中のことではあるし、義三は判断つかなかったが、金のなくなったことと、ふさ子がいなくなったこととは、どういう関係があるのだろう。

義三はふさ子のために盗難届を出さなければと思ったが、金の持主がいなくなってしまっては、警察でどう受け取るだろうか。ふさ子の捜索願と盗難届とをいっしょに出すべきだろうか。

義三はN駅に行くと、改札口を出たりはいったりする人を、いつまでも見ていた。体の底まで凍えて来る寒さは、義三の悔いでもあった。

(こんど会ったら、もう離さない。)

しかし、ふさ子はN駅にも来なかった。

開院の前

千葉病院の開院が近づいた。

新聞の折りこみ広告に、内科、外科、産婦人科、入院室完備などと印刷して、千葉院長と院長の友人の婦人科部長の名がならんでいた。

義三も寮をひきあげて、病院の一室に移っていた。義三の悔恨と失望とに容赦なく、日は流れていた。ふさ子からは、あれきり手紙も来なかった。さがしようもなかった。義三はなにかを待っていて、落ちつかなかった。いったい、誰がふさ子の金を盗んだのだろう。義三は清潔な部屋の新しい壁をながめながら、ぼんやり考えている時があった。

桃子は東京の学校の編入試験をすませて通っていたが、まだ友だちも出来ないらしかった。家でも誰にともなく、すねているような感じだった。

病院の開院の前に、院長夫婦の友人や知人、戦前からの東京の患者などを招いて、披露のパアテイを開くことになった時、

「桃子の若院長さんにも、お友だちを呼ぶように、桃子からおっしゃいよ。」

と、母に言われても、桃子は明るい顔をしなかった。

「義三さんは、この病院にしばられない人よ。」

その日は、桃子の母が生きかえったように若やいで、久しぶりに客たちの前で歌を歌ったりした。

カクテル・パアテイ風の立食で、お客は病院の設備や病室を見てまわりながら、自由に談笑した。

義三も民子のほかに二三の友だちを招いた。

桃子は可愛いピンクのイヴニングを着て、人々のなかにいたのに、いつの間にか席をはずした。

民子は義三を案内役にして、設備を見てまわりながら、

「素適だわ。開業するのなら、これくらいの病院が持てなければね。病院づとめなんて、サラリイマンと同じですもの。それ以下かもしれないわ。女医なんてなおさらよ。大病院でも、初めは六千円くらいしかくれないんですってよ。栗田さんは恵まれていて、うらやましいわ。」

民子が国家試験の後、大学の研究室にもどるというのも、社会に出ては、民子の望むような生活が出来ないと思ってからかしらと、義三は疑った。あるいは、女は目の前のものに目移りするのだろうか。

しかし、民子は桃子に心ひかれたようで、桃子の姿が見えなくなると、

「あの可愛いお嬢さんと遊びたいわ。どうなさったの？」

義三は桃子をつれて来るつもりで、桃子の部屋をノックした。桃子はもうスラックスとセエタアに着かえて、コリイ種の犬と寝台に寝そべって、本を読んでいた。

「あなたもおいやになったの？」

と、桃子は義三を見上げてほほえんだ。

「もう着かえちゃったのか？」

「新しいきものは、気になるたちなの。小さい時からよ。新しいきものを着ると、くたくたにくたびれてしまうの。」

「見かけによらないんだね。」

「着るまでの夢は楽しいのよ。」

と、桃子は起き上って、

「でも、あのイヴニングはお母さまのデザインで、私とは意見がちがうのよ。」

「僕の友だちが会いたがっているんだがね。」

「男の人……？　女の人……？」

「女の人？」

「女の人なら、ここへいらしていただいたらいけないの？　また着かえるのはいやだわ。」

「桃ちゃん、つかれているね。」

「つかれてなんかいないわ。」

「いつか動物園からこの町へ来た時、桃ちゃんはおもしろい町だと言ったけど、住んでみると、桃ちゃんの性《しょう》に合わないだろう。」

桃子は都会的に育てられながら、都会を知らない。

この町にしても、貧しい庶民でごったかえす町かと見れば、広い通りは朝と夕方に、高級車がしっきりなく走る。病院のパアテイの灯がうつる川一つへだてては、夜業をつづける工場がある。息づまるような臭気の溶液が煙を立てて流れ出し、暗い屋内には火花を散らし、昼は金属の粉で薄よごれたような工員が出入りしている。

桃子はぜいたくな姿のコリイをつれて歩くことさえ、遠慮しがちである。

「義三さんだって、この病院が性に合わないんでしょう。」

と、桃子も言いかえした。

「まるで病人じゃないの。あなたが元気になれば、私だって元気になるわ。」

「僕は七月が来れば、元気になるさ。」

「試験の発表があるからでしょう。そうしたら、きっと、どこかへ行ってしまうわね。」

「どこかって……。」

「どこかしらないわ。ふさ子さんをさがして、あの人のいるところへ行きたいでしょう。」

義三は答えなかった。

「私だって、自分の思うように生きたいと思っているんですもの。」

「自分の思うように生きるというのは、空想だよ。」

「ふさ子さんね、あの人がうちへ来てくれていたら、私はもっと義三さんにあまえられたのよ。ほんとうのお兄さまのように……。あの人、どうして行ってしまったの？」

桃子がこんな風に、ふさ子のことを言い出す時は、滅多《めった》になかった。義三は生々しい痛みを感じた。桃子の前にいたたまれない思いがした。

「どうしているのかな。」

と、力なくつぶやいた。

「あの人がどうしているのかとばかり思って、あなたはどうしているのか、私は聞きたいわ。」

と、桃子はコリイの白いカラアのはいっている首を抱き寄せて、頬をあてた。

「ルシイが一番いいわ。」

義三は民子を迎えに立った。桃子の陽気で空想的に見えながら、自分ひとりの思いに落ちこみがちな気分を、淡白で明快な民子が引き立ててくれるだろうかと思えた。民子は桃子の部屋へはいって来ると、

「桃子さんは、栗田さんの事件をごぞんじなの？」

と、すぐに言い出した。

「なんの事件さ。」

と、義三がまごつくのを、桃子が引き取って、

「知ってますわ。青い鳥のいなくなった事件でしょう。」

「そう。知ってらっしゃるのなら、三人いても話がしたいわ。」

と、民子は義三の顔を正面から見ながら、

「桃子さんは同情なさってるの？」

「どちらに……？　栗田さんに？　行方知れぬ人に？」

「どちらにも……。」

「そう？　私はどちらにも同情しないわ。」

と、民子ははっきり言った。

「でも、栗田さんがこんなに感情を動かしたのは、いい気味だけれど、好きだわ。」

彼岸近く

病院は開院してみると、予想よりも繁昌《はんじょう》した。あたりの町には立派過ぎるということも、悪くはないらしい。

ずいぶん遠くから、昔の患者も来た。指を切断して、工場から駈《か》けこんで来る人もあった。往診も多かった。

産婦人科の入院第一号の若妻が、男の子を産んで、病院は縁起を祝い、ぜひ赤ん坊の名前をつけさせてくれと桃子の父は頼んだ。

桃子はよくその部屋をのぞきに行って、子供の名をいろいろ紙に書いては、義三に相談に来た。義三は数えてみて、

「へええ、十四もあるね。多過ぎて、お母さんが迷ってしまうよ。桃ちゃんは自分の赤ちゃんなら、百も考えるだろうな。」

「結婚しないから、出来ないわ。」

と、桃子はぽつんと言った。

それらの名のうちには、桃子の「桃」を取って、「桃男」というのもあった。

開院のあわただしさのうちに、雛祭《ひなまつり》も過ぎてしまった。あの田舎の倉にあった古い雛人形は、東京へ来ていなかった。

病院の受附けの小窓のわきに、

――火曜日午後六時、土曜日午後二時より、脳下垂体移植いたします。

と書いた紙が貼り出されて、日によっては一般患者に迷惑をかけるほど、これを受ける人の多いことがあった。

小さい梅干ほどの牛の脳下垂体前葉ホルモンが、ペニシリンの溶液のなかにひたされて、と殺場から病院にとどけられる。それを砕片にして移植する、人数を制限しないと、数の足りな

い時があった。

先ず伯父も伯母も移植した。

シャアレのなかに入れた、鋏《はさみ》で砕片にした生々しい肉片のようなものを、臂部《ひぶ》か胸の一部にぐいぐいと埋没するのは見ていると野蛮で、文明の医術とは思われなかった。果してきくのだろうかと、義三は疑いを持つのだが、若返るために来る患者の多いのに、義三は目を見張った。

「亡者だ。若さ、若さ、こっちは若さを持てあましているのに……。」

一回の手術料が二千円から三千円、それを即金で払って行く人たちは、まあ生活に余裕があると見ていいだろう。病院はそんな思いがけないことでも、利益をあげているのに、町の電柱には、

――求供血者、N医療クラブ

と、筆書きの藁半紙《わらばんし》が雨のしみによごれていて、義三の目につくのだった。

「おれは新築病院の結構な部屋に、ぬくぬくとしてるがほんとは血を売る身分じゃないのか。ふさ子もどこかで、血でも売ってやしないか。血を売るようなことを……?」

義三は試験に通ったら、ふさ子の盗まれた金だけを、なにより先きに貯金しなければと思った。それだけでも、二年も三年もかかるだろうか。

火曜日に埋没手術を受けた人が、土曜日に抜糸し、土曜日の人が火曜日という風で、脳下垂体の日は手不足になって、義三も予防着をまとって、伯父の助手をつとめるのだった。

太り過ぎを痩《や》せるためと言って、埋没手術を受けに来たのが、クリイン・ヒットのマダムだと、義三は見て取ると、手術が終って、就寝時の鎮静剤を看護婦から受け取っているそばに寄って、

「ちょっと、うかがいたいのです。」

と、義三は言った。

「あなたの、お店にいた、ふさ子さんの行方は、全然ごぞんじないのでしょうか。」

「あら。こちらの先生でしたの？」

と、マダムは驚いて、義三が店へ行った時とは、態度もちがった。

「待って下さい、思い出しますからね。なにしろ、夜なかに不意にいなくなったり、ふらっともどると、荷物を売って出て行ってしまったり……。出て行く時、どこかに親戚があるとか……。あの娘の名と同じような、フサ、フサ、そうですわ。立川の先きの方のフサとか言ってましたねえ。」

「それだけしかわかりませんか。」

「あの娘の名と同じだったから、フサとおぼえてるだけです。」

そして、マダムは義三の目の前に、親指を曲げて見せて、

「先生もなさるんですね。いらして下さい。こんどからサアビスしますわ。」

義三は苦笑した。

「パチンコをやり過ぎて、親指の曲折が不自由になってね、軽い手術の必要な患者が来ましたよ。院長も驚いてました。」

早速地図を買って、フサをさがした。福生、フッサというところであろうか。福生へ行けば、ふさ子が見つかるだろうか。

――悲しい時には帰って来ますと、置き手紙にあったが、あの火のような日は、義三の寮へ帰って来るほど、悲しくはないのだろうか。

三月にはいってからも、二、三度、雪まじりの雨の日があったが、彼岸も近づいて、寒さは薄らいだ。桃子は春休みだった。

花散り

桜の花が咲いて、たちまち散った。立木をゆすぶるような風の日もあった。

五月の一日、二日、三日の、国家試験の日が近づいた。民子は部屋にこもる時間が多くなったが、その時間じゅう、勉強に打ちこんでいるわけではなかった。

「男と女では、勉強のしかたもちがうって言われたことがあるけれど……。」

と、自分でつぶやいて、大学のころ、そう言われたのを思い出した。

民子は美しいペン字で、ノオトを取り、それを暗記していったものだ。はたからは、たいへんな熱心ぶりに見られる。怠けものの男学生が、民子のきちょうめんなノオトを借りて、男と女とではちがうと、半ば感嘆したように、半ば軽蔑《けいべつ》したように言ったものだ。

しかし、民子は今、きれいなノオトを整理したり、抜書きしたりしながら、心はよそへ行ってしまうのだった。

N町の附属病院にインタアンしていたころの、覚書きを見るのは、一番いけなかった。

(この時、栗田さんは……?)

と、なにかにつけて、義三の面影が立つのだ。

Mの精神病院で、愛情の問題が原因の、女の患者が多いのに、民子はおどろいて、男の患者の方を調べてみると、比較にならない数だった。

民子はさっそく、そのことを義三に話して、

「女に勉強や仕事の出来ないのも、わかったような気がするわ。」

「必ずしも男の方が、愛情は薄いわけじゃないと思うな。愛情のほかの生活に、女が弱いんだな。」

「男の人は、愛情と勉強や仕事とを、離せるのよ。」

「どうだかな。離すことにたえる、忍耐か訓練を強いられてるんじゃないかね。社会的に、伝統的に……。」

「なんとおっしゃったって、愛情から気がちがう男の人は少いんだもの。」

「しかし愛情からの人殺しは、男の方が多いだろう。」

「あなたも愛情から人を殺せるの？」

「さあ、僕は殺せない。」

「私は殺せるかもしれないわ。」

義三はおどろいたように、民子を振り向いて、

「空想はよし給《たま》え。君に殺せるものか。医者じゃないか。」

その時、自分はどんな顔をしていたのだろうかと、民子は後からもよく思ってみることがあった。

民子は身近な兄夫婦からも、厄介な愛情の問題を見せられていた。

兄の帰りがこのごろおそく、日曜もなにか口実をみつけて、家を外にするので、

「男の人がいないと気楽よ。」

と言いながらも、兄嫁は化粧が濃くなり、子供たちにたいしても、感情の起伏が激しいようで、民子ははらはらさせられた。

兄はまた兄で、家にいる時、妻の節子と気まずくなると、民子の部屋へ呼び出しに来た。

「民子、お茶を飲みにおいでよ。」

民子は兄夫婦のあいだの緩衝地帯のようでもあった。

「民子さんが、私たちを見ていたら、結婚するのが、いやになってしまうでしょうね。」

おとなしい義姉《あね》は、精いっぱいな夫への抗議を、そんな言葉で現わしたりする。

「つまらないわ、女なんて。」

節子は心の温い人で、美しくもあるのに、兄はどこが不足なのだろう。民子は節子の味方というのではなくとも、女同士ではあった。

民子と兄とは早く母に死に別れ、新しい母が来て、腹ちがいの妹が二人いた。兄が結婚して、父の商売をそのまま引きつぐと、父もなくなった。戦前も戦後も、薬品会社を経営していて、生活の不自由はなかった。兄嫁にも二人の女の子があった。

兄が都心に近い店へ出勤してしまうと、広い家のなかには、女ばかりが残った。

兄がいると麻雀、兄がいないと花札が持ち出されたりした。しかし、兄をまじえないと、不思議とはずみがなくなって、女たちは直ぐにあきてしまった。

ある日、節子が民子の部屋へ不意に来て、

「民子さん、お勉強の息抜きは出来ないの。」

「息の抜き通し……。もう運を天にまかせるわ。」

「民子さん、文楽《ぶんらく》はおいやかしら？　お母さまがいらっしゃれないそうで、切符が二枚あまっているの。お友だちもお誘いになれば……。」

「そうねえ。試験でいそがしいから、じゃまをするようで悪いでしょう。」

「栗田さんて方、お誘い出来ないの？」

節子はなにげなさそうに言った。

暮れから正月に、民子があんなに栗田を看病したのは、節子もただごととは思っていなかった。また、前から民子の話には、栗田の名がよく出て来た。それをこのごろは聞かなくなった。節子はひそかに民子の心をさぐって、みるつもりだった。

民子は不意を打たれて、どぎまぎすると、

「栗田さん、じゃなく、栗田さんのいとこの、可愛いお嬢さんを誘ってみるわ。」

と、自分にも思いがけないことを言うと、電話室のある廊下へ、逃げるように出て行った。

「桃子さん？　民子よ。井上民子です。」

「あら、井上さん……？」

民子は桃子の声を聞いただけで、血が温く動き出すように楽しかった。

「お元気？」

「ええ、元気ですの。」

桃子は戸まどうようだったが、その声はやわらかく、甘く、低かった。

「栗田さんは……。」

「……このごろ、よく勉強しているらしいですわ。向う鉢巻、というほどではありませんけれど……。お呼びしましょうか。」

「いいえ、栗田さんじゃないの。桃子さんを文楽へお誘いしたかったの。文楽なんておきらい……？」

「私？　見たことはありませんけれど、いつですの？」

「明日、午後ですわ。」

「明日ですか。私はいいですけれど、ちょっと母に話してまいりますから、お待ちになって……。」

いかにもまだ少女らしく、母に聞きに行った桃子を待っていると、

「もし、もし。」

と、義三の声がした。

「今晩は……。あなたに用はなかったのよ。」

「桃ちゃんと、文楽に行くんだって？　余裕しゃくしゃくで、だいぶ自信がありそうだね。」

「自信なんて、私に……。」

と、民子は言葉をとぎらせたが、

「試験がすんだら、どこかへ遊びに行きましょうよ。」

「いいね。」

「あなたに、遊びに行く元気があって？」

「あるさ。」

「どうかしら……？　声だけ聞いていると、ちっとも元気がないわ。」

桃子に電話をかければ、きっと義三も出るだろうと、民子ははっきり考えたわけではないが、そうなった。桃子を文楽に誘おうと、とっさに思いついたのも、桃子から義三の話を聞きたいためなのだろうか。

「桃ちゃんと代ります。」

と、義三は言った。桃子がもどって来て、うしろに立っているらしい。

「どうぞ。」

民子は短く切るように答えた。

ウェルカム・フッサ

（ウェルカム・フッサ）のロオマ字の上に飾りつけた造花の桜は散りもしないで、風に乾いた音を立てていた。

畑のなかの道は、春の砂ぼこりで、車の通るたびに、顔をそむけて、立ちどまっていなければならない。

キャバレエ・チェリイのある小高い丘では、桜の若木が街燈の光りのなかに、みどりの葉を浮きあがらせて、しんと夜ふけを映していた。しかし、キャバレエの騒ぎは絶頂の時間と見えた。

駐留軍専用のキャバレエだから、飾りつけもそれらしく、ホオルの天井には、ピンク色の造花の桜が咲き、紅《べに》のつなぎ提燈《ちょうちん》に火がはいっていた。

スイング・バンド、歌手、ショウ・ダンサアの演奏台は、朱ぬりの欄干にかこまれていた。ダンサアの化粧も、イヴニング・ドレスも、思いきって原色的だったり、露出的だったりして、頽廃と野蛮とが、むしろ生き生きと入りまざっていた。

そのなかで、ふさ子は一人、体のかたい、見習いダンサアだった。

化粧の薄いせいか、エメロオド色のドレスのせいか、青白く見えた。ダリヤの花かごに、一輪の露草の花のようだった。ほんとうより小柄にも感じられた。

まつ毛の長い目の火のような光りは、見る人をうっとりさせたり、はっとさせたりした。しかし、客が近づいて、その目で鋭く見つめられると、ひょいとふさ子を避けて、ほかのダンサアの前へ行った。

「ふさちゃん、また壁の花……？　しようがないわね。」

バンドがチェンジして、客のテエブルからもどって来た、かな子はそう言うと、ふさ子の手を取って立たせた。

「お客が前に来た時、その目でにらんじゃだめよ。はにかまれても面倒くさいのに、ふさちゃんのはこわいんだから……。」

と、ふさ子の腰に手をまわすと、リズムとともに、ぐっと引き寄せたり、離したりして、女同士で踊りながら、

「だめじゃないか、お通夜みたいな顔して……。」

かな子は酔っている声だった。

ふさ子は「お通夜」と聞くと、小さい弟のお通夜が思い出されて、足の力が抜けた。

「ふさちゃん。」

かな子がまた強く抱き寄せた、うすものを通して、かな子の心臓の弾《はず》みが、ふさ子にも伝わって来る。

「ふさちゃん、あの若いお医者のところにいて、娘さんだったの?」

ふさ子は赤くなると、目に涙を浮べた。

「そうでない方が、ここではよかったわね。あの人、なにをしてたの?」

ふさ子は答えようがなかった。

かな子はなお乱暴に踊って、

「どう? 踊っていて、楽しくなることなんかないの?」

「ないわ。」

「みんな陽気で、にぎやかなのが好きなんだよ。楽しくやんなさいよ。」

「なんだか、気楽になれないのよ。」

ふさ子はかな子に体をまわされながら、唇をかんだ。

ふさ子がこんな福生まで、仲子とかな子の姉妹を頼って来たのは、ただもう人恋しさからだった。ほかに行くところもないし、前に一度来たこともあるせいだが、それよりもただもう心細さから、掘立小屋のころの隣人をもとめて来たのだ。

仲子もかな子も親切だった。しかし、隣人だったころとは、人柄が変っていた。ふさ子はダンサアになるつもりはなかった。しかし、自分たちの生き方を、ふさ子にも見さかいなく押しつけようとした。悪意からではなく、好意からだった。二人はその日その日を、おもしろおかしく過ごせばいいように見えた。そして貯金もふえてゆくようだった。きれいにもなっていた。

かな子はふさ子の体を放すと、

「ほら、ハンサムの達ちゃんが、あんたに夢中じゃないの？　また見ているよ。」

と言い残して、黒人将校の踊りの手をさしのべているのに抱かれながら、オレンジ色のイヴニング・ドレスの裾をひるがえして、床をすべって行った。

達ちゃんというのは、義三に似たボオイだった。ふさ子はただひとりで、弟の骨を納めに寺へ行った帰りに、かな子たちを訪ねて来た夜にも、この達吉を見た。

達吉は二十前から、こういう場所の女のあいだを転々としているうちに、かえって孤独に落ち、この顔さえあればという自信だけは、いつとなく身についていても、捨てられた刃物のような虚無が匂って、なにをするかしれない、危さも感じられた。

ふさ子が、チェリイのホオルでダンサアの見習いになった日から、達吉の目はふさ子を追っていた。

「やはり来たのかい。おれに惹《ひ》きつけられて……。」

と、その目は言っているようだった。

ふさ子は達吉に見つめられると、やるせなかった。義三に似ているからにちがいない。

しかし、それにしても、達吉の目は熱っぽく、また悲しみを訴えているようだった。

ふさ子はいつも、義三に似たボオイを意識していて、その目に出合うと赤くなり、身をちぢめずにはいられなかった。

ふさ子にも、全然客がないわけではない。目の色のちがった、軍服の人に抱かれて踊りながら、言葉は一つも通じないし、遠い世界にいるように、ひとりぼっちだった。そういう時、達吉の目を感じると、ふっと息苦しくなる。そして、達吉の目を離れると、義三のことに思いが移ってゆく。

あの人は試験を通って、医者になる。川沿いの新しい薄紫色の病院には、桃子というやさしい令嬢もいる。

「どこへも行かずに、義三さんを待っていてあげてね。」

と、桃子の声が聞えて来る。ふさ子はほっと胸が温くなる。

しかし、義三と自分とのつながりは、自分が絶ってしまった。外国のように遠くへ来てしまって、外国人と踊っている。

——かなしい時には、帰ってまいります。

と、義三に置き手紙したが、かなしくない時などあるのだろうかと、ふさ子は思って、(これくらいのかなしさでは、あの人のところへは帰れない。)

鉄の門に夕顔が咲き、庭にいちじくの実った、焼けあとの草のなかの小屋ずまいが、ふさ子はなつかしいが、今は千葉病院が建っている。

ふさ子はしかし、義三がここから連れ出しに来てくれることを、よく夢みた。そう夢みている時だけが、かなしくない時かもしれなかった。

そしてわれにかえって、達吉の目にぶつかったりすると、ふさ子は胸騒ぎがあった。

オウトバイで

朝鮮戦線と日本基地との軍隊に動きがあって、キャバレエはいそがしい夜がつづいた。

ふさ子みたいに、無口で愛嬌《あいきよう》にとぼしく、抱いて踊るには、あまりに硬い少女でも、ラスト近くなると、足がほてって、ひどくつかれた。

十二時になると、カアテンがひかれる。

バンドもダンサアも帰るのだが、ホオルの一劃《かく》の酒場には、灯がともっていて、そのまま夜をあかすダンサアもあった。

ふさ子はこのごろ、仲子やかな子を待たないで帰ることが多かった。

草原を渡る風の音のようにセンチメンタルな、ラストの曲を聞きながら、ふさ子はダンサア控室で、イヴニングを肩からすべらせると同時に、シュミイズをかぶった。黒のオットマンのスカアトをはいて、赤いチェックのブラウスを着た。胸に大きなボウを結んだ。

いつとなくふさ子も、少しは基地の娘らしい装いをするようになっていた。自分で選ぶというよりも、かな子たちにあてがわれるのだった。

夜ふけの一人歩きは、あぶないと聞いていた。

しかし、ふさ子は仲子とかな子のほかには、あまり口もきかなかったので、友だちもなく、

「すましてるよ。」

と、ささやかれているのを耳にしてからは、なお仲間入りはしにくかった。

別れのあいさつもろくにしないで、こっそり裏口からすべり出ると、一人で走って帰る習慣になっていた。

かな子などを待っていては、どういうことになるか知れなかった。

夜気は冷たくしめって、二の腕の肌にしみた。しかしやがてもう五月だ。

闇のどこかに、やわらかい匂いがただよった。小走りのふさ子は、ふと足をゆるめた。目が暗さになれて来ると、白い花の木があると見えた。

上からジイプが降りて来た。

「ふさちゃあん。」

と、呼ばれたように思った。

ジイプが二三米《メートル》先きでとまった。

大きい兵隊があらわれた。

ジイプのなかには、女たちもいるらしいので、伸子やかな子だろうかと、ふさ子は振りかえってみた。

兵隊が気軽に近づいて来て、なにかふたことみこと、大きな声で言うと、いきなりふさ子の体をかかえて、車のなかへ引きずりこもうとした。

「ノオ、ノオ、ノオ。」

たった一つ言える、否定の言葉を叫びながら、ふさ子は身をもがいて、相手の脇の下をすり抜けようとした。しかし、長い腕にかかえられて、苦もなく運ばれた。指につままれた昆虫のようだ。たわいなく車に押し上げられた。

ふさ子はどきどきふるえて、目先きが暗くなったが、容易ならない危険が迫るのを感じて、

「いやよ、いやよ、助けてえ。」

と、必死の悲鳴をあげた。咽がかすれて、声も出ない。

車のなかの兵隊も女も、おもしろい見もののように、声を立てて笑っているだけだ。

やはり伸子とかな子だった。二人とも兵隊になんとも言ってくれないし、手を出してとめようとしないのが、ふさ子は奇怪だ。

「かなちゃん、助けて、私いやよ、帰して、伸子さん。」

と、ふさ子はおろおろ言った。

せまい運転台で、ふさ子が精いっぱい抵抗するので、ジイプはよろよろ走った。

「あぶない、ふさちゃん。」

と、かな子が乗り出して、ふさ子の肩をおさえた。

「じっとして、ちょうだいよ。」

「おろして、おろして。」

「なんでもないよ。遊びに行くだけじゃないか。」

ふさ子はとびおりそうにするので、車はなお速力をました。

暗い野道をどれほど走っただろうか。

オウトバイがすさまじい勢いで追って来た。

ジイプと並行すると、

「おうい、止まれ。止まらないと、ぶっつけるぞ。」

オウトバイは斜め前に出て、ジイプの進路をふさぎながら走った。

ふさ子が飛び出しそうにするのを、兵隊は片腕でつかんだとたんに、ジイプはぐらりと向きを変えて、オウトバイにぶっつかった。オウトバイは横倒しにはねられた。

「あっ。」

女たちは顔をおさえた。ジイプもショックを受けて止まった。

オウトバイの男は立ち上って来ると、

「ふさちゃん。」

と、ふさ子の前に割りこんで、いきなり大男の胸をつかんだ。

「ネバア。」

手もとに飛びこまれて、兵隊はひるんだ。

「この子、僕のワイフだ。君のガアルじゃないぞ。」

ふさ子は路上にすべりおりた。

「達ちゃん、勇ましいわ。すてきだわ。」

と、かな子が言った。

ふさ子は夢中で、いっさんに逃げ出した。

しかし、ジイプの走り出す音が耳にはいって、ふさ子ははっとわれにかえった。助けてくれた達吉はどうなったろう。不気味な静けさがあった。

ふさ子は、こわごわ引きかえした。

道ばたに、達吉が倒れていた。ふさ子はふるえながら、達吉の肩のところにしゃがんだ。

「達吉さん、達吉さん。どうなさったの。」

「平気さ。命なんか、なんにも惜しかないや。」

と、達吉は立ち上ろうとしたが、

「あ、いたい、いたい。」

と、ふさ子の肩につかまった。

「ふさちゃん、オウトバイあるかい。どこだい。」

達吉はオウトバイを起して、エンジンをかけてみた。

「よし。いけるだろう。ふさちゃん、うしろに乗れよ。」

「大丈夫なの?」

「大丈夫さ。うしろからしっかりつかまってな。」

オウトバイの走るあいだ、達吉もふさ子もひとことも言わなかった。ふさ子は達吉に抱きついていて、乱れた髪も直せなかった。

キャバレエの裏に引きかえすと、ふさ子はおびえたように、肩で扉をそっと押した。

明りの下で、達吉の顔が血まみれなのを見ると、ふさ子は青くなった。

「お医者に行く?」

と、ふるえ声で言った。

騒ぐな、という風に、達吉は目でおさえた。そして、洗面台の水を出しっ放しにしながら、顔を洗いつづけ、頭を冷やした。

血と泥とが落ちると、耳の横上に裂傷があって、紫色にはれあがっていた。ふさ子はうしろに立って、どうしていいかわからなかった。

キャバレエの様子は、さっきとあまり変っていない。まだ着がえながらしゃべっている、ダンサアもいた。

しかし、二人に気づく者はいなかった。

達吉は振りかえって、

「誰かといっしょに帰ってもらいな。」

ふさ子は首を振った。

洗面台の水をとめると、ふさ子はタオルをしぼって、達吉に渡した。そのタオルには、また血がついたので、ふさ子はよく洗った。

達吉はびっこをひいて、事務室の裏側にある、自分の部屋へ行った。

「帰っていいよ。」

後からついて来るふさ子に言った。

汽車の一等寝台ほどの、狭いコンパアトメントだった。一方に小さい高窓があるだけだった。

達吉は小机の抽出しから、マアキュロやメンソレを取り出した。その手もいたそうだった。立っているのがつらいらしく、ベッドの端に腰かけてしまった。

耳の上の傷に、ふさ子がマアキュロを塗るあいだ、達吉は頭を傾けてまかせていた。

「痛くありません？」

「痛くない傷ってないさ。」

「このままで、大丈夫？」

「大丈夫だろう。少し頭がくらくらして、吐きそうだよ。そこはオウトバイから落ちた傷らしいが、兵隊になにかで、頭をがんとやられたらしいね。」

と、頭をなでてみながら、

「ここに瘤《こぶ》が出来てら。」

「すみません。ひどいことをするわね。」

「しかたがないよ。僕があいつの立場だったら、やっぱり張り飛ばすにきまってるもの。」

「男の人って、こわいのね。」

「ああ、こわいね。」

と、達吉はうそぶくように言って、

「しかし、うるさいから、ここの連中には黙ってるんだよ。」

「私が……？　でも、繃帯なさったら、わかるわね。」

「僕は喧嘩したとでも言っとくさ。」

「お医者さんへ早くゆかないと、傷あとが残るんじゃないの？」

「いいさ、顔の正面じゃないから……。ちょっとした凄みや。医者に行くより、僕はここにこうしていたいね。傷のあとがついたら、思い出すぜ。」

朝の木蓮《もくれん》

「私に小さい弟があって、よく傷にマアキュロを塗ってやったわ。」

と、ふさ子は思い出すように言った。あの汚い川に落ちて、泣いて帰ると、どこかにマアキュロを塗った。

「なぜあんなに、川へよく落ちたのかしら……？」

「僕もふさちゃんの、小さい弟かい。」

「そんなことないわ。」

「君はその小さい弟とおふくろのために、働いてるのか。」

「二人とも死んでしまったわ。」

「ふうん。それじゃ君は、どうしてこの土地へ来たの？」

「かな子さんたちを頼って来たの。」

「性に合わないんだろう、ここは……。」

と、達吉は無造作に靴を脱ぐと、ベッドに横になった。腕も足腰も痛いか、顔をしかめたが、

「その机の下に、チェリイ・ブランデイがあるだろう。グラスもあるよ。それについで、君はその椅子にかけるといいよ。そして、飲んでごらん。」

「私がお酒を飲むの?」

「鏡を見てごらんよ。顔色ったらないぜ。僕は煙草と……、あれ、ライタアを落しちゃったかな。」

ふさ子は達吉のために、マッチの焔《ほのお》を近づけた。

ブランデイは甘いが、胸に落ちると、火のように熱かった。しかし、ふさ子は目をかがやかせて、

「お酒って、自分で飲めないもんだと、きめていたんだけれど、平気だわ。ちょっと、かっとなるけれど、おいしいわ。もう一杯いただいていい?」

「いいよ。だけど、甘い酒に酔うと苦しいよ。」

「あの、お兄さん、眠ってもいいわ。私は夜があけたら、一人で帰れるから。」

かな子たちのように、「達ちゃん」とは呼べないし、「あんた」と呼ぶのも工合悪かった。それで「お兄さん」——よその人を「小父さん」と呼ぶように聞えたが、それは達吉の耳にかな

しいひびきだった。

「お兄さんとは、君にも、こちらの不良が少しうつったかな。」

と、達吉はきれいな微笑にまぎらわせて、

「僕に近づくとあぶないって、誰かに言われなかったかい。」

「言われたわ。」

「それはほんとだぜ。僕がここで一人で寝るなんてことは、数えるほどしかないんだからね。」

達吉は言ってから、ふと赤くなった。ふさ子も頬を染めた。

なぜそんなことを達吉が言い出したのか。ふさ子はおどろき、いぶかって、胸がどきどきした。

「ふさちゃん、あっち向けよ。腰かどこか、すりむいたところに、メンソレでも塗るんだ。」

ふさ子は素直にうしろ向きになった。

弟が死んだ夜、ふさ子は義三と夜を明かして、眠りこんでしまったのを思い出した。なぜあんなに眠かったのだろう。そして、義三の寮での夜……。ひどく子供じみていたのが、ふさ子はかえりみられる。

わずかに半年のあいだでさえ、思いがけないことの連続だった。してみると、明日からの長い月日のことなど、計り知れようもない。

二三時間前までは、ふさ子は達吉と口をきくことなど、思ってもいなかった。むしろ避けていた。

達吉と目が合うと、胸がしびれるようなのは、義三に似ているからだと、悲しいようで、こわいようだった。

しかし今、その達吉のそばにいると、ただ少し顔形が似ているというだけで、まるで感じがちがう。義三は清潔で男性的だ。達吉が不潔というわけではないが、目のまわりにむなしいかげがあり、無邪気な底には、気ままな冷たさがあって、義三の温かなやさしさとは、まったく別のものだった。

義三に助けられた時と、達吉に助けられた時とは、ふさ子の安心の種類もちがっていた。

しかし、達吉の方が危険をおかし、犠牲をはらい、しかも、ふさ子から、なにを取ろうともしていない。無事にお帰りという。ふさ子は身の上のかなしさには、達吉の方が近い親しさで、義三にたいするような卑下もなく、今は達吉をいたわってかばいたいような、気持さえ動いた。

「いいわ。」

なんとなく自分のうちにそうつぶやいて、ふさ子は心をゆるめた。

「手のとどかないところでしたら、してあげましょうか。」

「いいよ。」

そして達吉はしみじみと、

「まったく、思いがけないことばかりだね。自分のことも、人生ってものも、わけがわからないや。」

ふさ子の心を割って見せるような言葉を、達吉が言った。

そして、上半身を起した。

「ずきずきするが、はれてるかい。」

ふさ子は達吉の白い背から腰を見た。前に曲げているせいか、肋骨《ろっこつ》や背骨が目についた。

「冷やしましょう。タオルを濡らして来るわ。」

と、ふさ子は部屋を出た。洗面台に行って、もどって来ると、達吉は冴えた目つきをしていた。

「ふさちゃん、三時近いよ。眠った方がいいんじゃないの？　つかれるよ。」

「ちっとも眠くないわ。そっちこそ眠れば……。」

こんどは「そっち」と言った。

「こっちも眠くないよ。まるで、ポンを打った後のようだ。こんな晩に、麻雀をすれば、満貫をつもるよ。」

「ポン……？」

「覚醒剤《かくせいざい》だよ。」

「みんな注射が好きね。注射をするという病気みたいだわ。かなちゃんたちも、よく注射してるわ。私は注射なんて考えただけでも、いやだわ。」

「君、前に一度、ここへ来ただろう。あの時から見ると、ずっと瘦せたね。目ばかりが、ますます光って、やつれたよ。どこか悪いんじゃないのか?」

「ホオルになれないから、つかれるのよ。」

「なれるみこみはなさそうだね。」

「私はここに来るまで、パチンコの玉を売っていたのよ。玉の音のやかましいなかに、じっと坐っていて、退屈だったけれど、気苦労はなかったわ。」

「ここは君の性に合わないんだ。連れ出してやろうか。」

ふさ子は息をのんだ。

「そうだね、先ず、金のあるだけ、汽車に乗るのさ。誰も知らない町でおりて、そこで働く。僕はホテルのボオイ、君はさびれた映画館のテケツ……畳二枚か三枚の部屋があってさ、いつも金がなけりゃ、丈夫になるよ。」

「出来たら、いいわね。」

「ほんとにいいと思うのかい。このキャバレエに来てすぐなら、いいわね、なんておせじを、君は言わなかったのじゃないか。」

ふさ子はぎくっとした。

部屋の電燈の光りが妙に色あせて、かさが出来たように思われた。明り取りの高窓が白んでいるのを、ふさ子は見上げた。

「もう、夜が明けかけて来たわ。」

「朝まで、おつきあいさせちゃったな。」

「今日から五月ね。」

「そうだ。今日から、ホオルのデコレエションが変るんだ。装飾屋が来て、早く起されちゃ、たまらないや。ぐっすり、寝こんでいてやる。」

「私は帰るわ。」

「うちまで送ってやろうか。」

「いいわ。夜があけたんですもの。」

達吉はふさ子のあとから、裏扉のそとに出て、未明の景色をめずらしそうにながめた。

「これが五月の朝ってやつかい。なんでもないや。つまんないの。」

昨夜、ほの白く見えた花の木は、木蓮であった。白い花がみな空を向いて、群がり咲いていた。

つばめ

「つばめが来ている。」

義三はN駅の電燈の笠を見上げて、民子に言った。

つばめは四月の初めごろに、もう来ていたのだ。しかし、義三の目についたのは、試験も終った今日であった。

つばめはもう巣についていた。親つばめは形も見えぬほどの早さで、行人《こうじん》の上を低く飛んでいた。

「毎年来るつばめだろうか。」

と、義三は立ちどまって、

「去年ここでかえったつばめが、愛人をつれて、もどって来たのだろうか。」

「試験の発表があるまで、鳥の研究をなさったら……?」

と、民子はからかうように言った。しかし、義三はまじめに、

「雪国の人たちは、つばめを大事にするんだよ。僕も子供の時はそうだった。だから、この駅につばめがもどっていると、安心するね。」

「それは私だってなつかしいわ。でも……。」

民子は後を言わなかった。民子にとっても、N町はインタアンの古巣であるし、義三のいるところだった。国家試験をすませて、「愛人をつれて、もどって来た」ような二人だったら……。

今日の試験の後で、民子は義三に誘われて来たのだった。桃子と義三の伯母とが、慰労の意

味で、二人を招いたのだという。

「桃子さんが私も呼んで下さったの？」

と、民子は自分に問うように言ってみて、なにかさびしそうに、

「桃子さんて、いい方ね。」

「いい子だ。」

義三は短く答えた。

二人は川ぞいの道に来ていた。

「ここの附属病院にも寄ってみたいけれど、試験の発表があってからの方がいいでしょうね。」

と、民子は言った。

「私、去年のあのころが、一番張り合いがあったようだわ。試験がすんで、男なら、さあこれからという時でしょうが、女はちょっと気がくじけると、もう迷ってしまうわ。」

「大学の研究室へ帰るって言うのは……？」

「帰って、それからどうするの？」

「君のことじゃないか。」

「あなたは……？」

義三はだまっていた。

「あら。川がきれいになっているのね。」

と、民子はおどろいたように言った。

上流の方から、川底をさらって、護岸工事を進めて来ている。二人の足もとにも、青草の岸を掘りかえした、土くれが盛り上っている。半裸体の男がコンクリイトの角材をかついで、川へ下りて行く。

義三はこのところ、毎日のように見ていることだった。

「ちょっとした雨にも、水があふれて、この小さい川がと思うような、あばれ方だったからね。今年の颱風《たいふう》シイズンまでには、すっかり出来上るんだろう。もう子供が流されて、溺れることもなくなるだろう。」

「あの時は、濁り川に飛びこんで、泳いで、勇ましかったわ。あんなのが、運命的な決断と言うのね。」

「決断もなにも、夢中だったね。流される子を見て走り出したら、もう飛びこんで助けることしかないもの。」

「でも、それが、あなたの運命を決定したようなものだったでしょう。」

「さあ、それはどうだかわからない。」

義三は濃い眉をかげらせた。

「まだ、あの人の行方は知れないの?」

「福生という町にいることだけはわかっている。福生って、どんな町だか知らないが……。」

「さがしに行かないの？　あきらめるの？」

と、民子は一歩寄り添って来た。

「あきらめるとか、あきらめないとかということじゃないんだ。まだ僕は、愛情をあきらめた経験はないし、そんな経験を持とうとも思わないんだ。ただね、僕のよしない同情か関心かが、あの子の運命を狂わしたんじゃないかと、それが心配で、苦痛でたまらないのだ。僕がもう一度、あの子の前に現われたら、あの子はどうなるか。そのくせ、会いたくてならないんだ。どうしていいか、僕はわからない。わからないうちにも、一日一日、日はたって行って、息がつまるようだ。」

「川に落ちて、流される子供なら、飛びこんで助けられるけれど……。」

と、民子は口ごもった。

「でも、愛する女は、みんな川に流されて、溺れてるようなものかもしれないわ。」

「女の子の運命に触れるって、恐ろしいものだと思った。この世で誰がほんとうに、その子を幸福に出来るんだろう。こんなこと言うのは、僕の愛情が薄いのかもしれないが……。」

「そんなことないと思うわ。」

「愛は自分一人だけの冒険じゃないからね。しかし、こんなことを言っているうちにも、あの子はどうなっているか知れない。愛だって、なんだって、この世に静止しているものが一つもないのは、このごろ僕にはわかるんだけれど……。しかし、川から助け上げた子供も、僕は病気から助けられなかったこともあるんだ。」

と言いながら、義三はなにかにつまずいて、向うによろめいた。

「危いわ。」

足もとが悪くて、二人はあとさきになった。

その道を、桃子のルシイをつれて迎えに来るのが見えた。義三も民子もほほえみかけた。

しかし、桃子はまるで民子のことなど目にはいらぬように、義三の肩さきすれすれに顔を寄せると、

「お部屋のお机の上に、ふさ子さんのお手紙がのせてあってよ。」

間奏曲

桃子は犬をつれているので、別の入口にまわった。義三は自分の部屋へ行った。

民子一人だけが、家族の居間とも客間ともつかぬ、庭に向った洋間に通された。

先客があった。民子の見知らない中年の女と息子とが、ピアノを背にして、布張りの低い椅子に腰かけていた。母と息子らしかった。二人とも身なりがよかった。

民子は目のやり場に困って、薄紫がかった新しい壁が、もう少し時間がたてば落ちつくだろ

うなどと、ぼんやりながめていた。薄茶色のカアテンも真新しかった。

桃子の父があいそよくはいって来た。

母子の客は、桃子の一家の古いなじみなのであろう。息子の健康が少し気がかりで、診察を受けた後らしく、そんな話がしばらく続いていた。

会話のそとにいるような民子にも、桃子の父は如才なく話しかけた。

「いかがでした、試験は……？　今のような試験のないうちに医者になって、われわれはしあわせでしたな。」

父は診察の合間に、ちょっとくつろぎに来たらしく、うまそうに煙草を吸っていたが、看護婦に呼ばれて、部屋を出て行った。

入れちがいのように、千葉夫人がはいって来た。黒いスカアトに、黒と白のジャケットがよく似合っていて、民子は感心した。

桃子が運んで来た銀盆の上には、白い皿に苺《いちご》がのっていた。

「お父さまもいらっしゃると思ったら……。」

「そうよ。いつも落ちつかないの。」

と、夫人は桃子に答えてから、民子の脇の椅子をちょっとずらせて、和服の女客と向い合って、腰をおろした。

二人は古いなじみらしく、

「準ちゃんや桃子が、こんなに大きくなって、こうして一つの部屋に集まることが、また出来るようになりましたのね。夢のようですわ。」

と、桃子の母は言ったりした。

準ちゃんと呼ばれた青年は、はにかんだような微笑を浮べながら、桃子を見た。

「義三さんは、なにしてるのかしら。」

と、桃子は言って、うつ向いた。

桃子の母が民子を客に紹介した。

「こんな風に落ちついて、静かにお話出来る時が、また来ましたのね。お互いにみんな無事で……。」

と、客の婦人は言った。

「でも、東京へ来ましてから、自分の時間というものが少しもなくなってしまいましてね。いつも往来の真中にいるようで、落ちつけませんわ。私には苦手の、税務署の用事だけでも、くたびれてしまいますわ。桃子のような気楽な年に、もう一度なってみたいものですけれど。」

「気楽な年じゃないわ、お母さま……。」

と、桃子は母に抗議するように、

「それに、うちは病院でしょう。病院には、無事なお客さまは、一人も来ないでしょう。どうしてこんなに、無事でない人が多いのかと思いますけれど、考えてみると、私だって無事で気楽なわけでもないわ。」

「そう。ほんとうですね。」

と、婦人客はうなずいてから、桃子の母に、

「あなたなぞは、ずうっとおしあわせそうだから、おわかりにならないかもしれないけれど、終戦後、私たちは生活にも、ずいぶん困りましたのよ。このごろ生活が少し安定したと思いますと、こんどは主人が私たちとまるで没交渉になってしまって、男は勝手なものですわ。」

家庭のなかの愚痴になりそうなので、息子は話を変えるように、

「桃子さんの学校は、共学ですか。」

「田舎の学校は共学でしたけれど、今は私立の女子ばかりの学校ですわ。」

「ああ、転校してらしたばかりですね。桃子さんは大学にいらっしゃるんですか。」

「どうしましょう？」

と、桃子は母の顔を見て笑った。

「音楽が好きなんですけれど、声が細くて、歌謡曲くらいしか歌えませんし、ピアノの稽古もうわの空で……。高等学校を出ましたら、遊ばせておくつもりですわ。」

「こんなにお可愛らしくて、お一人きりでは、さぞたいへんでしょうね。」

民子はのけものにされているようで、この客たちもいっしょに食事をするのだろうかと、少しいやになった。義三はなにをしているのか、早く出て来てほしかった。

しかし、母子の客は帰り支度をした。別れのあいさつをして立ち上ってからも、

「女はどこまでも割が悪く出来てますわ。この子もこの年になっても、主人に物をねだらないで、私にねだりますの。男の子に大きいねだりものをされると、困ってしまいますわ。オウトバイを買ってほしいなんて言っているんですの。」

と、しゃべりつづけた。

「今日、千葉先生に、健康の保証をしていただいたのはうれしいんですけれど、それをいいことにして、オウトバイを買わせられて、乗りまわされたら、あぶなくてかないませんわ。桃子さんに遊んでいただけると、よろしいんですけれど……。」

「桃子がオウトバイの代りというわけ……?」

「あら、あなたは相変らずね。昔もよくそんな風に、あげ足を取って、人を困らせたものだわ。」

桃子も客を送って出て行って、民子は一人残された。窓の向うに見える、鯉《こい》のぼりを数えてみていた。

義三が憂鬱な顔で、ぬうっとはいって来た。

民子がすねたように黙っていると、義三も黙っていた。民子は言った。

「栗田さん、ここに私がいるのよ。なにをしてらしたの。退屈だったわ。」

「ああ。わからないんだよ。わからない手紙なんだ。」

「あの子が手紙をよこしたんだが……。」

「なんのお話……？」

「いどころがわかったのね。」

義三は頭を振って、両手の指でこめかみをおさえた。

「ひどく頭痛がする。」

「そう、顔色が悪いわ。栗田さん、また病人になるといいわ。医者のあなたより、病人のあなたの方が、私は好きだわ。また看病してあげるわ。」

義三はかなしげな苦笑をしながら、

「ありがとう。僕も病人になって、君に看病してもらっている方が、安らかなような気がする。」

「いつでも看病しようという、私のようなのがいたりして、あなたは贅沢な病人ね。」

と、民子はやさしさをこめて言った。

「たしかに僕は贅沢だ。病気の時は、君にあまえていた。いや、いつもそうだった。あのふさ子という子を愛すると、ここの桃ちゃんにまであまえることになってしまったようだ。君でも桃ちゃんでも、なぜ僕にあまえさせるんだろう。」

「好きだからでしょう。」

「あのふさちゃんの不幸にさえ、僕はあまえていたのかもしれないんだ。それが愛かね。まあ僕の責任で、あの娘の大金がなくなったりしたのに、僕をとがめるどころか、自分が行方をくらませてしまった。まるで、僕があの娘をどこかへ追い落したようじゃないか。」

「愛したら、傷つきもするわ、誰だって……。」

「僕はただ医者であった方がよかったのだし、そうありたいと思うね。僕はあの娘の小さい弟の生命を救えなかったし、あの子の運命も助けられないかもしれない。しかも、そこに愛があるとして、君や桃ちゃんはそれに同情するの?」

「そういう言い方はいけないわ。私はとにかく、桃子さんの善意を、よく考えてごらんになるといいわ。あなたのせいで、あの娘さんの運命だけが揺れたんじゃないのよ。桃子さんだって……。」

と、民子は涙ぐんだ。自分もと言いそうだった。

「僕は一人のひとしか愛することが出来ないよ。」

義三はつぶやいて、額に掌をあてた。

「しかし、愛したからいいとは限らない。良薬も使い方によって、また患者の特異な体質によって、毒薬になるのと同じだ。あの娘に僕が毒薬を飲ませたとすると……。」

「急な手あてが必要でしょう。」

「そうなんだ。」

義三はしばらく黙っていて、

「僕はこの社会で、一番不幸な人たちの医者になろうと思うんだ。これがあの娘の愛が与えてくれた教訓だ。僕の愛がもしあの娘を傷つけることに終ったら、僕がそういう風に生きてゆくより、つぐないようはない気がする。」

「でも、まだ終っていないないでしょう。」

「終っていない。また、愛に終りがあるとは、今の僕には思えないんだが……。」

「どんな手紙なの？」

「それがね、僕には、なにかあの娘が異常なショックを受けて、頭がどうかしてると思われるんだが、意味が通らないんだよ。僕に来てくれと言いながら、住所が書いてない。病人——それも、死にそうな病人がいるらしい。その病人が、あの娘のなににあたるのか、さっぱりわからない。」

と、義三は青白い顔を上げて、

「君、あの子の目を知っている？」

「ええ、ちらっと見たわ。」

「あの目が、僕の目の前で燃えているんだよ。」

民子は義三の熱っぽい目を見入った。

揺れる巣

ボオイの達吉は、キャバレエ・チェリイに来てから、まだ一年にもなっていなかった。図太い冷たさのなかに、無邪気に見える子供らしさと、女の感受性を思わせる敏《さと》しさと、ひとりぼっちのようなさびしさとがあって、ダンサアからも客からも愛されていた。女たちは達吉に同性を感じるらしく、異性の前の気取りを脱ぎすてて、ついとりこになってゆくらしかった。真実のない男と知りながら、恐れはなく、捨てられたところで、かすり傷しか受けないという気をさせる。達吉をなかにしては、不思議と、大したトラブルは起らない。

片親の母親が、達吉の十六の時に年下の男と同棲するようになってから、達吉は深い孤独に落ちてしまっている。美貌のせいもあって、その年から女は知っていながら、恋をしたことはないし、女を信じなかった。十代からの自活にしても、目はしのきくところから、悪事と紙一《ひと》重《え》のたくらみの手先きをして来た。

達吉に似げなく、ふさ子に心を寄せたのは、自分で気づかないけれども、小さい時から世に投げ出されたという、運命の似通いにたいする、なつかしさとかなしさとであった。それがむしろあこがれの心となった。初恋と言えるだろう。

だから、達吉はふさ子をいたましいと思い、ふさ子を守る心が先立った。

自分もふさ子をそっとしておきたく、勿論人にもタブウである。

ふさ子の助けを呼ぶ声を聞いて、達吉がじっとしていられなかったのは、自分で自分を救う衝動でもあった。

東京の町なかから通うマネエジャアが、その夜は客の車で帰って、オウトバイをおいて行ったのを、達吉はみつけ出して、とっさに乗ったのだった。

オウトバイはマネエジャアの道楽で、英国車の新品だった。達吉がジイプにぶっつけたと知れば、どんなに驚くかしれない。

達吉は自分の傷とふさ子とのことで、オウトバイの破損を調べてみるのは忘れていた。

夜明けにふさ子を送り出すと、言い知れないさびしさが、達吉をおそった。ベッドにもぐりこんで、死んだように眠った。抜けがらのような寝姿だった。

手荒く揺すぶられて、目をさますと、部屋には灯がついたまま、いつか雨になっていて、もうひる過ぎらしかった。

「君か、おれのオウトバイをこわしたのは？」

マネエジャアの精力的な顔が、達吉を見おろしていた。

達吉はなれなれしくあまえる目をして、にやりと笑うと、首をたてに振った。

「なんてことをするんだ。フェンダアはへこむし、フオウクは曲るし、マフラアはつぶれるし、修理に二万円くらいはかかるぞ。」

「損害は弁償します。」

「弁償……？　生意気なことを言うな。」

「ジイプがぶっつかったんです。」

「ジイプ……？　とんでもない野郎だ。出て行ってもらおう。しゃあしゃあした奴だ。ボオイの代りは、いくらだってあるんだ。」

マネエジャアは捨てぜりふを残して行った。

「ふん、望むところだ。」

達吉は相手に背を向けて、また、ベッドにもぐりこんだ。むしろ、さっぱりした気持だった。ふさ子をつれ出して、どこかへ放浪してゆく夢が、心の底に揺れていた。目を閉じると、すやすや寝入ってしまった。

ふさ子はキャバレエに出てみて驚いた。昨夜の事件は知れ渡っていた。

ふさ子は達吉を見舞いたかったが、人目をはばかった。達吉の姿はホオルに見あたらなくて、ふさ子は落ちつけなかった。

今日からホオルの飾りは、柳につばめ、紙テエプの波を縫うように、五色の豆電燈が明滅した。バンドにつれて、ブルウ、ピンク、レモンイエロウなどの灯が、ホオルの色を染め変えた。まだ客の少い床を、かな子が歩いて、ふさ子のところへ来た。背をまる出しにしたイヴニングだった。

「達ちゃんに会った?」

「いいえ。」

「薄情よ、それは……。達ちゃんは、くびになったんですってね。マネエジャアのオウトバイをこわして……。」

「まあ。もうここにいないの?」

ふさ子はあやしく胸が騒いだ。

「部屋にいるのかもしれないわ。達ちゃんは美少年だし、あれで勝負運は強いし、昨夜みたいに、男らしいところもあるし、ふさちゃんが好きなのなら、私のとこへつれて来てもかまわないのよ。あの人は住みこみだから、くびになると、宿なしだもの。私のとこも、長くいられると困るけれど……。」

と、かな子はすらすら言って、

「部屋へ行ってやんなさいよ。」

「いっしょに行ってよ。」

ふさ子はどぎまぎして、かな子を頼るよりほかはなかった。

ふさ子は、かな子の後から達吉の部屋へはいった。

「どうしたの?」

と、かな子が言った。達吉は、ぽうっと頬を染めて、

「一日眠っちゃった。腹ぺこだよ。考えてみりゃ、昨夜召し上ったきりだ。」

かな子は笑いもしないで、

「くびになったの？」

「誰に聞いた。」

「もっぱらの評判よ。」

「その通りさ。ぺこぺこあやまればいいのかもしれんが、あやまらなかった。」

「どうするの。」

「出て行くのさ。」

ボストンバッグに、靴らしい新聞紙包みのくくりつけてあるのが、ふさ子の目についた。

「どこへ行くの。」

「一晩や二晩くらい、泊めてくれる女があるだろう。」

ふさ子はその言葉に、ひやりと首筋を打たれたように思った。達吉は、ふさ子の目をじいっと見て、

「ねえ、ふさちゃん。僕と行かないか。二人で……。」

まるでじょうだんのように軽く言うので、かな子もふさ子も笑った。

「どこへ行くの。」

と、ふさ子は言った。

「ふさちゃんの好きなところでいいさ。僕の足の向く方でもいいさ。僕はこんなにして、なんど度も出て行ったことがあるんだ。明日は明日、僕にもわからないさ。」

達吉は悪童ぶって、帽子を頭にのせた。まぶしいような美貌が、切り傷や打ち傷で、なにか子供っぽく見えた。

「達ちゃん一人なら、それでもいいけれどね。」

と、かな子は黙っているふさ子の様子をうかがいながら、姉ぶった調子で、

「達ちゃん、私のとこに来てもいいわよ。そうなさいよ。」

「君のとこに……？　泊めてくれる？　ほんとにいいのかい。じゃあ、今夜だけ泊めてもらおうかな。」

達吉は素直に目をかがやかせた。

「君んとこには、ふさちゃんもいるしね。」

ホオルが終ってから、伸子もかな子もバアへ行きそうなのを、ふさ子は引っぱって帰ろうとした。

「二人でいなさいよ。私たちが帰ったら、邪魔じゃないの。妙ねえ、ふさちゃんは……。」

と、伸子も言った。

「そんなんじゃないの。」

た。

「困るから、いっしょに帰って……。」

ふさ子は達吉を警戒するという気はなかった。しかし、やはり誰かそばにいてもらいたかった。

「じゃあ、どんなの？」

夜がふけてからも、雨はやまなかった。

仲子とかな子の姉妹は、ふさ子をからかいながらも、悪い気はしないで、浮き浮きとはしゃいでいた。ジャズ・ソングをハミングして歩いた。

ところが帰ってみると、先きに来ている筈の達吉がいなかった。仲子やかな子も、気の抜けたような顔をした。

「どうしたの、ふさちゃん？」

と、かな子に言われても、ふさ子は答えようがなかった。

ここに泊めてもらえるのを、あんなにうれしそうにしながら、どこへ行ったのだろう。女のところかもしれないと思うと、ふさ子は落ちつかなかった。

達吉の分の夜具などあるはずはないので、蒲団を敷きつめると、達吉のために片隅をあけておいて、三人は体を寄せ合って寝た。

「いったい来るのかしら、来ないのかしら？　初めからこんなに気をもませるようじゃ、ふさちゃん大変だわよ。」

と、かな子は言った。

「ふさちゃん、どれくらいあの人が好きなの？」

ふさ子は答えなかった。

「かくさなくってもいいわよ。あんたの好きな人と、こうしていっしょに、寝てあげようというんじゃないの？」

電燈を消した暗がりで、

「あの人に似た人が好きなんだけれど……。」

と、ふさ子は声がふるえて言った。

「まあ、おどろいた。達ちゃんに似た人……？」

「ああ、そうか。かなちゃん、あの若いお医者さんよ。」

と、姉の伸子は、かな子に言った。

「ふうん、そう？」

と、かな子は考えこんでいるようだった。

ふさ子は義三のことを胸にしまっていて、かな子たちに話したことはなかったので、なにも知られていなかった。

「ふさちゃんも高望みね。片思いでしょう。それで、達ちゃんで間に合わせておこうというの？」

「間に合わすなんて、そんな……。」

と、ふさ子は打ち消した。仲子は寝返りして、

「あのお医者さんも達ちゃんも、ふさちゃんに親切だったからね。でも、お医者さんのことは、はじめからあきらめてるんでしょう。あきらめてるから、ここへ来たんでしょう。」

そう言われれば、そうなのかもしれないと、ふさ子は思った。

仲子もかな子も寝入ったが、ふさ子は眠れなかった。達吉をしきりと待っていた。しかし、つい夢うつつになると、達吉を待っていながら、義三を待っているようでもあった。浅い夢のなかで、ふさ子は一心に飯をたいているようだった。それは小さい弟が死んだ朝、義三に食べさせる飯だった。やっとたきあがったのに、義三は帰ってしまう。ふさ子は後姿を呼ぼうとしても、声が出ない。

「ふさちゃん、ふさちゃん。」

戸の外で達吉が呼んでいた。

「はい、お帰りなさい。」

と、ふさ子は飛び起きて行った。ほっと胸があたたまった。

「どうしたのかと思ったわ。」

達吉は雨にぬれた上衣を脱いだ。

「さっそく今夜にも、軍資金をかせごうと思ってね、すっかりすっちゃったよ。てんで勝負運

に見放されてるのさ。女の子のことを考えてると、ばくちの神さまにきらわれるらしいね。あれ、二人とも眠っちゃってるの？」

「泊めてもらうのに、早く帰らないと悪いわ。」

「二人はまだお帰りじゃないと思った。」

そう言って、達吉は見おろしながら、

「こっちが伸ちゃんだね。女の寝てるって、いいもんだね。寝顔の方が、みんな子供じゃないか。」

「そう。」

「可哀そうな人間さまだ。寝ようか。」

達吉は下着だけになって、靴下も脱いだ。

ふさ子はかたくなった。

「ここでいいの？」

と、達吉は悪びれずに、あいた場所に身をすべりこませて、

「ああ、金がほしい。」

「お金なら、少しあるわ。一昨日、ホオルでもらったばかりよ。使ってちょうだい。」

達吉はだまって、ふさ子を見上げた。ふさ子は達吉の横へはいりそびれて、なんとなく坐っていた。達吉は腹ばいになって、煙草に火をつけた。

「君、ダンサアはほんとによせよ。あんなとこにいたら、君がだめになっちゃうぜ。」

ふさ子はうなずいた。

明るい五月に

あくる朝は雨があがって、五月の日光がまぶしいようだった。朝と言っても、ひる近い食事を終えると、

「これから東京の友だちとこへ行って、仕事をさがして来るよ。泊るところも、見つけるつもりだ。」

と、達吉は立ち上って、

「だけど、かなちゃん。ここへ、もう一度、帰って来てもいいかい。」

「いいわよ。」

かな子は言ってから、目で笑った。

「達ちゃん、女を口説く時は、いつもそんな風に遠まわしなの。」

「僕はね、口がくさっても、女なんか口説かないよ。」

「女に口説かせるの？　とにかく、そんなことを私に聞くのは、おかどちがいじゃないの？

ふさちゃんに聞いてごらんなさいよ。」

「ふさちゃんにはね、ダンサアをやめてもらいたいんだ。それだけだよ。ふさちゃんの性に合わないんだ。」

かな子は気を呑まれたように黙った。

「僕も心を入れかえて、花々しくかせぐんだ。ふさちゃんだって、もっと楽しい生き方があるはずだ。」

達吉はかな子たちの姫鏡台に向って、唇のまわりのひげを剃《そ》った。仲子は落ちついて言った。

「私たちがふさちゃんを、キャバレエに誘ったのが悪かったの？　達ちゃんが花々しくかせいで、結婚でもしようと言うの？」

「とにかく、世間さまが、こんな子を大事にしないのなら、僕が大事にするよ。」

達吉は勢いこんで出て行った。しかし、仲子やかな子がキャバレエへ出かける前に、達吉はひどくつかれて、わびしい様子で帰って来た。口だけは明るく、

「どいつもこいつも、おけらでさ。喧嘩してくびになったと言ったら、あやまって使ってもらえってさ。くたびれて車に乗って、運ちゃんと話してみたが、僕も免許を取って、運転をやってみようかと思うんだ。」

達吉はかな子に話しているが、ふさ子に訴えているのだろう。白い洋菓子の箱を、仲子たちの前に出すような心づかいも見せた。そのうちに、坐っているのもつらそうに、達吉は身をく

ずすと、

「休ませてくれないか。」

と、力ない声だった。かな子は振り向いて、

「気分が悪いの？」

「うん、ちょっと。」

「ふさちゃんに見ていてもらいなさいよ。私たちは出かけるから、ふさちゃん、休むといいわ。」

伸子とかな子が出て行くと、達吉はよほどつかれているのか、かすかないびきをたてて眠ったようだった。ふさ子は蒲団をかけてやった。しかし、そばにもいにくくて、庭で洗濯をした。ふと名を呼ばれたようだった。ふさ子が部屋にはいると、達吉は苦しそうにうなっていた。

「どうしたの。苦しいの？」

達吉の歯をもれるうめきが、苦しみをしぼり出しているようだった。ふさ子はいやな予感にぞっとして、達吉の頭を膝に抱き上げると、じっと顔を見つめた。

「う、らく、らく、う、らく、らく……。」

下歯を出して、かみしめた唇から、そんな声のような音がもれていた。達吉は口がきけないのだ。

ふさ子は医者を呼びに走った。医者はすぐ来てくれたが達吉を見るなり、

「破傷風です。」

二日前の傷が耳の上で、脳に近いからなお悪いと、医者は言って、顔をくもらせた。

「助けて下さい。先生、楽にしてあげて下さい。こんなに苦しそうで……。」

と、ふさ子は取りみだして、泣くように訴えた。

「傷をした時の予防注射はきくんですけれどね。」

と、医者は言った。血清の静脈注射をする時には、達吉の痙攣《けいれん》が激しくなって、ふさ子が両手で、おさえていなければならなかった。強心剤、鎮痙剤《ちんけいざい》の注射をしてから、医者はしばらく病人の様子を見ていた。

「強心剤の注射に、看護婦を一人よこしておきましょうか。」

「どうぞ、お願いします。」

「しかし、あなたお一人ですか。お身内の方があれば呼んで、いっしょに看てあげたらいかがです。」

医者の言葉には、死の暗示があった。

命じられたように、電燈を暗くして、さしのぞくと、痙攣のために、達吉の顔は、歓喜に笑っているかとも見えた。

「生きて、ねえ生きて……。私もあなたを大事にしたいの、生きなくちゃだめよ。」

ふさ子は頰をあてて、祈るように話しかけた。達吉の食いしばった歯のなかに、ふさ子の涙が流れこんだ。達吉の胸も腹も波打ち、手足ははねかえって、すがりつくふさ子も投げ出されそうだった。

「ああ。」

と、ふさ子は恐ろしそうに声をあげた。ふと義三を思い出した。あの人なら助けてくれる。きっと助けてくれる。電報を打とうか。

「いけない。」

と、ふさ子はつぶやいた。達吉のほかに、愛した人をここへ呼んではいけない。今ここでは達吉を愛して、その人を生かせたい。苦しんでいる達吉が、ふさ子はまるで自分のように思えて来て、頭がみだれた。ひどく痙攣する体にとりすがって、

「生きて、生きて……。」

と、うわごとを言っていた。看護婦がはいって来た時は、二人とも重態の病人のようで、

「いかがですか。」

と聞かれても、ふさ子はうつろな目で、ぼうと看護婦を見上げていた。看護婦は二人を年若な夫婦と思ったらしく、

「奥さま、しっかりなさって。」

と言うと、達吉の脈をみて、強心剤の注射の用意をした。

暗い部屋で

空気も光るように晴れた日は、初夏らしく、にわかに温度があがるかと思うと、雨の日は、また羽織やセエタアを着こむほど寒かった。定めない天気がつづいた。

降る日も照る日も、植木屋の離れは雨戸をあけなかった。光りも音もさえぎった暗い部屋で、達吉はもう七日も、死と戦っていた。

苦しみの激しいわりに、意識ははっきりしているらしかった。すがりつくような眼差しで、絶えずふさ子をさがしもとめた。その達吉の目のために、ふさ子はなお休まる時がなかった。

仲子もかな子も、二人のいたいたしさが見ていられない気持で、足音も立てないように歩き、大きい声も出さなかった。夜も神妙に帰って来た。達吉が発作を起すので、よく眠れなかった。

しかし、達吉とふさ子のありさまは、あまりにひど過ぎるし、またさし迫っていて、仲子も自分たちの苦情を持ち出すどころではなかった。

「ふさちゃん、少し代ってあげる。ちょっと眠りなさいよ。こんなことしていると、ふさちゃんが倒れてよ。」

と、かな子は言った。

「そうよ。人間の力には限りがあるもの。かな子に代らせなさい。」

と、伸子も言い添えた。

「ふさちゃん、げっそりして、目ばかりの人のようよ。ものも咽《のど》を通らないんでしょう。」

と、かな子は重ねて言った。

「でも……。」

ふさ子は口ごもった。

「私は……いいのよ。」

死んでもいいのよと言うところを、「死んでも」は声に出さなかった。ふさ子はほんとうにそう思っていた。

達吉がふさ子を助けてくれた時の傷から発病したということは、ふさ子の胸をえぐっていた。そこから悲しい愛情が深まっていた。また、苦しみもがきながら、ふさ子一人を頼りにしているのを見ると、母か姉の心も湧《わ》いた。やはりふさ子一人で看病して死なせた、幼い弟の和男と達吉とが、つかれた頭のなかで、いっしょになった。ふさ子は達吉を見ながら、小さい和男の幻が見えた。またぼうっとかすむと、達吉が義三のように見えて来たりして、胸がどきどきすると、しばらく静まらなかった。

ふさ子は小鳥でも抱いているように、おどおどしていた。

絶えず病人の手首にでもさわっていないと、ふさ子は不安でならなかった。達吉が苦しみ出すと、ふさ子はむしろしゃんとして、なでさすったり、おさえたりした。おさえると言っても、力のないふさ子は、抱きついて、そして揺すぶられているようなものだった。

達吉は痙攣の発作をくりかえすうちに、やつれ果てて、髪もみだれ放題、ひげは不断よりも早くのびるかと見えた。頬骨《ほおぼね》が出ていた。

「私の看病する人は、みな死ぬような気がするわ。」

と、ふさ子はちょっと達吉のそばを離れて、かな子に髪に櫛を入れてもらいながら、小声でささやくと、涙をこぼした。

「和坊だって……。」

その日はめずらしく、朝から病人が静かだった。達吉は全身を汗にぬらして、よく寝入っていた。

ふさ子はほっとして、

「ああ、助かりそうだわ。」

と、達吉の顔を拭いたり、髪をなでつけたりした。

手を休めると、居眠りが出た。膝に首を深くまげていたのが、かな子の腕に支えられて、畳の上に横たわったと思うと、引き入れられるように寝入ってしまった。

深い眠りのはずだが、頭のなかに金色の円が浮んでいて、そこに達吉か義三かの黒い影が、動いたり消えたりしていた。

静かに揺り起されて、目をさますと、

「あっ。私、誰か呼んでいて？」

と、ふさ子は口走ったが、部屋の様子の変っているのにぎょっとした。

医者が来ていた。達吉はうなっていた。伸子は顔をそむけながら、達吉をおさえていた。

「すみません。」

ふさ子はあわててそばに寄ると、達吉の顔をのぞいた。

達吉は面変りしていた。目をぎょろりと開いて、そのひとみはうつろだった。奇怪な痙攣が全身に波打っていた。

医者は胸部の皮下注射の針を抜いて、

「心臓は萎縮しきっています。」

と、声を低めないで言った。病人に聞えるだろうのにと、ふさ子は思った。

「今日は、ずっと発作もなくて、よくなったと思っていました。」

と、かな子は医者の顔を見た。

「もう意識は失われています。よくがんばったのだけれど……。」

医者は静かに言いながら、病人の脈を握っていたが、もう一度達吉の胸に注射した。しかし、針を抜こうとすると、そこの皮膚が針について上った。

かな子たちの目にも、達吉の生命力が体から抜け出してしまったように見えた。

医者はまた達吉の脈を計っていた。しばらくして、その達吉の手をそっとおくと、

「終りました。」

と、低く言った。

かな子は真先きにむせび泣いて、

「達ちゃん、達ちゃん。可哀想だわ、可哀想だわ。」

と言いつづけた。

ほんの二三日と思って、達吉を泊めてやったのが、ここで死んでしまった。たいへんな迷惑だが、計り知れない運命の波に、かな子たちも巻きこまれていた。

医者を送り出すと、伸子は雨戸をあけた。幾日ぶりかで、部屋に日の明りがはいった。

「北ってどっちだろう。」

「庭が南向きだから、このままでいいんだろう。」

と、かな子は答えた。死人の枕《まくら》の向きのことである。

達吉の耳の上には、若い命を奪った小さい傷が残っていた。達吉の死顔はやさしい人形のように美しかった。苦しみは消えていた。

「ごめんなさい、ごめんなさい。」

と、ふさ子は伸子やかな子を忘れたように、達吉の頬に頬を寄せてなげいた。

「私が死なせたんだわ。私が……。」

達吉の死因が自分にあるという恐怖に、ふさ子はふるえていた。

仲子はまぶしいほど日のあたる縁側に、足を投げ出して、深く吸ったたばこの煙を吐き出しながら、

「達ちゃんのおふくろって、薄情な人だねえ。電報を打ったんだから、息のあるうちに来てくれたらいいのに……。女って、よその男といっしょになると、子供も忘れてしまうのかしら。」

「人の死ぬのって、たいへんねえ。生れるのは簡単だけれど……。」

と、かな子は姉にともなくふさ子にともなく言った。

「両方とも、簡単と思えば簡単じゃないか。」

と、仲子は答えて、

「死にたくないわ。つまらないじゃないの?」

「死んだ人は、きれいに拭いて、白いきものを着せてあげるんでしょう。」

「そうね。そうしてもらえない人だってあるわね。達ちゃんは、私たちで、出来るだけのことはしてあげようよ。かなちゃん、お花を買ってらっしゃい。ジンジャの花は今ごろないかしら。私はあの花が好きさ。私はキャバレエへ行って、達ちゃんの友だちを集めて来るわ。かなちゃん、いっしょに出かけよう。」

「ふさちゃん、顔を洗って、着がえをして、少しきれいにしなさいよ。人が来た時に、達ちゃんもきれいな恋人にみとられて死んだと見える方が、きっと浮ばれてよ。あの子は気持もおし

「そうね。ふさちゃんも不幸な人……。でも、きれいにお化粧するといいわ。」

と、かな子も言った。伸子もうなずいた。

ゃれだったから。」

さまよって

かな子たちが出て行くと、ふさ子はふっと死人から離れた。

「冷たくていやだわ。」

雨戸を明け放した庭は、目まいがするほど、白い光りにあふれていた。

ふさ子は達吉が助かるものときめて、達吉が死と戦っているあいだ、ふさ子も戦っていた。達吉が苦しみを訴えるうめきや身もだえには、ふさ子もまだ堪えて来た。しかし、達吉が冷たくなってしまうと、ふさ子は正常の心も力も抜け落ちたようだった。

苦しむ達吉の目の色を見るたびに、もし達吉の死んでしまうようなことがあれば、ふさ子は自分も気がちがうだろうと思った。ほんとうにそうなってしまった。

みじめな母の死、幼い弟の死、そして今また、かりそめの愛とは言え、ふさ子を救ってくれた達吉の死——自分につながる人は、みんな死んでしまう。

「栗田さんは……？　栗田さんは……？」

と、ふさ子はつぶやきながら、すうっと立ち上った。

「ふさちゃん。どうしたの。」

と、かな子が買って来た花を投げ出して、ふさ子に抱きついた。

「しっかりして……。」

「栗田さんは……？」

「栗田さん？」

かな子はじっとふさ子を見た。

花の季節で、かな子はいろいろ取りまぜて束ねて来た。その色の多い炎のような美しさも、足もとに投げ出されていると、異様な感じだった。かな子はありあわせの花瓶《かびん》をみつけて、達吉の枕もとにおいた。

伸子も帰って来た。

かな子は伸子の袖を引いて、縁側の片隅へ行くと、

「ふさちゃんがね、少うしおかしいんじゃないかしら。」

「そうでしょう。あんなに苦しむ病人につききっていて、その上死なれたら、誰だって頭が変になるわ。私たちまでどうかなっちゃいそうだった。」

「それはそうだけれど、ふさちゃんのあの火みたいな目は、ただの光りじゃなかったのかもし

れないわ。」

「自分に近い人はみな死ぬと思ったら、たまらないわ。」

「姉さんもふさちゃんによく気をつけていて……。」

部屋にはいると、伸子は白い大振りなクリイムの空瓶《あきびん》に灰を入れて、線香を立てた。

「いやあな匂いね。」

と、ふさ子が言った。

「私、お線香はきらいだわ。」

「仏さまだもの。仏さまらしくしなければ……。」

と、伸子は怪しむようにふさ子を見た。

「……顔に白いきれをかけるんだわ。」

と、ふさ子は遠くのものをさがす目つきで、

「うちの母ちゃんが死んだ時は、朝顔が咲いていたわ。すだれをかけて、(忌中)って書いた紙をはったのをおぼえているわ。」

そして、赤いナイロンの金入れを、ぽいと畳に投げ出した。

「私のお金使って……。」

「あんたのお金……?」

伸子は胸がつまって、

「お医者さんの払いで、もうないのと同じじゃないの。いくらなんでも、達ちゃんのお母さんが来るでしょう。来なかったら、みんなでどうにかするわ。達ちゃんはなかなか人気があったのよ。見舞いに来たいのを、ふさちゃんに遠慮してた人もあるし、死んだと聞けば、泣く人だってあるわよ。」

言ってしまってから、伸子ははっとして、ふさ子の顔色をうかがったが、ふさ子はやはり遠い目をしていた。伸子は達吉の女たちのことを言ったのだが、ふさ子にはなんにもひびかないようだった。

ふさ子はなにを思ったか、ふっと廊下へ立って行って、しばらく耳をかしげていた。

「楽隊が聞えるわね。」

「楽隊って、キャバレエのバンド？　まだそんな時間じゃないわ。」

「どこかの店びらき……？　大売り出しかもしれないわ。」

かな子も耳をすませたが、

「聞えないわよ。」

「私を迎えに来てくれたのかしら。」

と、ふさ子は庭へおりそうな恰好をしたが、ぼんやり部屋へもどると、まるで小さい子のままごとのように、自分のハンカチを鋏《はさみ》で切った。そして、達吉の目の上にのせた。その白い目かくしの小ぎれで、死人はなおあわれに見えた。

「もっときれいな、新しいきれがあるでしょう。かなちゃん、なにかさがして……。」

と、伸子は言った。

ふさ子は両手を顔にあてると、

「私が死なせたのだわ。死なせたのだわ。」

と、急に声をあげて泣き伏した。

町を歩くらしいチンドン屋の音が、騒がしく近づいて来た。

「ふさちゃん、ふさちゃん、やっぱり音楽が来たわ。あんたの言う通りよ。」

と、かな子は大きい声で言った。

ふさ子は身を起した。

N町のあの雑沓《ざっとう》、店々のバンドやレコオドのぶつかり合う、明るいにぎわいが、ふさ子に見えて来た。達吉の死は頭から消えてしまった。

「会いたいわ。もう一度……?」

「誰に……?」

と、かな子は聞いた。

「桃子さん……。」

ふさ子は桃子の姿を見て呼びかけるように言った。

「ふさちゃん。なにを言ってるのよ。」

「桃子さん……。」

と、ふさ子はまた呼んだ。

ふさ子にとって、N町のシナ料理屋で、桃子と話したことは、おそらく異常な感動として、心に深く刻まれているのだろう。みじめに貧しく生《お》い立って来たふさ子が、あんなに温くあつかわれたことはなかった。

愛らしい雪装束の桃子は、ふさ子を義三の恋人と見て、心からだいじなものに思ってくれているようだった。おたがいに熱いものを感じた。ふさ子も桃子のためになら、義三をあきらめられるという気がした。

その時、ふさ子はろくにものを言えなかったので、身も心も打ちひしがれた今、桃子に話したいことが、頭の底のふたが取れたように、あふれて来るのだろうか。

「悲しい時には帰って……。」

義三への置き手紙を、ふさ子は言いかかって、後は泣いてしまった。

「ふさちゃん。どうしたの。少し眠ったらどう。」

と、仲子に強く肩を揺すられると、ふさ子ははっと夢からさめたようだった。

しかし、またすぐに頭のなかがぼうっとして来て、目の前のことがわからなくなった。

「ふさちゃん、しっかりしてよ。達ちゃんが死んだだけで、もうたくさんなのよ。」

仲子はいやな予感に眉をしかめた。

しかし、やがてキャバレエの連中などが、どやどや来て、伸子もかな子もいそがしくしているうちに、ふさ子が影のように抜け出して行ったことは知らなかった。ふさ子は福生の駅で、立川までの切符を買った。ふさ子のポケットには、それだけの小銭しかはいっていなかったのだ。

ふさ子は重い額を電車の窓ガラスにあてて、窓の外の景色に見とれていた。N町に帰ることを、いちずに思いつめていた。それでもまちがえないで、立川をおりるにはおりた。

見知らぬ町を、あてどなく歩いて行った。

(東京へ、N町へ、川のある町へ……。)

通りすがりの人に、ふと聞いてみたくなった。

「東京は、この道を、行けば、いいんですか。」

ふさ子の声は上ずって、切れ切れだった。

「どの道を行ったって東京さ。東京のどこまで歩こうっていうんだ。」

と、その若い男は笑った。ふさ子も誘われたように笑った。その後はまったく無意識に足を運んでいた。

明るい洋館の前庭に、美しい五月の花園が、ぱっとふさ子の目をさますように、心をとらえた。

低い石垣に身を寄せると、ピアノが静かに聞えた。

「桃子さんだわ。栗田さんもいっしょだわ。」

ふさ子は声に出して言うと、胸が痛いほどどきどきした。

小さい門は、手答えなくあいた。ふさ子は玄関のベルを押した。

取りつぎの女の人に、

「ふさ子です。桃子さんに……。」

女の人はふさ子の暗い星のような眼《まな》ざしに気押されながら、

「桃子さんなんていう方は、いらっしゃいませんよ。おまちがいでしょう。」

と、扉をしめた。

ふさ子はくらくらとその扉によりかかった。重いつかれがふさ子をポオチに坐りこませた。

なにもわからなくなった。

ピアノの音がやんで、中年の婦人と娘が顔を出した。

「きちがいでしょうか。」

「あのまま、いつまでもいられたら、困るわ。」

「とてもきれいな娘さんだっていうのよ。目がすごいんですって。」

「パトロオルに話したらいいのね。」

「婦人警官がいいわ。娘さんだから……。」

「そう、そう、婦人警官じゃないけれど……。」

と、中年の婦人は思い出したように、

「あの井上さんのお嬢さんね、女医さんでしょう。」

「民子さん……？」

「そう。民子さんにちょっと様子を見てもらったらどう？　きちがいだか病人だかわかるでしょう。」

「民子さんならいいわ。頼んで、来ていただくわね。」

庭の若葉

国家試験が終ってから、義三は伯父一家に頼った生活を離れたいと、伯父に打ち明ける日を待っていた。

しかし、いよいよぶっつかってみると、伯父にやわらかく受け流された。

「一人でやってみるのもいいだろう。しかし、試験の発表も、後《あと》一月でわかるんだから、それまではここを手つだっていたって、おそ過ぎはしないじゃないか。」

伯母は義三を頭から子供あつかいするように、

「なにをそんなに気むずかしく考えることがあるの？　ここを出て行きたいなんて思うのは、

危険思想よ。第一桃子がさびしがるわ。」

と、言いながら、しかし不安な顔色をかくせなかった。

桃子は一番さびしいだけに、かえって一番義三の気持に近づいていた。桃子の義三を見る目には、いつも懸念にみちた愛情がただよっていた。

しかし、桃子は義三がいつか自分の家から出て行くことを、桃子なりに理解していた。その話には触れなかった。前のように義三にすがりついてあまえることもしなかった。義三が沈んでいたり、落ちつかなかったりすると、桃子は快活にふるまった。明るく親しんだ。

一学期半ばの中間試験が近づいて、桃子はよく数学や英語の宿題を義三に押しつけた。病院は日曜が休診なので、義三は桃子の勉強を整理してやった。

桃子は義三の部屋へ上って来てノオトをしらべながら、

「義三さんは家庭教師としては、とてもすてき……。いい家庭教師のいるうちに、勉強しておかないと……。」

義三はだまっていた。

「国語も教えて……。」

と、桃子は言った。

「国語?」

「更級日記《さらしなにっき》よ。」

「だめだ。国語はにが手だ。更級日記なら、いい参考書がいくらもあるよ。」

「参考書じゃ、鵜《う》のみになって、すぐ忘れるんですもの。いい家庭教師に教わると忘れないわ。」

「まちがって教えると、まちがった運命をともにすることになるね。」

「じゃあいいわ。おひるから参考書を買いに行くわ。いっしょに行って、見てちょうだい。いいお天気よ。」

「本屋なら近所にもあるが、神田まで行くといいね。」

「私は東京をよく知らないのよ。義三さんに動物園へつれて行ってもらったの、よくおぼえてるわ。それからこの町へはじめて来て、アパアトへ行ったでしょう。ここがまだ焼けあとで、さびた門に夕顔の花が咲いてたわ。」

「夕顔？」

義三も思い出した。夕顔の門の奥の雑草のなかには、月見草も咲いていた。そして、ふさ子の掘立小屋があった。ふさ子をそこから追い立て、またN町から追い出したようなのは誰だ。

義三は伯父の病院での、安逸な生活に堪えられなかった。伯父は一月後でもおそ過ぎはしないと言うが、ふさ子のためにはおそ過ぎるかもしれないと、義三はじりじり追い立てられる思いだった。福生の町へさがしに行って、ふさ子にめぐりあえたところで、貧しくても一人の生活を立てていなければ、ふさ子を引き取って落ちつかせられない。伯父の病院でふさ子を使ってくれるように、桃子に頼んだことはあるが、あまりに虫のいい話だし、また義三のアパアトから出て行った、ふさ子であってみれば、伯父の病院に来ても息づまって、桃子のために義三をあきらめるか、また逃げ出してしまうかだろう。

「神田の本屋から、どこかへもう一度つれて行って。」

と、桃子は言った。

「そうね。新宿御苑か皇居の堀のまわりでも歩いてみるか。緑がきれいだろうね。」

義三は美しい緑の下で、桃子に今の気持を話して、真実の感謝を告げたいと思った。

庭ににぎやかな人声がした。桃子は窓から半身を乗り出した。その頰に若葉が照りかえした。

眼の下のコの字型の花壇には、ドイツ製の新車、B・M・Wのスマアトなオウトバイがあって、家の人たちが集まっていた。

「お父さまも往診用に、スクウタアかオウトバイをほしがっているの。その売りこみに来たのよ。」

と、桃子は駈けおりて行って、下から義三を呼んだ。

「おりていらっしゃらない。」

「どう、君はオウトバイに興味がないかね。」

と、伯父も言った。

義三は庭に出た。

「僕もちょっと乗りましたが、スキイよりやさしいでしょう。」

「医者は乗りものがないとね。」

「しかしこの町じゃ、人間がごったかえしていて、子供や通行人があぶないんじゃないんですか。」

「患家は路地裏が多いからね。」

勧誘員は快活な桃子を見ると、

「お嬢さん、ドライヴなさってみませんか。」

と誘った。

「ええ、楽しそうね。」

桃子は気軽に応じた。

オウトバイは病院の下の道におろされた。桃子はフレヤアのあるウウルのショオト・パンツをつけて、身軽にうしろのスペエア・シイトに乗った。

勧誘員は色眼鏡をかけて、手袋をはめた。エンジンの音が起った。病院じゅうの人が見送った。

「まるで飛行機で、アメリカにでも行くみたいね。不良に誘拐されて行くのに……。」

と、桃子は笑った。

「誘拐よりも、売りこみの方が大切ですよ。」

と、勧誘員も笑った。

「どこまで行くの？」

「甲州街道から、村山の貯水池まで行ってみましょうか。往復二時間ほどかかりますが……。」

「福生という町は通らないの。」

「通れば通れますよ。行ってみたいんですか。外人向きのキャバレエの多いところですが、日本人には照れくさい町です。さびしい村のまんなかで……。」

桃子は義三に手を振った。オウトバイはたちまち見えなくなった。義三のズボンに、白い蝶が舞いもつれた。

桃子は鬱屈《うっくつ》した心を晴らしに行ったのだと、義三は思った。

「桃子は突拍子もないおてんばね。義三さんはあれでかまわないの。」

と、伯母は義三の肩に両手をかけた。

「伯母さん。」

義三の頬は染まった。

「僕はわがままで、だめなんですよ。一人でやって行きたいんです。許して下さい。」

伯母の白い顔が真近にあった。

「ここの生活が不満なのね。」

「とんでもない。僕には、満ち足りているんです。しかし、僕は非力なりに、世間にぶっつかったり、くだけたりしてみたいんです。桃ちゃんをそんな道づれにしたくありません。」

「さあ、むずかしい。」

と、伯母は大きい目をなお大きく見張って、義三を見つめた。親しい情愛が流れて、義三はまぶしいように美しい眉を伏せた。

「伯父さまに話していただきたいんです。」

「伯父さまは、妙な奴だっておっしゃるわよ。いつから出て行くつもり……?」

「僕は一日も早く、国立の施療病院か保健所のようなところで働いてみたいんです。僕はずうっと伯父さんのお世話になって、学校を出て、僕自身が貧しいんですから、貧しい人たちの役に立ちたいんです。インタアンの時は勿論、この病院へ来てからだって、貧しい人たちが、どんなに医者を必要としているか、身にしみてわかったんです。それに……。」

義三は思いきって、ふさ子のことを打ちあけようと、自分の気持を整えた。

「それに、義三さんは桃子でない人が好きになったんじゃないの? それはわかりますよ。人の心はどうにもならないわね。思うようにしてみることが、誰にも一番いいんでしょう。」

と、伯母に先きを越されて、義三は赤くなった。

「桃子がオウトバイ屋さんとドライヴに行ったのなど、普通じゃないわ。あの子はあの子でさびしいのよ。」

と、伯母は言葉を切って、

「桃子は私などとちがって、気持のきれいな子で、なんにもあなたの邪魔はしないでしょうから、きょうだいのように思ってやってちょうだい。」

「はあ。」

「私だって、別に初恋の人はあって、ここへ来たんだけれど、桃子の初恋は私より深刻ですよ。なかなか結婚しないと思うの。私は義三さんが桃子と結婚して、決して不幸じゃないと信じるけれど、まあ、あなたの冒険も止めようがないわね。もし失敗したら、桃子のところへ帰ってらっしゃい。あの子は変らないわよ。」

義三はうつ向いていた。

「オウトバイはどこらまで行ったでしょう。あの空想屋さんは、なにを空想して走ってるでしょうね。」

つとめ

義三も民子も国家試験に合格した。

民子は前に義三の就職の希望を聞いておいて、義三にはだまって、自分も同じ病院に申しこんでおいた。義三は望み通りに国立療養所へはいった。しかし、民子は第一の希望の国立療養所ではなく、保健所に採用された。

だいたい保健所や療養所では、インタアンを終った、義三や民子のような若い医者の就職を、歓迎していた。給与が少いのと、出世の道の遠いことなどで、いやになってやめる者が多いから、わりに欠員があった。

いずれ民子も近いうちに、義三と同じ療養所へ移れるだろう。民子は事情のゆるすあいだ、義三といっしょに医者として働こうと思っていた。それは今のよろこびだし、後の思い出となるだろう。

桃子は義三が家を出て行く時、

「土曜日には御飯を食べに帰って来るのよ。忘れたら、またいたずらをして、きもをつぶしてあげるわよ。」

と、約束させた。

「もう、歯みがきの写真コンクウルはないだろう。」

と、義三は笑った。

「義三さんなんかぼんやりだから、いたずらの種はいくらだってあるわ。」

義三が療養所に来ておどろいたのは、患者の多いこと、病床の足りないことだった。貧困と結核の悪循環――これにたいして、このごろ数多い新薬や早期治療の研究をしてみたいのが、義三の考えだった。

療養所は武蔵野《むさしの》の緑地帯にあって、もみじ、杉、松などの木立にかこまれ、木造の簡素な建物だった。男子の病室は昔の兵舎のような感じで、吹き通しの通路をはさんで、両側に二十ずつのベッドがならんでいた。

極めて重症の患者だけが、独《ひと》り部屋に入れられていて、それは十室ほどしかなかった。

――乳幼児の入室を禁じます。

――重症病棟につき、廊下を静かにお歩き下さい。

見舞い客のための注意書きが、ところどころにはってあった。

腎臓《じんぞう》結核の青年で、重症患者がいた。生活保護法の入所者だった。その病歴は長く、見舞いの家族も義三は見なかった。前に片一方の腎臓を手術して、一度退院したのが、再発したもので、もう手術は不能、間に合わせの内科療法だけで、死期を待っていた。夜間の尿数の頻繁にも限界が来て、病状の悪化を家族にしらせた模様だった。

義三が回診を終って、その青年の病室を出ると、療養所にはめずらしい派手な恰好の娘が廊下を歩いて来た。黄色いワンピイスに茶のショオルダア・バッグ、悪どい化粧の顔で、義三の顔をじろじろ見ながら、

「ちょっと、ちょっと……。」と、義三を呼びとめた。

「先生、ふさちゃんの弟が死んだ時の先生でしょう。N町にいらしたことないの？　私はふさちゃんのお隣りに住んでたのよ。」

と、大きい声で言うので、義三は庭に誘い出して、クロバアのなかに立った。

「今日は、兄を見舞いに来たんだけれど、先生、兄は、いけないんですか。」

「僕はまだこの病院に来たばかりで……。T先生に聞いて下さい。しかし、なるべく見舞いに来てあげるんですね。」

と、義三は言い逃げたが、ふさ子の隣人というかな子をじっと見た。

「やっぱり兄はいけないのね。」

と、かな子は義三の言いようから察して、

「病院にはいってから長いし、新しい薬も出来たというから、助かるのかと思ってたわ。」

かな子はショオルダア・バッグを手にさげて、なんとなく振っていた。

「兄の一生も、ここでおしまいになるのは、なあんだというようなものだわ。どうせだめなら、達ちゃんのように急で、激しいのがいいわ。先生、若い人が死ぬのは、なんとも思わないの?」

義三は答えなかった。

「先生、ふさちゃんがいのちがけで看病した達ちゃんも、死んだんですよ。」

「達ちゃん……?」

と、義三は問い返して、ふさ子の不可解な手紙を思い出した。

「先生に似ている子よ。」

「僕に似ている?」

かな子は義三をまじまじと見ながら、

「そんなに似てらっしゃらないけれど、ふさちゃんには似ていると思えるんですわ。いつもいつも先生の面影をもとめているから……。」

義三は頰から首がさっとこわばるようで、

「あの子のいどころを知ってるんですか。ふさ子さんの……?」

「Mの精神病院にはいってるわ。ふさちゃんも、可哀想なことばっかりで、その上、達ちゃんが死んで、頭が妙になったのよ。」

義三はかな子に別れると、Mの精神病院へいそいだ。井上民子とともに、インタアンの終りにいた病院だ。

電車のなかでも、病院の門をはいった時も、義三はなんにも見えなかった。目の前に、両手をひろげて立ちふさがる女と、ぶっつかりそうになって、あっと気がついた。

「栗田さん。」

「ああ。」

「今いらしたの?」

と、民子は静かに言った。

「おそ過ぎるわ。」

義三は荒い息をしながら、

「民子さんか。」

「あなたのだいじな人は、私が預かっているのよ。私がここの病院に入れたの。」

「君が？　どうして……？」

「どうしてだかわからないわ。そういうめぐりあわせでしょう。」

民子は涼しくほほえんだ。

「あの人は、まだあなたに返せないわ。今いらしても、面会出来ないことよ。医者としてなら、別だけれど……。あなたはあの人の医者じゃないでしょう。医者以上の人でしょう。」

義三は医者という言葉で、少し落ちつくと、

「それで……？」

「一時的なショックだから、心配はないけれど……。からだもずいぶん衰弱していたのね。私の家の近くで、行き倒れたんですよ。」

義三は眉をかげらせて、民子に頭をさげた。

「栗田さんて、ずいぶん世話をやかせるわ。医者としての私に、最初の重病患者は、栗田さんとあの人というわけ……。」

「すみません。」

「いいえ。私のしあわせだったかもしれないの。」

「ありがとう。」

「お礼を言われるのは、まだ早いのよ。」

と、民子は義三を見て、

「あの人はあなたのところに帰るかどうか、わからないわ。あの人は、自分が愛する人は、みな死ぬと思いこんでいるのよ。」

「そんなばかなことが……。」

「あるのよ。父親は別としても、みじめな母親、小さい弟、キャバレエのボオイ……。ボオイはあの人を助けた時に怪我をして、破傷風になったんですって……。あなたの伯父さんの、病院の敷地から、いっしょに追われた、隣りの娘さんを頼って行って、福生というところのキャバレエにいたらしいわ。」

義三はかな子を思い出した。

「その娘さんの兄が、療養所の患者なんだ。」

「それでここがわかったの？　その兄さんをよくみてあげるといいわ。」

「ところが、助からないんだ。」

「そう？　貧乏で手おくれだったの？」

「まあ、そうだな。腎臓でね。」

「あの人だって、あんなに傷つく前に、栗田さんはどうして、あの子をつかまえなかったの？愛にもやはり、大切な時というものがあると思ったわ。愛してさえいれば、いつでも結びつけると考えるのは、まちがいだわ。あんな身よりもない女の子を、どうしてさまよわせておけたの?」

「すまない。」

「ここの門を、すさまじい勢いではいってらしたのを見て、私は責めないわ。ちょっとあの人の目つきに似ていたわ。だけど、あなたをまた死なせることになってもいいから、あなたのところへゆくと、あの子に思わせるのは、きっと容易じゃないわ。可哀想なことをなさったわね。」

と、民子はふと自分が涙ぐんだ。

「あの人は、うわごとのように、ときどき桃子さんの名を呼んでるわ。つまり、あなたの名を呼んでいることになるのでしょうね。だけど、桃子さんがあんなにきれいにあきらめて、あの人にあたたかくしたの、桃子さんの性格にもよるでしょうけれど、あの人の感じのせいなんでしょうね。栗田さんも徳な人だわ。」

民子は桃子のことを言いながら、いくらかは自分のことも言っているのだろうかと、義三はこれにも胸がつまった。

民子は調子を変えて、

「どうなさるの?」

「ええ?」

「病院へ行ってごらんになる……？　あの人の容態を聞きに……？」

「そうしましょう。」

ふさ子の炎のような目が、義三を呼ぶようだった。

「そう？　遠くからでも、あの人はごらんにならない方がいいと思うけれど……。」

と言うと、民子はふと空にそらせた目を、また義三にもどして、別れて帰る顔をした。

（お断り）

本書は１９９０年に河内書房より発刊された「遠い旅」と、１９５８年に新潮社から発刊された文庫「川のある下町の話」を底本としております。

あきらかに間違いと思われるものについては訂正いたしましたが、基本的には底本にしたがっております。

また、底本にある人種・身分・職業・身体等に関する表現で、現在からみれば、不当、不適切と思われる箇所がありますが、著者に差別的意図のないこと、時代背景と作品価値とを鑑み、著者が故人でもあるため、原文のままにしております。

川端康成（かわばた やすなり）
1899年（明治32年）6月14日―1972年（昭和47年）4月16日、享年72。大阪府出身。1968年、ノーベル文学賞を日本人として初めて受賞。代表作に『雪国』など。

遠い旅・川のある下町の話

2016年6月12日　初版第1刷発行
2025年7月9日　第6刷発行

著者　川端康成
発行人　石川和男
発行所　株式会社　小学館
〒101-8001
東京都千代田区一ツ橋2-3-1
電話　編集　03-3230-9355
販売　03-5281-3555
印刷所　株式会社DNP出版プロダクツ
製本所　株式会社DNP出版プロダクツ
装丁　おおうちおさむ（ナノナノグラフィックス）

ISBN978-4-09-352270-0

P+D BOOKS